Coração sem endereço

Copyright © Editora Manole Ltda., por meio de contrato com a autora.

Amarilys é um selo editorial Manole.
Este livro contempla as regras do Acordo Ortográfico de 1990, que entrou em vigor no Brasil.

Projeto gráfico e editoração eletrônica: Estúdio Asterisco
Capa: Axel Sande

Dados Internacionais de Catalogação na Publicação (CIP)
(Câmara Brasileira do Livro, SP, Brasil)

Akcelrud, Leni
Coração sem endereço / Leni Akcelrud.
Barueri, SP : Amarilys, 2018.

ISBN 978-85-7868-309-2

1. Ficção brasileira I. Título.

17-07899 CDD-869.3

Índice para catálogo sistemático:
1. Ficção : Literatura brasileira 869.3

Todos os direitos reservados.
Nenhuma parte deste livro poderá ser reproduzida, por qualquer processo, sem a permissão expressa dos editores. É proibida a reprodução por xerox.

A Editora Manole é filiada à ABDR – Associação Brasileira de Direitos Reprográficos.

Edição brasileira – 2018

Editora Manole Ltda.
Av. Ceci, 672 – Tamboré
06460-120 – Barueri – SP – Brasil
Tel.: (11) 4196-6000
www.manole.com.br
Atendimento: manole.zendesk.com

Impresso no Brasil / *Printed in Brazil*

Coração sem endereço

Leni Akcelrud

Amarilys

AGRADECIMENTOS

À Lenira, por todo apoio nas horas intermináveis discutindo a narrativa. Ao Fabio, pela revisão do manuscrito.

À Luísa, Iara e Ariel

Esta é uma obra de ficção, inspirada em fatos reais, mas todo o enredo e personagens são exclusivamente frutos da imaginação da autora.

O DETETIVE JOELSON BARBOSA

Joelson, Johny para os colegas da delegacia, vivia num estado de exaustão constante, desde que se separou. Tentou de tudo para vencer este estado depressivo, aventurou-se até a entrar no bordel, na Rua do Catete, ali perto da 9ª Delegacia, onde deixava o carro estacionado. Não deu certo. A garota, nordestina recém-contratada pela casa, tinha um ar meio infantil que lembrava a sua filha. Não que fosse parecida de fisionomia, mas de algum modo lembrava. Quer dizer, lembrava não, porque as imagens da filha e da ex- mulher não abandonavam sua cabeça nem por um instante. Os colegas já tinham tentado de tudo para ajudá-lo, em vão. Um único conselho foi de valia, o da senhora faxineira da delegacia onde ele servia, no Leblon.

— Meu filho, só tem um remédio para esta sua doença. Se chama paciência. Vai chegar um dia que você vai ver que tudo passou, virou lembrança. Enquanto isso vai aguentando.

Este argumento trouxe à lembrança a frase de um general americano, cujo nome ele não se lembrava, que tinha lido numa de suas andanças pelas delegacias do Rio de Janeiro. Deveria estar pregada em um quadro, ou numa parede, dizia assim: "Coragem é resistir mais um pouco".

Então ele resistia, não evitava mais a perseguição de sua própria mente, tentando compulsivamente encontrar a causa, ou as causas, que levaram à separação. Se as encontrasse, talvez encontrasse também uma solução para o problema, ou para os problemas, e assim quem sabe poderia tentar uma reconciliação. Um dos problemas, causador da maior parte das brigas, era a sua falta de disponibilidade para a família, não tinha horário para nada, nem no fim de semana era possível um passeio, um cineminha, sempre o bendito telefone tocando sem respeitar nenhum horário. A esposa, Dirce, já tinha cansado de esperar com mesa posta para o jantar, a comida esfriando, e ele que tinha prometido chegar até as sete, só aparecia lá pelas onze. A questão era que ele não era obrigado a ter esta dedicação para a polícia, tinha que ter um horário de expediente, e tinha, mas não podia deixar de acompanhar os crimes que ficavam sob sua responsabilidade. Na verdade, a solução de cada crime virava um desafio, que ele e seu colega, um repórter policial, aceitavam e só conseguiam largar depois de tudo elucidado. Tipo um vício, um jogo, que eles jogavam compulsivamente. O melhor eram as discussões no final da noite, tomando chope no restaurante Fiorentina, no Leme.

Mas agora tudo que queria era sossego, repaginar sua vida, ter uma proposta para apresentar a Dirce, sentia uma falta horrível dela, mesmo que ela se sentisse desprezada. Ela tinha razão, ele tinha que mudar.

Alugou um conjugado na Rua Bento Lisboa, perto da 9ª, que ficava na esquina com a Rua do Catete, apesar de estar servindo no Leblon. Podia deixar seu Fusca no estacionamento da delegacia, e seu serviço era sempre na rua, de qualquer jeito. Usava as viaturas da polícia, mas gostava mais de pegar ônibus, sozinho, podia ficar pensando durante os trajetos.

Nesta sexta-feira corria um ventinho agradável na noite do Rio, aliviando o dia que tinha sido de um calor infernal. Estava se sentindo um pouco melhor, mas ainda muito cansado. Chegou em casa, tirou uma cerveja da geladeira, se atirou no sofá e estava assim meio entorpecido, quase dormindo, quando o telefone tocou:

— Johny, preciso de você agora — Era o delegado do Leblon, seu chefe.

— Agora não, chefia. Estou morto e acabado, você me acordou.

— Tem que ser você.

— É o quê?

— Homicídio ou suicídio, não dá para saber. Estou farejando grande complicação, não dá para bobear não. Você vai chamando aí o seu amigo repórter que vai ser prato cheio.

— Chefia, me deixa quieto só hoje, por favor! Chama o Miranda.

— Você pega uma viatura aí da 9ª, eu vou mandar o Bituca para aí também. O endereço é longe, no Encantado, vai ter motorista aí para levar vocês. Você isola o local da ocorrência, e depois que o Bituca fizer as fotos, você chama o IML para a remoção do corpo. Se o seu repórter quiser tirar fotos também, pode deixar, mas publicar só com a minha aprovação. Positivo?

— Ah! Ia esquecendo — continuou o delegado. — Separa todo mundo e entrevista um por um dos moradores do prédio. Ninguém entra nem sai antes de prestar depoimento, não dá pra trazer toda a cambada numa viatura para cá. Pega depoimento no local. Positivo?

Não adiantava argumentar com o chefe, acostumado a contar com ele e que não admitia recusa.

Suspirando, desligou o telefone, se meteu embaixo do chuveiro para ver se criava ânimo. Melhor não pensar. Ia fazendo tudo no automático. No meio do banho o telefone tocou de novo. Profundamente irritado, tirou o resto de sabão, ficou mais um pouco embaixo da água, esperando para ver se parava. Não parou. Foi esbravejando até o telefone e deu um 'alô' em voz alta e ríspida.

— É a Dorinha, papai. A mamãe não queria deixar eu ligar, mas insisti tanto que ela acabou deixando. Tive até que chorar.

— É, meu bem? O que foi, meu anjo? O que você quer falar com seu papai?

— Papai, sabe domingo? É o Dia dos Pais. Vai ter festa no colégio, no auditório vai ter apresentação, eu vou ler a composição que eu fiz em homenagem a você. Ganhei no concurso de redação. Então você vai. Se você não for eu vou ficar com vergonha. Me promete que vai, papai?

— É claro que sim, princesa, eu vou, ainda mais para ser homenageado por você, que beleza. Sabe que sinto muitas saudades? De você e da mamãe. É no domingo agora, depois de amanhã?

— Sim.

— A gente se encontra lá ou quer que eu vá buscar vocês duas em casa?

— Eu queria que você viesse aqui em casa, mas acho que a mamãe não vai querer, ela está muito braba com você. Vai começar às 10 horas da manhã. Chega cedo para você me ver bem na frente, tá bom?

— Eu sei. Ela está triste também?

— Isso eu não sei. Tchau, papai.

Que felicidade, novo alento! Que lindeza essa Dorinha, ganhou concurso de redação escrevendo composição em sua homenagem! Ligou para o Robertinho, seu amigo do jornal, combinaram encontro na 9ª.

JODACÍLIO

Foi no início de janeiro de 1970 que Jodacílio saiu de Piri-piri, no Piauí, aos 17 anos, deixando mulher e filha, cheio de esperança, como tantos nordestinos. Em São Paulo, foi ajudante de pedreiro, lavador de carros, engraxate, faxineiro, tantas coisas que já perdeu a conta, sempre na expectativa de poder mandar um centavo para a mulher, Maria Da Luz, o que fazia com enorme sacrifício. Todo mês mandava pelo correio a quantia que conseguia espremer, sem morrer de fome. Sua sorte mudou quando junto com um amigo arranjou um emprego em um restaurante do Rio de Janeiro, no Largo do Machado. Começava as 7 e largava às 4, tinha direito a café e almoço. Esse era o lado bom, não precisava mais passar fome, nem engolir bolinhas de papel para enganar o estômago de noite para conciliar o sono.

O seu jeito manso, aspecto asseado e alguma coisa que inspirava bondade foram aos poucos conquistando a confiança dos colegas e do gerente do restaurante. No começo, limpava o chão, os banheiros, as mesas, lavava a louça. Agora já descascava batata, ralava cenoura, ajudava a descarregar as compras: baldes de maionese, de leite, de azeitonas, de sorvete, garrafões de óleo. Sorria para si mesmo pensando se Da Luz pudesse vê-lo ali, naquela tamanha fartura. Decerto não iria acreditar, nem ela nem ninguém da sua terra, quando contasse. Também podia tomar banho no trabalho, quando terminasse o serviço, e se quisesse, antes de começar também. A roupa que usava na cozinha, também era fornecida pelo restaurante, até as sandálias de plástico.

Quando perguntado sobre o que fazia, não resistia à mentirinha:

"Sou cozinheiro", dizia meio sorrindo. Conseguiu alugar um quartinho no subúrbio, e, finalmente, era possível enviar alguns trocados a mais no fim do mês. Tinha uma grande vontade de comprar um radinho de pilha, mas vinha resistindo para não tirar do que queria mandar pra Da Luz e para a filhinha. Um problema, no entanto, parecia insolúvel, o grande obstáculo que a toda hora aparecia para sua vergonha: era analfabeto. Para assinar o nome na carteira de trabalho quando foi contratado pelo restaurante, foi um sufoco desenhar o nome: Jodacílio do Carmo.

O seu ideal era um dia chegar a ser garçom. Mas como? Não sabia escrever. Os números até que reconhecia, sabia muito bem contar, conferir o troco. Pensava muito neste problema, sabia que precisava de ajuda de alguém, mas de quem? E a vergonha de sair por aí dizendo que queria aprender a ler e escrever e não sabia como?

Na saída do trabalho, vinha essa lassidão, este cansaço vazio, falta de vontade de voltar para casa. Saindo do restaurante, Jodacílio lentamente se sentava num banco de cimento do Largo do Machado, na sombra, olhando para o tempo, e deixava-se divagar, pensando em tudo e em nada. Observava o vai e vem, as senhoras com suas sacolas de compras, colegiais uniformizados saindo da escola pública, os bondes que entravam e saíam da estação, aquela movimentação das cinco da tarde. Sentia enorme fraqueza, parecia que o cansaço do mundo tinha sentado sobre seus ombros, só que em algum breve momento, que parecia tão distante, ele precisava se levantar e ir andando, se quisesse pegar um lugar sentado no trem. Seu trabalho na cozinha era em pé o tempo todo. Para levantar do banco e vencer o torpor, precisava vencer também aquele peso nas pernas, sentia que as veias nos tornozelos estavam engrossando, mas só sentia essa dor pulsada quando sentava no seu banco de cimento, no fim da jornada. Até que era uma dor boa, do trabalho que tinha conseguido. Também, a dor se devia a ter que ficar calçado o tempo todo, um luxo ao qual tinha que se acostumar.

Olhava sem ver o vento balançando as folhas miúdas das árvores centenárias e indiferentes, como se fossem guardiãs de um segredo a ser revelado no fim dos tempos. Os tempos, o tempo. Na verdade, era disso que se tratava. A noção do tempo se modificava com o passar do dia e dos dias. A disciplina que se impunha, em vez de angustiá-lo era a sua sustentação. O mínimo de certeza que sua fragilidade necessitava, estava naquela sucessão de eventos do seu dia a dia. Saboreava este conforto, sentia-se afortunado por ter emprego, não ter mais que passar fome nem humilhação. Que maravilha, pensava às vezes, que sorte! Sentia-se, então, quase alegre. Mas por trás desta disciplina sabia que morava a esperança maior: a de que a Da Luz ainda o esperava, que iria rever a filha.

Quase nunca pensava nisto, mas era o pano de fundo de seus dias e noites, era a sustentação de sua pontualidade e disciplina, supria alento e preenchia a solidão. De outro modo, seria impossível sobreviver. Às vezes, no trem, pensamentos se infiltravam fininhos como um líquido venenoso fluindo nos capilares da alma: e se a espera fosse inútil? E se toda expectativa estivesse construída sobre uma base falsa? Na verdade, a sua força era mesmo essa, a de neutralizar este líquido venenoso e seguir adiante. Só sobrava o gosto amargo na boca, que foi se tornando familiar. Sentia então uma vontade de café forte com bastante açúcar, depois um calorzinho no peito e uma leve taquicardia, que somado com o trabalho completava a neutralização do veneno.

A saída era às 4 da tarde, mas até tomar banho e se trocar passava um pouco. Era muito cedo para voltar para aquela cabeça de porco imunda no subúrbio, onde tinha um quarto alugado. Quanto mais tarde chegasse, melhor. Que diferença daqueles prédios bonitos, do Flamengo e do Catete, onde tudo era limpo e arrumado. Limpo, que bom se a cabeça de porco fosse limpa. Porque, afinal, não precisava ser tão nojenta só porque era morada de pobre. Mas era. Sua casinha caipira em Piri-piri, no Piauí, de chão de barro batido, era pobre, mas era asseada. Mas aqui, para começar, o banheiro era comum, vivia entupido, um horror nauseabundo. Jodacílio cedo acostumou seu intestino aos horários de menor movimento do restaurante, assim ficou livre do local pestilento. Como fazia as refeições no trabalho, também evitava contribuir para o cheiro de comida da cabeça de porco, que era composto de alho, óleo velho frito, comida podre. Ninguém se preocupava em embalar o lixo, era tudo jogado do lado de fora, para a alegria de todos os tipos de baratas, ratazanas e outras espécies. Ele tinha conseguido um pouco de inseticida com o porteiro do edifício do restaurante, e com auxílio de jornal tapando as frestas conseguiu certa distância dos bichos. Sua peça continha uma cama com colchão de crina que saía pelos rasgos, que ele tentou costurar com dificuldade, pois o tecido já estava roto. Cheirava a suor, urina, e todos os odores da vida, além do mofo. Mas tapar bem todos os rasgos era de extrema importância, já que os bichos poderiam fazer ninho dentro. Em um caixote de supermercado ao lado da cama tinha um despertador, espiral inseticida baygon presa no suporte de latinha e uma garrafa de Coca-Cola com água. Do outro lado um caixote maior, com ferro de passar roupa, sabonete, sabão de coco e sabão de lavar roupa. Pregos nas paredes sustentavam cabides com camisas, calças jeans, meias e cuecas com pregadores de roupa. Graças a Deus trabalhava nos sábados e domingos, porque nestes dias era sempre uma barulheira infernal de música aos berros, futebol com cerveja e brigas de tarde e de noite, frequentemente com a participação da polícia, tanto nos eventos como na prevenção deles. Sua presença calada no princípio era vista como arrogância e suscitou a antipatia geral, mas desde o dia que entrou num barraco em chamas e tirou uma velhinha de dentro, passou a ser respeitado, e o que era melhor ainda, ignorado. O máximo que acontecia era ser chamado de pau de arara filho da puta pela garotada quando passava pela frente da casa, mas até isso foi passando. Não tinha ninguém para conversar na cabeça de porco. Por isso, quando chegava, gostava do cansaço que o fazia adormecer logo.

Assim ficava um tempo indefinido no Largo do Machado, observando o movimento dos carros passando, os ônibus, as pessoas com seu ar apressado, as mulheres com suas sacolas, era tudo como um desfile de personagens de um mundo inatingível. Tinha o cinema São Luiz, que ele estava criando coragem para um dia entrar. Mas não era uma vontade assim tão grande, já tinha entrado num em São Paulo, mas depois de um tempo ficou enjoado e cansado de não entender nada do que estava se passando.

Entrar na igreja também era ótimo, fresquinho, mas depois de um tempo ficava monótono. O porteiro do prédio onde ficava o restaurante, José Antônio, também nordestino, lhe dizia que ele não podia continuar assim nessa vida, não bebe, não fuma, sem mulher, sem mais nada, devia pelo menos achar uma companhia feminina. Mas ele jamais poderia se ver na companhia de outra além de sua esposa verdadeira, a Da Luz, que estava lá no Piauí, esperando por ele, com sua filhinha, que ele tinha deixado ainda bebezinha, e nem se lembrava mais de como ela era. Essa esperança de revê-las era toda a sua vida, e para isto Jodacílio sobrevivia. Além disso, pensava, mulher da vida é bicho nojento, todo mundo usa, bota doença na gente, rouba e tem amizade com bandido. Melhor se aguentar e não botar a perder a sua boa sorte. Claro, vivo muito bem, só pago condução e aluguel, tá dando até para juntar uns trocados todo o mês. Esses eram guardados num saquinho costurado dentro do colchão, embrulhado em plástico, com medo que os bichos comessem as notas. Só guardava as notas. As moedas, juntava-as todas, pagava o ônibus e o trem, e quando conseguia chegar ao valor de uma nota, trocava no caixa do restaurante. Esta tarde estava precisando tomar uma decisão: era muito melhor chegar em casa tarde e dormir logo, mas isto tinha o preço de ter que viajar em pé apertado no trem, porque depois das 5 a Central já começava a ferver. Normalmente saía do Largo do Machado, pegava um ônibus na praia do Flamengo até a Central, depois o trem e ia sentado, e daí a pé até a casa. Quer dizer, tinha que escolher se preferia o trem espremido ou o horror que era a cabeça de porco. Pensou muito e não decidiu nada, voltou para o prédio do restaurante a procurar pelo José Antônio. Este estava ocupado atendendo um encanador e não pôde lhe dar atenção. Voltou e sentou no banco de novo, com vontade de dormir ali mesmo.

Assim ia vivendo, sozinho, às vezes conformado, às vezes sentindo aquele buraco fundo no peito que trazia um gosto amargo na boca, um choro por dentro. Achava bom ter que trabalhar no fim de semana, o qual detestava. O tempo ia passando e logo deveria tirar férias, já quase um ano tinha se passado desde que começara a trabalhar no restaurante. Queria tanto ir visitar a mulher e a filha! Mas este desejo trazia consigo a angústia, cada dia pior: o dinheiro que tinha juntado para a passagem de ônibus só dava para pagar a ida, não completava para a volta. Isto lhe tirava o sono, só pensando, pensando. Que fazer? Pedir para o gerente não era opção. Trabalhava calado, meio entorpecido pela falta de sono, até que aconteceu o horror: o cabo da frigideira, que estava meio solto, rodou, e o óleo fervendo caiu direto em sua mão e braço. Louco de dor foi levado para o pronto-socorro. Voltou para o restaurante horas depois, todo enfaixado, tonto dos analgésicos. Não quis ir para casa, sentou-se em um banquinho na cozinha, olhando o vazio, sem ver o colega que passava o rodo no chão molhado. De súbito, o pânico: e se fosse mandado embora devido ao descuido, ou por estar enfaixado sem poder trabalhar? Parecia que tudo rodava, sentia um suor fininho percorrer as costas. Foi quando a porta da cozinha se abriu e o gerente entrou. "Agora é o fim, estou perdido", pensou em total desespero, continuando imóvel, com o olho frio e duro.

— Jodacílio, o que está acontecendo aqui? — perguntou o gerente, com voz normal.

Não conseguiu responder. Tinha medo de chorar, de que sua voz saísse esganada. Só conseguiu mover o olhar para cima e encarar o gerente, que permaneceu em pé, esperando. O olhar era tão intenso, cheio de uma expressão inexprimível, que o gerente nunca imaginou ser possível. "Interessante", pensou o gerente.

— Ora, vamos, Jodacílio, não precisa ficar assim tão assustado. Acidentes acontecem, e afinal você está com a gente há quase um ano, tem sido um bom funcionário. Tenho notado você um pouco estranho nestes dias, o que é? Pode falar!

— Quero ir para casa, doutor — murmurou Jodacílio.

— E aí, não quer mais voltar?

— Sim, eu quero.

— Ah, agora entendi, você não tem o dinheiro pra passagem, é isso?

— Sim, doutor, é isso sim.

— Você tem família lá?

— Mulher e filha.

— Que idade tem sua filha?

— Não sei, pode ser dois ou três anos.

— E como se chama?

— Micheli.

— Está bem então, Jodacílio, vamos fazer o seguinte: nós te ajudamos a comprar a passagem e vamos descontando um pouco cada mês. Vou te dar este voto de confiança.

Cheio de expectativa, com um dinheirinho para a mulher e a filha, embarcou no ônibus. Encontrou Da Luz mais cheia de corpo e bonita; ela, no entanto, não demonstrou muita satisfação em revê-lo. Era uma estranha, que o fazia sentir-se desajeitado em sua presença. Na verdade, ele também estranhou o ambiente, já tinha se desacostumado de dormir na rede, das mesas e tamboretes feitos com madeira de caixote do armazém, das esteiras de palha de carnaúba, das canecas feitas com lata de leite condensado, do ferro de passar aquecido a carvão. E também de como o povo era solidário, tão diferente do Rio de Janeiro. Da Luz tinha uma horta, que era cuidada mais por sua irmã, Maria do Socorro, do que por ela própria, que também lavava roupa pra fora no Riacho do Cabresto, às vezes no Rio dos Matos, quando escasseava a água. Na horta tinha macaxeira, inhame, batata-doce, feijão, tudo muito cuidadinho. Certa noite, quando tentava se aproximar, percebeu na esposa um olhar de repugnância ao ver a pele do braço toda retorcida da queimadura. Ao contrário do que esperava, não teve vontade de contar suas vivências no sul. Nem ela parecia interessada. A filha não queria saber dele, ficava se escondendo o tempo todo. Mas mesmo assim Jodacílio estava encantado com a garotinha: era uma mulatinha de cabelos cacheados, olhos pestanudos, uma lindeza. Com o passar dos dias foi se chegando, sentava no colo, passeava de mão dada. Completamente maravilhado pela filha prometeu para si mesmo fazer tudo, mas tudo mesmo, para fazer Micheli feliz. Botar na escola, comprar vestido, boneca... Tudo, tudo... Micheli feliz, seria para sempre o motivo de sua vida.

⟿

Voltou para o Rio de Janeiro, meio confuso, futuro incerto. Mas agora tinha um propósito firme: ia arranjar mais um emprego, para pegar quando largasse o restaurante de tarde, para poder trazer a Da Luz e a Micheli, talvez a Maria do Socorro quisesse vir junto, isso seria bom. Ele tinha falado nisto com a mulher, mas ela ficava calada, a ideia não foi bem acolhida, assim lhe pareceu. Mas preferiu não pensar mais nisso, podia ser só impressão, afinal ainda não tinha como sustentá-las e, além disso, sabe-se lá como são as mulheres, pensam uma coisa e falam outra...

BELINHA

Caía uma daquelas chuvas de verão do Rio de Janeiro, um aguaceiro sem fim que parece o fim do mundo, avassalador. Apesar do calorão, Jodacílio sentia um frio nas costas e espremido, ensopado, dentro do trem abafado com as janelas fechadas, sentiu uma tonteira, uma fraqueza nas pernas. Como vou caminhar até chegar em casa? Decerto não vai ter ônibus com esse tempo. Mas chegou, cambaleando em febre alta. Abriu a porta, tudo alagado, chovia do teto. As roupas, que ele tinha passado na noite anterior, pingavam. Em cima da cama, também toda alagada, um cachorro lhe dirigia o olhar.

Xi, pensou, vai encher minha cama de pulga! Mas com a febre e as dores que sentia, nem teve força de enxotar o animal. Olhou bem para os olhos do bicho: recebeu um olhar de uma intensidade e sentimento sem explicação. Ficaram assim os dois se encarando, o cachorro soltou um ganido baixinho, sofrido e desesperado e soltou a cabeça na cama, deitado. Jodacílio passou a mão no flanco do animal, sentiu uma coisa molhada e grudenta, era sangue. A magreza mostrava as costelas e também que era uma cadela grávida! Não se lembrou de perguntar a si mesmo como ela poderia ter entrado no quarto.

Esqueceu o seu sofrimento para ver o do animal, que tinha recebido um chute no flanco quando pedia comida para alguém. Molhou uma meia sua na chuva, limpou o sangue do bicho, ofereceu água para beber. Saiu na chuva de novo, comprou leite e pão e trouxe para a cadela. Quando a viu confortada e seus olhos úmidos agradecidos, sentou-se a seu lado e chorou, chorou, um choro do fundo da alma, soluçado, que parecia não ter fim. Só parou quando finalmente percebeu que não chorava pela cadela, mas por ele mesmo.

Assim nasceu a amizade entre Jodacílio e Belinha. Jodacílio teve que faltar ao trabalho no dia seguinte, e no outro dia voltou ainda febril. Lá recebeu medicação e esperou ansioso a hora da saída para ver se a Belinha ainda estava lá. Estava. Neste dia e nos outros. Acostumou-se a esperá-lo na porta, com os deliciosos restos de comida do restaurante; não precisava mais levar pontapés na barriga grávida em suas buscas por comida.

Mas tudo tem seu preço: a Belinha deu à luz seis cachorrinhos bonitinhos, um nasceu morto. Deve ter sido o que recebeu o pontapé. Jodacílio conseguiu donos para três, com a ajuda do José Antônio, e os outros foram ficando por perto e depois sumiram. Acontece que a natureza não leva em consideração as circunstâncias de suas criaturas, e a Belinha apareceu grávida outras vezes para desespero do Jodacílio. Por sorte descobriu uma clínica veterinária na Praça São Salvador que arranjou adoção para alguns, e o melhor de tudo: uma doutora caridosa concordou em castrar a Belinha sem cobrar nada. A paz voltou a reinar, e o Jodacílio, que não tinha nenhuma amizade, tem agora a mais sincera e incondicional do mundo, a de um animal.

Saindo uma tarde, encontrou o José Antônio na portaria, com a cara mais desanimada do mundo.

— O que foi, companheiro, está doente, aconteceu alguma coisa?

— É que não posso ir embora para casa, a síndica me pediu para ficar, vai ter reunião do condomínio. Isso está fora do meu contrato, mas emprego é emprego, você sabe como é.

— E demora muito?

— Demora demais. Hoje então vai ser fogo, tem uma infiltração e vai ser uma brigalhada geral.

— E o que é isso de infiltração?

— É que a água é muito fininha, e foge dos canos. Aí vai escorrendo por dentro das paredes. Tem que achar onde começa a vazar. Já chamaram uma porção de empresas e não deu certo. O coronel Isidoro, do 103, vai botar processo na justiça.

— E por causa disto você tem que ficar? E fica fazendo o quê?

— Arrumo a sala, e agora faço cafezinho e boto água, a síndica quer ser reeleita, mas agora com os vazamentos a coisa ficou feia para o lado dela.

Realmente a reunião do condomínio foi uma brigalhada geral, terminou a uma da manhã, e não se chegou à conclusão alguma. Logo no início, para desespero da síndica e do representante da administradora, a inquilina do 402 pediu a palavra:

— Antes de mais nada, quero aproveitar a oportunidade, já que todo mundo está aqui, para reclamar do pessoal de cima do meu apartamento, o 502, que faz muito barulho com os sapatos e me incomoda. Já estou com 60 anos e não posso com barulho.

A moradora de cima teve então que se defender:

— Meus filhos só andam de tênis, meu apartamento é acarpetado, não sei que barulho é esse de que a senhora está falando.

Nisso outra moradora também se achou com direito à palavra:

— Não vou permitir que falem mal desses meninos do 502. Eles são os únicos que abrem a porta do elevador para mim e dão bom dia.

O assunto provocou alegações generalizadas pelos participantes que se sentiram ofendidos por terem sido chamados indiretamente de mal-educados, fugindo do controle da síndica, que pretendia discutir o assunto para o qual a assembleia tinha sido convocada. Até que, aproveitando uma brecha, introduziu o assunto da infiltração. Descreveu seus esforços em resolver a questão: já tinha chamado três empresas, nenhuma conseguiu achar o local por onde a infiltração começava.

Foi o estopim. Seu concorrente, o coronel Isidoro do 103, que queria o lugar de síndico na próxima eleição, abertamente chamou-a de corrupta, por estar se aproveitando da situação e gastando o dinheiro do condomínio com estas empresas que não resolviam nada. Sem dúvida, a atual síndica devia estar levando uma parte desses recursos, pensava o coronel.

A síndica, nervosíssima, replicou:

— Convido o ilustre condômino, coronel Isidoro, a trazer um contador para examinar as contas do condomínio, juntamente com o Conselho Fiscal do prédio. Como não vai encontrar nada irregular, posso entrar na justiça por difamação e calúnia, os presentes nesta assembleia estão de prova de suas acusações infundadas, e são minhas testemunhas.

O coronel não se alterou:

— Imagina. É claro que nada está evidente nas contas. A senhora síndica é esperta demais para deixar rabo de fora.

— Então vou processá-lo por falta de decoro e respeito com a minha pessoa, alegando falsidade ideológica sem provas.

A síndica pretendia mostrar novo plano de ação para atacar o problema da infiltração, mas não foi possível chegar a nenhum acordo porque as pessoas ficaram cansadas, todo mundo tinha que trabalhar no dia seguinte. E as decisões precisavam ser votadas com quórum mínimo, o que já não existia no final da assembleia.

O porteiro, José Antônio, precisava das graças da síndica, temia por seu emprego caso o coronel conseguisse se eleger. Achava este senhor arrogante, mal dava bom dia para ele, embora conversasse todo amigável com os vizinhos que poderiam votar nele. Assim, mais por interesse do que por qualquer outro motivo, aproximou-se da síndica, que estava toda pálida e trêmula, ajudando o representante da administradora a terminar de escrever a ata, rodeada de alguns simpatizantes.

— A senhora me permite um minuto?

— O que foi, José Antônio? Não vê que estou ocupadíssima?

— É que eu acho que tenho a solução para a sua questão.

— E qual seria esta solução?

— Tenho um amigo que resolve tudo que é problema de cano.

— Está bem. Mas agora não. Me lembra amanhã.

Evidentemente a síndica não acreditou no José Antônio. Como é que um amigo daquele pau de arara iria resolver um problema que uma porção de engenheiros caríssimos não conseguiu?

Mas devido ao desespero da situação e com a espada do coronel na cabeça, aceitou receber o tal amigo do José Antônio, que atendia pelo nome de Costelinha.

COSTELINHA

A aparência da criatura fazia jus ao apelido. Magérrimo, as costelas apareciam pelos lados da camiseta larga e sem mangas, um cigarrinho descansando em uma orelha, um lápis na outra, mantidos num equilíbrio metaestável graças ao apoio da aba do boné que sempre usava. Um operário faz-tudo, o Costelinha era uma dessas pessoas inacreditáveis que existem por aí, talentos desconhecidos. Originário da Paraíba, escolaridade indefinida, certamente nem o primário completo tinha, mas sabia tudo sobre encanamentos, adivinhava de maneira impressionante de onde vinham os vazamentos. Ficou amigo do José Antônio quando se encontraram na feira da São Cristóvão num domingo.

A síndica deixou então tudo a cargo do José Antônio e do pretenso encanador, já que não aguentava mais descrever o problema para os que pretendiam resolvê-lo.

Como o José Antônio era neutro no conflito, e era bem quisto pelos moradores, foi fácil conseguir entrada nos apartamentos e o Costelinha foi observando os danos da infiltração. Eram mesmo de dar pena. As paredes molhadas, a roupa fora dos armários que estavam com a madeira intumescida começando a se desintegrar. Já tinham quebrado tudo, desde a calçada ao local de onde fluía a água que inundava tudo, mas sem sucesso. Atingiu até o restaurante. Lá o pior era manter a cozinha funcionando no molhado, com rodo e pano de chão em operação o tempo todo. Tudo clamava por uma solução. Mas o Costelinha não falava nada, só observava, parecia até meio desinteressado. Não tinha ainda aceitado a obra, não sabia o quanto iria cobrar, ainda por cima era uma responsabilidade danada. Pensou um pouco e resolveu aceitar. Zona sul, quem sabe não ganharia um dinheiro melhor do que aquele magro que recebia no subúrbio? Foi o que aconteceu, e melhor ainda, ganhou as refeições enquanto estava a serviço.

No domingo seguinte, o Jodacílio veio procurar o José Antônio, para se inteirar do resultado da reunião. Ficou conhecendo o Costelinha, e logo os três ficaram amigos, e foram tomar um copo num boteco do Largo do Machado, permitindo-se um luxo para comemorar a amizade e conversar.

O Costelinha era mesmo um gênio. Nunca teve aula de nada, mal desenhava o nome, tudo que sabia era resultado de uma vocação inata, que o levava a observar e, por instinto, ia resolvendo os desafios ele mesmo não sabia como. Conseguiu descobrir a fonte da inundação geral, estava no cano que saía do ralo do box de um apartamento que praticamente não tinha sido atingido. Este resultado, no entanto, não foi favorável à síndica, mas sim ao coronel, que provou que um problema tão simples não fora resolvido logo por incompetência da síndica, que perdeu a eleição.

Jodacílio ficou impressionado com a capacidade do Costelinha, logo encontraram pontos em comum, conversaram como se fossem antigos camaradas. Acabou confessando a ele sua condição de analfabeto e problemas com a Da Luz, a vontade de trazer a família, enfim, todo seu drama de vida.

FRIEDERIK

Friederik era filho de um pastor protestante, o mais velho de uma série de cinco filhos, único varão além de quatro meninas. A família residia em Landshut, cidade do sudoeste da Alemanha, capital de uma das sete regiões adminstrativas do Estado Livre da Bavária, banhada pelo rio Isar, um dos afluentes da margem direita do Danúbio.

Sendo o unico varão, era mimado pela mãe e pelas irmãs, que o adoravam, e prestigiado de toda a forma pelo pai, que cedo percebeu suas qualidades de inteligência. Aluno excelente, conseguiu sair de Landshut para Munique, a cidade mais próxima onde havia uma faculdade de medicina, mantendo-se com a mesada que o pai enviava através de muita economia nas despesas da casa e com as filhas. Estes esforços não foram em vão porque o Friederik logo se destacou, formando-se com diploma *magna cum laude*, para o orgulho da família. Uma característica do pai, que ficou internalizada no rapaz, foi a valorização do que era correto, assim como a disciplina, sem a qual nada de importante poderia ser conseguido. A casa do pastor era de uma simplicidade extrema, que combinava com estes valores. Na sala de jantar da família, um retrato do *Führer* pendurado na parede era o único ornamento. Uma cópia deste mesmo retrato encontrava-se no quarto do rapaz, em cima da escrivaninha onde ele trabalhava nos seus deveres da faculdade. Para ele, a imagem era a expressão externa e extrema de seus valores, e a sua esperança no futuro de seu país, aquele que iria devolver à Alemanha o prestígio perdido na Primeira Guerra.

Depois de formado, iniciou suas atividades como médico em um hospital, onde fez sua residência dedicando-se a vários tipos de especialidades, mas sua natureza arguta logo o conduziu a questionamentos mais profundos sobre a natureza e origem das doenças. Em particular, quais os fatores intrínsecos que propiciavam aos indivíduos propensão para determinadas disfunções, ou fragilidades em relação à imunidade. Estudando tudo que encontrava para satisfazer este tipo de abordagem médica, acabou no ponto original de tudo, que era o mais obscuro, a genética dos seres humanos. Paralelamente estudava microbiologia, e graças aos seus diagnósticos certeiros e bem fundamentados tornou-se depois de pouco tempo conhecido e respeitado na comunidade médica.

Visitando a família periodicamente, conheceu Elisa, professora primária da escola da igreja do pai, por quem se apaixonou e foi correspondido. Com isso suas idas a casa tornaram-se mais frequentes, e Friederik iniciou seu esquema de poupança para casar, trazer a moça para a cidade. Também se sentia cada vez mais responsável pelas irmãs, já que os pais estavam envelhecendo e, elas ainda solteiras, significavam despesas. Sozinho na cidade, contava os dias para se encontrar com sua amada. Esta situação complicou-se quando se sentiu compelido a participar nas reuniões da Juventude Hitlerista. Lá foi doutrinado para lidar com as situações da guerra nazista. Isto incluía a supressão de sentimentos que pudessem atrapalhar "ações militares", como por exemplo, prender crianças, matar os pais na frente delas, separar famílias e enviar os membros delas para campos de extermínio e assim por diante. Era preciso evitar que sentimentos humanitários interferissem. Na verdade, Friederik foi iniciado neste treinamento bem antes do começo da guerra. Seus méritos como médico profissional tornaram sua presença cada vez mais requisitada não só nas reuniões formais como também nos fins de semana. O não comparecimento era considerado falta grave e muito mal visto no hospital. Era um sacrifício necessário, um dever pela Pátria, e ele nunca faltou com seus deveres. Esta participação assídua e ativa, com intervenções entusiasmadas e inteligentes, foi notada pela Gestapo, que o indicou para um treinamento de elite muito rigoroso, dado aos membros especialmente escolhidos. Para começar, suas visitas e encontros com Elisa foram ficando cada vez mais raros, e a doutrinação recebida cada vez mais exigente. Este estado de coisas agravou-se com a entrada de Elisa para o Bund Deutscher Mädel (BDM). As moças desta divisão da Juventude Hitlerista eram mais treinadas ideologicamente do que os rapazes. Apesar de frequentemente tornarem-se estranhas às próprias famílias, tornavam-se também seus guias ideológicos e guardiãs. As atividades e tarefas de Elisa na BDM foram tornando as chances de contato com Friederik ainda mais escassas.

Em nome do dever pela Pátria, era necessário aprender a dominar seus sentimentos, obedecer sem questionar, de certa forma despersonalizar-se e tornar-se um instrumento do Estado de massa. O esquema montado pelo Governo para atingir este objetivo de desintegração interior era excepcionalmente eficiente e levou Friederik aprendeu a desprezar todas as raças "inferiores" e em particular os judeus, criaturas detestáveis e perigosas, responsáveis pelas dificuldades de seu país, que tramavam um complô internacional para a destruição da Alemanha. Não teve dificuldade em relação a este aspecto doutrinatório. Desde a infância tinha aprendido a odiá- los e temê-los, graças às estórias contadas pela avó, que dizia que em cada judeu se escondia um demônio fedorento, que comia criancinhas. Ele tinha um medo danado que um deles viesse raptá-lo durante o sono, ou de encontrar algum no caminho da escola. Um fator de influência na solidificação deste sentimento de pavor infantil mesclado a ódio e desprezo foi a eficaz propaganda nazista, em particular os filmes que assistia. Neles, era exercida a consciência e o domínio dos meios de comunicação para fins de propaganda política e controle da opinião pública. Esse fenômeno explica em parte a domesticação das massas, que ao longo de anos foram sendo doutrinadas para matar e aceitar a matança perpetrada pelos seguidores do Nacional-Socialismo. Nos fins de semana, Friederik era assíduo frequentador do cinema, adorava os documentários de Leni Riefenstahl, sobre os quais depois comentava ardorosamente com Elisa. Admirou com particular entusiasmo "A vitória da fé", "O triunfo da vontade", "O dia da liberdade: nosso exército" e "Olímpia". Nos perfis dos jovens soldados louros estavam contidas a ideologia do arianismo e a ideia de uma raça pura. Os judeus eram colocados diante do espectador como personagens maldosas, demoníacas e animalescas. Era comum representá-los sob a forma de insetos, cogumelos venenosos, ratos, cobras viscosas, vermes e doenças. Além desse aspecto repulsivo, relacionado com o biologismo do século XIX que associava os judeus com epidemias de cólera, contaminações por todo tipo de bactéria e bacilo, o Estado alemão usava ainda a argumentação de que os judeus sempre foram nocivos à nação, acumulando fortunas à custa das discórdias entre as nações europeias, usura, conspiração, desonestidade, beneficiando-se financeiramente com a guerra, trazendo sofrimento e morte para milhões de pessoas. Filmes como "Os Rotschilds", "O judeu Süss", e "O judeu eterno" representam dentro desta perspectiva a tentativa de revelar ao povo a verdadeira essência dos judeus, escondidas por detrás de suas máscaras. Assim, a preparação da população para a solução final, objetivo adotado pelo *Führer* preconizando o extermínio de toda a raça judaica, era posta em prática, de maneira impressionantemente eficaz. Projetada, planejada e colocada em ação, precisava de um apoio médico importante. A estes verdadeiros profissionais da morte, cabia a tarefa de controle de todo o processo nos campos de concentração e, por isso, recebiam treinamento especial e eram recrutados como oficiais de elite.

Dois episódios marcaram definitivamente a completa entrega de Friederik à causa. Um deles foi o episódio do cachorrinho branco, recebido de presente da própria Gestapo quando ainda era filhote. Ele recebeu o bichinho com alegria, no princípio alimentou-o com mamadeira, e era uma felicidade vê-lo crescer todo lindo e recebê-lo com o maior contentamento com a coleira na boca, esperando ansioso o passeio gostoso no fim do dia. Era seu companheirinho querido, dormia a seus pés, e ser acordado com ele pulando em cima e lambendo sua mão era a alegria de todas as manhãs. A ordem era executar o animal com um tiro, e foi cumprida. O outro episódio culminante de seu treinamento foi também de assassinato. Oficiais da SS ("tropa de proteção") o levaram para uma casa onde residia uma família judia, e sua missão era liquidar uma determinada senhora. Quando apontaram para ele a criatura alvo de sua missão, ele reconheceu a mestra que o tinha ensinado a ler quando menino e que mais tarde tinha sido sua professora de inglês. Que surpresa! A senhora fora uma professora tão gentil e dedicada, como pôde ser tão falsa! Judia sem ninguém saber! Que nojenta! Os judeus eram mesmo seres falsos e fingidos! Não sentiu a menor pena dela nem dos pais e filhos, que tiveram de presenciar a execução à queima-roupa. Cumprido este dever, nunca mais foi o mesmo. Sua transformação estava selada.

As atividades no campo de concentração combinavam tudo que aprendeu na medicina com o treinamento recebido pela Gestapo, que somados à sua inteligência e devoção à causa pareciam ser um prêmio do destino. A princípio suas pretensões como médico pesquisador genético não eram bem aceitas pelos outros médicos que se dedicavam a este tipo de pesquisa. De um modo geral, as pesquisas genéticas conduzidas pelas equipes médicas baseavam-se na busca por meios de aumentar a população ariana (descobrindo os fatores genéticos que levavam à concepção de gêmeos), e ao mesmo tempo de como introduzir as características desta raça (tornando azuis olhos de outra cor), e variações derivadas desta linha. Outra linha de investigação tinha conotação militar: avaliar a resistência do corpo humano a baixas temperaturas, ao gás fosgênio, e à falta de água potável. Todas executadas com cobaias humanas.

A sua proposta de trabalho não se enquadrava em nenhuma das categorias, mas foi permitida por seu chefe, que nutria uma admiração especial por seu talento e qualquer descoberta ou contribuição importante seria faturada por ele, é claro, médico-chefe do campo.

Friederik considerava superficiais todas as pesquisas em andamento. Não atingiam o âmago da questão principal: quais os fatores celulares que estariam intrinsecamente envolvidos nas características funcionais do organismo. Em última análise, o que ele queria era descobrir, ou pelo menos achar o caminho para conhecer, o fundamento primordial que diferenciava as raças. Evidente que as pesquisas de seus colegas eram de interesse mais imediato e prático, os resultados trariam importantes dados para fins militares. Considerava ridículas as experiências feitas nos olhos dos meninos judeus para mudar a cor para o azul, através da injeção de compostos químicos. Claro que aquilo não iria levar a nada, só gastaria tempo e material, e cegar. Outras atividades visando o extermínio dos judeus, como a esterilização em massa das mulheres judias, até que faziam certo sentido, julgava ele, mas também era muito custoso e uma solução demorada.

Não comentava nada com seus colegas a respeito de suas opiniões, é claro, mas sentia que não era muito bem aceito. Tentava uma coexistência pacífica, em nome dos objetivos comuns. A vida no campo era boa, ganhava bem e podia economizar bastante, já que não tinha praticamente nenhuma despesa, e podia mandar dinheiro regularmente para os pais. Nada faltava em termos de boa alimentação e acomodação, e suas solicitações em termos de material profissional e leitura eram prontamente atendidas. Até mulheres, se quisesse, poderia ter. Mas não queria. Tudo estava canalizado para suas experiências. Cada vez que tentava um experimento, principalmente quando a conclusão não era a esperada, sua curiosidade ficava mais aguçada, sua mente mais desafiada, e ele perdia o sono interpretando os resultados e imaginando variações que pudessem levar a descobertas definitivas. Estudava muito, e enchia páginas e mais páginas de seus cadernos. Ainda bem que o suprimento de meninos judeus gêmeos não era problema, assim não precisava competir por cobaias com os colegas das outras modalidades de estudo. A antipatia dos colegas por ele parecia aumentar com a sua atitude de aparente indiferença a respeito das outras atividades médicas em curso no campo. Na verdade, o que ele evitava reconhecer era sua superioridade intelectual, inteligência brilhante, criatividade nas ideias. Em determinada ocasião havia declarado, na presença do chefe, que era contra a sala de torturas, já que isto não trazia nenhuma consequência prática e servia somente para dar vazão a maus instintos, o que poderia ser prejudicial à purificação da raça ariana. Declarou também que a estratégia da solução final só seria eficaz se incluísse a erradicação da memória judaica, e que isto deveria ser considerado prioridade. Não bastava o extermínio físico. "Os judeus são como erva daninha", acrescentou, para justificar sua opinião, "você pensa que acabou com ela, mas ela volta com força, de maneira inesperada". Estas afirmativas continham o espírito do nazismo, e por isso mesmo provocavam inveja nos que não conseguiam formular discursos tão apropriados. Mas o chefe tinha por ele apreço especial, pois usava as ideias de Friederik como se fossem suas em reuniões do alto escalão, resultando em notoriedade e respeito pelos oficiais mais graduados. Respaldado pela proteção do chefe, prosseguia em sua pesquisa, que considerava altamente relevante e sua pretensão máxima seria um encontro com o *Führer* em pessoa, para poder demonstrar sua dedicação, seus esforços em prol da causa. Duas oportunidades se apresentaram para a concretização desta pretensão. A primeira foi em uma noite de Natal. Rodeado de seus companheiros ostentando suásticas em suas fardas, o *Führer* presidia a festividade, iluminada com velas.

Devido ao grande número de pessoas e ao clima festivo reinante, e portanto impessoal, não houve possibilidade de um contato maior com o *Führer*. Ele queria conversar sobre seu trabalho, mostrar a relevância de suas pretensões do ponto de vista científico, dos ganhos que poderiam advir para o País. Tinha subjacente uma pretensão de aumento salarial, visto que outros médicos de igual patente, uns mesmo de patentes inferiores, tinham recebido gratificações de fim de ano, e ele, ao que parecia, ficou esquecido; mas não se atreveu a reclamar. Este ressentimento somou-se à falta de empatia com seus colegas, aumentando seu isolamento. Sentia-se desvalorizado, injustiçado, e por isso nutria a certeza de que o supremo chefe saberia compreender sua situação e como um pai todo-poderoso iria recompensá-lo da forma merecida. Numa comemoração natalina isso seria impossível, é claro, mas poderia funcionar como um passo inicial para entendimentos futuros. Um aperto de mão foi tudo que conseguiu, num momento emocionante, mas rápido e impessoal. Esperou a festa acabar, pacientemente. No fundo estava detestando aquilo tudo, parecia artificial e provocava o surgimento de uma ansiedade, que estava principiando a se manifestar ciclicamente. No fundo, sabia que a origem de seu desconforto era a indagação não formalizada: como podemos conciliar nosso ideal com a celebração do nascimento de um Cristo judeu? Friedrich Rehm já não havia declarado que "uma árvore de Natal germânica não tem nada a ver com o berço em um estábulo em Belém?". "É inconcebível para nós que o Natal e seu profundo significado sejam o produto de uma religião oriental", prosseguia. Este propagandista arguia que todos deveriam remover quaisquer vestígios de religiões "orientais", voltando-se para suas verdadeiras raízes, celebrando o tradicional yule, o antigo festival da Europa oriental que celebrava o solstício de inverno. Friederik lembrou-se das tentativas de repaginar o evento natalício quando sua mãe recebeu de presente forminhas de biscoito em formato de suástica em substituição às estrelinhas na árvore de Natal que poderiam ser confundidas com estrelas de Davi, e as irmãs receberam da igreja partituras de música reformando as tradicionais canções, retirando todas as referências a Cristo. Friederik tentava não ver o que estava presenciando: as tentativas de erradicar, ou pelo menos alterar as tradições populares estabelecidas ha séculos não deram certo, porque obviamente não eram objetivos razoáveis. Assim, a estratégia mudou de rumo: em vez de tentar dissuadir milhões de criaturas de celebrar o Natal da maneira como vinha sendo feito por gerações, o *Führer* e seus companheiros encorajaram seus compatriotas a mandarem cartões de Natal e presentes para as tropas.

Olhando para as fisionomias dos participantes da celebração natalina, que somavam um número assombroso, era difícil de acreditar que aquelas pessoas de aparência comum, mesmo as mais fanáticas, poderiam estar realmente participando do que estava sendo comemorado. Esta visão crítica era incompatível com seu treinamento, na verdade era o ponto nevrálgico que perpassava todo o doutrinamento imposto pelo

Estado de massa. Mas como a alma não pode ser completamente destruída, o que restava de questionamento racional em Friederik era suficiente para um embate fenomenal, que se manifestava em ataques de ansiedade beirando o pânico, devidamente debelados com analgésicos e calmantes, que ele tomava escondido. Mas... e o *Führer*? Em que ele acreditaria? Em público, Friederik presenciou a Cristandade ser elogiada, uma vez foi até colocada como "a base de nossa moralidade nacional". Mas rumores aludindo a comentários do arquiteto oficial do Terceiro Reich, Albert Speer, diziam que em sua privacidade ele detestava a fé cristã, por seu "caráter humilhante e subserviente". A sua verdadeira religião, o deus que ele adorava mesmo, era a raça ariana.

A segunda oportunidade de encontro com o *Führer* aconteceu por acaso, ele foi escolhido para levar em mãos o relatório mensal das atividades do campo, em uma data que coincidia com a reunião dos médicos, mostrando claramente como sua participação era indesejada. Friederik não se importou com a rejeição e ficou excitadíssimo com a perspectiva de visitar o bunker. Considerou antes de tudo uma demonstração de confiança e uma chance de ouro para obter a promoção e o reconhecimento desejados, tão necessários à sua autoestima, sobrevivência mesmo, já que tinha renunciado a seus planos de vida numa entrega total.

Programou sua ida a Berlim com detalhe, e o discurso para introduzir sua argumentação ao apresentar seu trabalho. Na noite anterior, ficou revisando seus resultados e as perspectivas de sucesso de suas teorias quando fossem finalmente colocadas em prática, provavelmente depois da vitória, que viria logo, se tudo continuasse a correr bem, com o eficiente comando do seu *Führer* maravilhoso.

Impecavelmente fardado, entrou na viatura que iria conduzi-lo até Berlim. Não costumava sair muito do campo, nem gostava da visão sombria dele. No caminho, um grupo de muçulmanos se interpôs na frente do carro, que estacionou. Estas criaturas, assim chamadas pela postura curvada, parecida com a dos muçulmanos na reza, eram fragmentos de gente, mais espectros ambulantes do que seres humanos viventes.

Tinham perdido qualquer senso de identidade, e perambulavam até que a morte os levasse, por inanição, doença ou assassinato por algum guarda do campo.

Saiu do carro indignado, exigindo a imediata remoção dos muçulmanos, que insistiam em interromper o caminho, na mais completa ignorância da gravidade do que estavam cometendo. Friederik deu uns passos para trás, procurando um agente responsável por aquele absurdo. Foi aí que percebeu bem no meio do caminho o corpo caído de uma jovem, abraçada com um bebê, morto também. Um absurdo maior do que tudo! Ele, que precisava tanto de cobaias com características genéticas semelhantes como mãe e filho, fora completamente ignorado! E suas ordens de que os chegados do tipo fossem separados, colocados em situação de bons tratos e enviados a ele? Ninguém respeitou! Revoltado, chutou com a bota o rosto da jovem para expor o rosto que estava virado para o lado. Era realmente uma jovem, sangue coagulado recente. Chamou o guarda, esqueceu os muçulmanos e perguntou por que tinham matado a moça com o filho.

— Ela desobedeceu, senhor. Não quis abandonar a criança na rampa de seleção entre os que chegaram ontem. Precisamos fazer isto para manter a ordem.

— E você não foi avisado de que casos assim precisam ser notificados? São raros e importantes para as pesquisas na clínica.

Desculpe senhor, não estou sabendo de nada sobre isto.

❧

Friederik teve vontade de acrescentar esta falha grave ao relatório. Percebeu, de maneira definitiva, a rejeição dos colegas da clínica.

O bunker, situado sob o jardim da Chancelaria do Reich, número 77 da Wilhelm Strasse, área onde se situava a maior parte dos edifícios do governo, fora construído como abrigo antiaéreo. Era constituído por um complexo que ocupava dois andares. O primeiro, localizado a 1,5 metros abaixo do nível da rua, chamado de Vorbunker; e o segundo 2,5 metros ainda mais abaixo, o Führerbunker, eram conectados por uma escada que podia ser fechada por uma porta de aço, isolando um do outro. Situado 8,5 metros abaixo do jardim da chancelaria do Reich, o Fühererbunker possuía mais reforço, o teto de concreto tinha espessura de cerca de 3 metros. Trinta pequenas salas eram protegidas por aproximadamente 4 metros de concreto com saída para os prédios principais e uma de emergência para o jardim. Friederik foi conduzido a uma antessala, no Vorbunker, onde permaneceu em pé por uma eternidade. Depois foi conduzido a outro aposento, onde pôde se sentar, e recebeu uma taça de vinho branco francês. Outra eternidade de espera. Depois de descer as escadas e atravessar a porta de aço, percorreu um enorme corredor com uma série de aposentos em cada lado. A decoração era composta por mobiliário de alta qualidade, trazido da chancelaria, e por quadros a óleo luxuosamente emoldurados. Enquanto esperava pelo comandante supremo, apreciava um enorme óleo de Frederick, o Grande, um dos heróis do *Führer*. Como este setor do bunker situava-se abaixo do lençol freático, o ambiente era abafado e desagradavelmente úmido. Para minimizar este efeito um conjunto de bombas trabalhava continuamente para remover a água do solo. Um gerador a diesel funcionava como provedor de energia elétrica, e água para consumo era bombeada de poço. O sistema de comunicações incluía um telex, uma mesa telefônica e um rádio militar com antena externa. O encontro tão esperado, no entanto, não pôde ser realizado. Um oficial veio recebê-lo e comunicou que o Chefe estava muito atarefado e que o relatório poderia ser entregue a ele, que conduziria a inspeção devida.

— Compreendo, senhor. Mas tenho informações importantes a transmitir também.

— Não está tudo reportado no relatório? Tudo de importante não consta no documento?

Friederik não podia dizer que o relatório não continha tudo de importante sem incriminar os colegas, e acima de tudo, sua chefia. Teve de concordar em entregá-lo, agradecer e se retirar, muito decepcionado. Na saída, sentiu uma agitação fora do normal. Não que pudesse dizer o que seria normal, nunca tinha estado lá, mas era visível um estado de enorme ansiedade. Ouviu gritos em uma das salas de porta fechada.

Na saída, encontrou o carro abandonado, o motorista tinha fugido, deixando a chave na ignição. Ouviam-se disparos de canhão se aproximando e se afastando, aviões sobrevoando a cidade, subitamente deserta. Friederik não podia acreditar em seus olhos. Trancado no campo, mergulhado em suas pesquisas, nunca se incomodou em acompanhar o curso da guerra, acreditando sempre na vitória, certa. A cena parecia sobrenatural, que fazer agora? Subitamente reparou num papel dobrado preso ao para-brisa do carro.

"Alemanha perdida. Se não quiser perder-se também, me procure na igreja Kaiser-Wilhelm-Gedachtniskirche, amanhã às 8 da manhã, terceiro banco, fila da frente". Friederik guardou o pedaço de papel no bolso, depois jogou fora. Sentou-se no carro e dirigiu até o campo. Lá encontrou uma balbúrdia total, os prisioneiros não estavam no trabalho e na clínica não havia ninguém, tudo abandonado, algumas pessoas passavam correndo carregando seus pertences. Ocorreu o pensamento de que aquela situação era esperada pelos colegas e fora escondida dele propositadamente. Mas não havia tempo para conjecturas, recolheu tudo que achou importante, começando por seus cadernos e dinheiro. Tinha juntado uma pequena fortuna, já que ganhava bem e não tinha gasto de nenhuma natureza. Pensou no bilhete, resolveu que iria ao encontro na igreja, mas como já estava ficando escuro, melhor seria sair na manhã seguinte, bem cedo. Não conseguiu pregar olho, ainda escuro vestiu-se à paisana, preparou um farnel e, no momento que estava preparando-se para sair, ouviu aviões sobrevoando o campo, parecia que voavam cada vez mais baixo. Precipitou-se para o carro, e aproveitando o escuro, conseguiu sair do campo, a cancela aberta. Ao fazer o contorno para a estrada, observou a cena que jamais saiu de sua mente: os jipes americanos arrombando o portão e entrando no campo. Os prisioneiros saíram dos blocos e aguardavam a libertação. Um tiro foi disparado contra o relógio que ficava na torre, marcando o momento de entrada da liberdade.

Conseguiu entrar na igreja, e na terceira fila estava Phillip, o espião inglês que trabalhava para os dois lados.

— Doutor, se quiser escapar eu posso ajudar, por uma pequena quantia, se comparada ao valor de sua vida. Preparo os papéis, ajudo na fuga e acompanho por um tempo sua vida lá fora até que esteja completamente a salvo.

— Quanto?

O valor era mais da metade de tudo que conseguira juntar, uma fortuna! Mas e a sua vida, que preço tinha?

— Que garantias tenho?

— Nenhuma. Os alemães prepararam-se para esta eventualidade e fundaram uma organização secreta, para se salvarem. Eu trabalho para eles. Só isto e minha palavra. Amanhã às 6 da tarde neste mesmo local entrego seu passaporte falso. Agora me passe seus documentos, vou precisar da foto. Tem preferência por algum nome ou nacionalidade? Aconselho a francesa, por causa do sotaque, os rr´s são parecidos.

— Gosto de meu nome.

— Não será muito modificado, não há necessidade. Aconselho a proteger- se em um hotel, não fique na rua, bombardeios o tempo todo. Proteja o carro onde conseguir. Boa sorte, doutor.

No hotel Friederik encontrou-se com oficiais de alto escalão, bebiam e jogavam cartas. Conseguiu conversar com um mais jovem, que relatou que a maioria era aconselhada a fugir para a América do Sul, Argentina tinha sido o destino mais procurado, entrada através do porto de Buenos Aires.

No dia seguinte, chegou ao local onde o carro ficou escondido, e de baixo de bombardeios, conseguiu chegar até Phillip, onde recebeu seu passaporte francês falsificado e uma passagem de navio Marseille-Buenos Aires.

— Estou acompanhando sua trajetória. Vai saber de mim quando for necessário. Boa sorte, doutor.

Inacreditável que depois de décadas de preparo bélico e planejamento de mudança social no país e no mundo, tudo tivesse sido um fracasso, que terminasse em vergonha. Não era possível aceitar esta realidade, impensável alguns dias antes.

Mas o pior de tudo foi verificar que na sua confusão, perplexidade e pânico não tivesse perguntado a Phillip como fazer para contactar a família, o que teria acontecido em Landshut, o que seria possível fazer por eles.

Agora o tempo era curto, era preciso salvar-se, não havia a menor possibilidade de ir até lá com a cidade cercada. E também a incerteza do que iria encontrar tornava injustificável qualquer esforço para correr tamanho risco.

A vida perdeu o sentido, não seria melhor acabar com ela, como fez o *Führer*? Mas isto de nada adiantaria, não valia a pena já que não faria a menor diferença na realidade. Melhor era deixar-se levar pela sorte, não pensar e parar de se torturar com questionamentos inúteis.

Juntamente com outros fugitivos no carro, seguindo o chamado "caminho dos ratos" (rota europeia para a fuga nazista), atravessaram fronteiras, e embarcaram para a América do Sul.

A Argentina foi um dos países para onde muitos fugiram após o Julgamento de Nuremberg, graças aos procedimentos de imigração facilitados e ao então governante Juan Perón. Milhares de nazistas, entre alemães e croatas, chegaram à Argentina entre 1947 e 1952, recebendo abrigo do Estado peronista e da Igreja Católica. Documentos mostram que Perón havia feito acordos com o governo alemão, que previam que os agentes nazistas não seriam presos na Argentina, e que poderiam usar identidades falsas. Em troca, haveria apoio da Alemanha para formação de um bloco sul-americano liderado pela Argentina. Desta forma, interesses econômicos e pressão da Igreja Católica e das comunidades de imigrantes podem explicar por que a América Latina se tornou o destino predileto dos nazistas. Durante os anos em que viveu em Bariloche, Friederik recebia regularmente as revistas científicas mais importantes no seu campo de estudo, a Genética. Este era o único elo com o passado, e que mantinha seu interesse na vida, enquanto outros colegas montaram negócios, arranjaram empregos e seguiram uma vida confortável. Recebia também recursos que permitiam uma vida simples, mas suficiente para mantê-lo tranquilo, estudando. Os colegas tentaram em vão convencê-lo a arranjar um lugar de professor de alguma coisa, já que ele aparentemente sabia tudo e já dominava bem o idioma.

Mas a caça aos nazistas refugiados continuava em andamento, e muitos foram aconselhados a sair de Bariloche. Com o estabelecimento do regime militar no Brasil, este se tornou um lugar atraente. A notícia de que o governo estava receptivo e até ajudando a entrada de refugiados nazistas, que pudessem ajudar os departamentos de polícia política na repressão aos subversivos, foi determinante para a decisão da vinda de Friederik para o Brasil. O lugar primeiramente escolhido foi Foz do Iguaçu, confluência de três nações, tolerante com contrabando, caminho de passagem para escoamento de drogas e passível de corrupção. Mas os tempos de tranquilidade pareciam ter se tornado coisa do passado. Friederik detestava o clima e as pessoas, e o ambiente de contravenção que fazia parte da vida era particularmente repulsivo. Quase não saía de casa, ou melhor, da pensão onde morava, e era visto com suspeição pelos outros moradores. Aguentou assim uns poucos anos até conseguir reunir forças para sair dali de vez. Após nove horas de onibus, chegou a Curitiba, da rodoferroviária tomou um táxi até o hotel, na rua XV de Novembro, perto da Praça Osório. A primeira impressão foi muito boa, clima agradável, ruas limpas. A cidade com trânsito organizado, cheia de flores pelas calçadas e as pessoas sem aquele ar de descomprometimento que ele encontrou em Foz. Pareciam mais sérias e responsáveis. Se soubesse, teria vindo logo para cá, pensava durante suas andanças de reconhecimento do terreno. Levou uns meses nestes ensaios, até achar uma casinha ótima, com quintal e jardim, em rua tranquila no Bacacheri. Passava os dias lendo, estudando e como sempre se colocando a par das pesquisas em Genética, as revistas sempre chegando com regularidade, um milagre que dava sentido a sua existência, era simplesmente o que sobrava da sua antiga identidade. Cuidava também do jardim, cada dia mais florido, e mantinha a casa limpa e organizada, com um toque meio obsessivo. Estudava o idioma, cujo único problema era ser parecido demais com o espanhol, o que poderia levar a deslizes. Dentre suas características pessoais, o alto nível de exigência era predominante, desde a infância incutido pela figura paterna. Por isso se propunha a falar um português impecável, com o menor sotaque possível, e treinava e gravava sua pronúncia duas horas por dia.

Em suas caminhadas solitárias pelos parques da cidade, Barigui e São Lourenço sendo os preferidos, muito se perguntou sobre o que realmente tinha acontecido, como explicar a derrota. E também como fora surpreendido por tudo, será que ninguém no campo suspeitava da situação, como era possível que somente ele estivesse completamente alienado do que estava acontecendo? Foi quando se lembrou de que poucos dias antes da entrada dos americanos no campo, talvez uma semana, ouvira por alto, comentários de que um vagão tinha saído com caixões "demasiado pesados para seu volume", com direção a Günzburg, e isto foi atribuído a seu conteúdo: continham lingotes de ouro, provenientes das extrações dentárias das vítimas do campo. Ora, isto era um indício que ele só agora percebia, que já se pressentia o fim da Alemanha nazista.

Mas a vida transcorria tranquila, e apesar da solidão, tudo parecia senão agradável, pelo menos suportável. Reconhecia que dentro das circunstâncias, a situação não podia ser melhor. Foi quando recebeu a notificação de que deveria mudar-se da cidade o mais rápido possível, ir de preferência para São Paulo ou Rio de Janeiro.

Quase não obedeceu. Não seria melhor ficar onde estava e arriscar a ser descoberto? Esta vida errante estava atingindo limites além do suportável. Mas o instinto de conservação falou mais alto e lá estava ele novamente no quarto de uma pensão da Lapa, no Rio de Janeiro, sufocado pelo calor e pelo desgosto de sua condição.

FREDERICO

A princípio vivia como antes: um fugitivo, chegando a um mundo completamente desconhecido, procurando se misturar sem chamar atenção aos novos costumes, à multidão de pessoas diferentes. Fazia de tudo para não ser visto e paralelamente num esforço supremo tentava superar a derrota e o desprezo pela sociedade da qual dependia para sobreviver.

Este esforço o esgotava. Dormia muito cedo, acordava no meio da noite, tinha sonhos recorrentes com meios de transporte de todos os tipos, trem, navio, avião, automóvel, sempre tentando um destino, uma direção, uma solução. Levantar da cama pela manhã era o pior momento, toda a contradição e conflito de sua condição emergiam como um sentimento disforme, sem sentido, que se colava em sua mente como uma cobra pegajosa que a enrolava, sufocante, paralisante, num aperto sem fim. Precisava acionar todos os mecanismos de defesa e de sobrevivência para justificar os movimentos necessários para encarar um novo dia, que insistia em penetrar pela janela iluminando tudo com a força do sol do Rio de Janeiro. Calor. Os cabelos ralos, louros, grisalhos e sem vida, grudados na testa, o suor molhando as virilhas iam tornando a saída da cama a única solução para a agonia do movimento necessário. Sentar era pior, prolongava o dilaceramento. A única saída era conseguir não pensar, agir automaticamente. O calor era um fator agravante que funcionava como pano de fundo, um sofrimento paralelo, dias e noites.

Aquele quartinho alugado na pensão da Lapa era particularmente insuportável para um alemão nascido na Baviera há mais de 50 anos atrás.

Saía do quarto muito cedo, pegava o ônibus até o Leme, de sandália de dedo, bermuda e camiseta amarela do Banco do Brasil. Na beira da praia, caminhava até o posto seis. Esses passeios eram um tônico para seus nervos estropiados. A brisa salgada, deliciosa, que penetrava pelas narinas, o rumor das ondas, as gaivotas inspirando liberdade eram um transporte para o esquecimento, ainda que momentâneo, da falta de sentido de sua vida e do medo de ser reconhecido por alguém e, no pior cenário, ser descoberto pelo Mossad. Não se atrevia a caminhar na areia, só na calçada. Sentir a areia diretamente, atritando contra seu corpo, era uma comunhão para a qual não se sentia preparado. No fundo no fundo, o conflito maior, a angústia suprema, era conseguir preservar a sua identidade, base da sobrevivência, num ambiente onde tudo que foi aprendido, todo o treinamento recebido, todos os seus valores, crenças e sentimentos não faziam sentido. E a cultura do meio onde tinha que sobreviver apresentava laivos repugnantes como a miscigenação racial, falta de compromisso com a ordem e a limpeza, aliás faltava compromisso com tudo, nada era confiável. Em sua racionalidade nata aliada à necessidade de sobrevivência, aprendeu a língua, estudou os costumes e a história do Brasil, até a gíria carioca incorporou. Mas caminhar descalço na areia era demais, presumia uma liberdade, um abandono ameaçador.

Mesmo em dias de chuva caminhava na beira da praia. O mar cinza escuro, o ventinho frio, pouca gente, era ótimo, talvez melhor até que os dias de sol implacável. Era mais parecido com ele, de certo modo refletia seus olhos que olhavam pateticamente o entorno, transmitindo um apelo quase infantil de socorro para quem tivesse a coragem de encará-lo detidamente. O rosto tornara-se cheio, maduro, um pouco caído, com poros dilatados. As rugas caminhavam por sulcos claros que escaparam do bronzeamento devido à contração natural do rosto exposto ao sol, e que acentuava o contraste com os olhos e cabelos claros e desbotados. Um semblante deplorável em relação àquele orgulhoso dos tempos de oficial médico do campo de concentração.

O CONDOMÍNIO DONA CLARA

Depois de muita busca nos classificados, Frederico achou no jornal de domingo, olhando a seção de imóveis, o apartamento no edifício Condomínio Dona Clara, que parecia perfeito. Encontrou, finalmente, o anúncio que parecia corresponder ao desejado local para fixar moradia. Localizado em um subúrbio distante do centro, o apartamento anunciado tinha dois quartos, cozinha, banheiro, área de serviço e ficava em uma cobertura, o que era particularmente interessante porque ficava fora da área de circulação dos outros moradores. Quanto mais isolado, menos visível, melhor. Assim, ligou para o telefone que constava no anúncio e marcou uma visita numa segunda-feira às dez horas da manhã, horário em que poderia verificar o tipo de movimento do prédio e dos arredores. O Edifício Condomínio Dona Clara ficava em uma ruazinha do bairro do Encantado, e tinha um ar ao mesmo tempo nostálgico, descuidado e de abandono. As árvores da rua, sofridas com os fogos das velas dos despachos feitos em cima de suas raízes, que comiam parte do tronco escavando crateras, pareciam compartilhar a tristeza do lugar. Gerenciado por anos a fio pela síndica Zuleika, o prédio tinha seis andares e cobertura com dois apartamentos, sendo um deles o que estava à venda.

❧

Chegou ao local meia hora antes e caminhou pelas redondezas, observando as pessoas, o comércio, o trânsito. Tudo muito pobre, as calçadas quebradas, água misturada com lama correndo ao longo do meio-fio, lixo amontoado, um abandono que ele classificou como desleixo, falta de responsabilidade e competência, preguiça intrínseca. As dez em ponto entrou no prédio. As paredes externas de pó de pedra nunca viram nada de conservação desde a construção inicial, mas este tipo de revestimento não mostra os estragos do tempo como as paredes pintadas com tinta por exemplo. Estava passável. Um grande portão de ferro batido preto estava bem aberto na portaria, dando acesso a qualquer um que porventura tivesse interesse em entrar no "Condomínio Dona Clara", título moldado também em ferro batido pintado de preto, letras em itálico, fixado sobre o portão, bem no alto. Frederico subiu o degrau da entrada que era coberto por uma passadeira de cor indefinida com bordas desfiadas, e continuava cobrindo os outros três degraus que levavam até o elevador. No final, uma mesinha tipo chipendale com cadeira e, na parede em frente ao elevador, um console e um quadro de avisos com chave pendurada na fechadura compunham o ambiente. Ninguém apareceu, ficou esperando, em pé, observando. Reparou numa baratinha compridinha que subia numa das flores de plástico penduradas no vaso ao lado do quadro de avisos, que certamente nunca foram lembradas por ninguém, dada a camada de pó acumulada. No quadro, estavam pendurados avisos sobre a coleta do lixo, as contas de luz e água do mês e uma lista de telefones de emergência. A maçaneta da porta do elevador e a grade de ventilação deste estavam muito bem polidas, contrastando com o resto da aparência da portaria. Calor intenso, pouca ventilação, iluminação fraca, tornavam o ambiente sufocante, e ele ali, em pé, suando, esperando. Pensou até em sentar-se na cadeira atrás da mesinha, mas esta não era uma atitude recomendável. Não sabia quanto tempo estava ali, melhor ir embora. Mas um barulho de correntes e cabos seguido de um zumbido chamou sua atenção para o elevador, que subitamente parou no térreo, e dele saltou uma senhora de óculos, cabelos presos num coque, com um vestidinho estampado, sapatos fechados. Frederico perguntou com delicadeza por dona Zuleika, que tinha marcado com ele para mostrar o apartamento.

— Ah, sim, a cobertura. Por um acaso eu também moro na cobertura, em frente a este que está vazio. Posso acompanhá-lo até a casa da Zuleika.

Frederico ficou sabendo que Zuleika, síndica do prédio, estava fazendo a corretagem do apartamento com exclusividade. Por algum motivo não identificado, não estava esperando por ele na portaria conforme o combinado. Difícil se acostumar com estes desleixos, como poderia compreender que as pessoas funcionassem dessa maneira absolutamente irresponsável e não confiável? Muniu-se de paciência e acompanhou a senhora que parecia muito gentil e educada até a casa da Zuleika. Tocaram a campainha e um "estou indo" em alto volume foi a resposta. A porta então se abriu, Zuleika convidou-os a entrar:

— Obrigada, dona Quitéria, entra aí.

— Estava de saída, obrigada, vou indo.

Frederico sentou-se no sofá de três lugares em frente à televisão e Zuleika ao lado, no de dois lugares. A mesinha de centro era povoada de bibelôs e adornos de louça de todo o tipo. São Jorge em cima de uma cômoda com gavetas era homenageado com um vaso contendo arruda e umas folhas de comigo-ninguém-pode e pedrinhas no fundo. A impressão geral era de um apartamento sobrecarregado de todo tipo de enfeites, fotografias, quadros, etc., etc., mas limpo e arejado. A Zuleika era uma mulata de proporções avantajadas, principalmente no que se referia às partes posteriores do corpo, da cintura para baixo. Os cabelos empastados de gomalina ficavam esticados todos em cima e depois de presos por um elástico formavam um enorme pompom atrás da cabeça. Por cima do jeans vestia uma blusa solta que mostrava os peitos fartos pelo decote em V. Falando mansamente, serviu um cafezinho, que Frederico aceitou porque não soube recusar e tomou heroicamente. Tinha um leve odor de sabão, mas o gosto ficava suportável devido à quantidade de açúcar colocada, quase a metade da xícara. Da posição onde se encontrava sentado, Frederico podia enxergar a cozinha e uma nesga do quarto. Na cozinha, via-se uma mesa console pregada embaixo da janela, forrada com uma toalha de plástico em cima da qual apareciam uma garrafa térmica (de onde tinha saído o café com o leve cheiro de sabão) e uma talha de cerâmica onde se lia "Filtro São João". Os azulejos verdes estampados cobriam as paredes até meia altura. Daí até o teto a pintura era verde-claro. As outras peças de paredes brancas com aparência de pintura recente. A cortina de renda de poliéster amarrada com uma fita de cetim de cada lado atadas em forma de laço, com babadinho em cima, filtrava a luz forte do meio-dia que se aproximava. A mesa da sala ficava em diagonal em relação aos sofás, ladeada por quatro cadeiras com almofadinhas e coberta por um trilho de renda de bilro, que o porteiro trouxe do Norte para Zuleika, de presente. Tinha ela uma filha que morava com uma tia-avó no Largo da Segunda-Feira, na Tijuca, perto do ginásio que frequentava.

O apartamento que estava à venda na cobertura era maior que o de Zuleika, que tinha apenas um quarto. O Condomínio Dona Clara, com seis andares, era servido por um elevador que ia até o sexto. A partir daí uma escadinha curvada dava acesso a um corredor largo que terminava ortogonalmente em duas partes, em forma de "T". Ao final de cada lado do "T" ficava um apartamento, depois de cerca de um metro. Um era habitado por dona Quitéria, a senhora de óculos, que o tinha recebido na portaria e encaminhado até Zuleika. O outro era o que estava disponível para a venda. Frederico gostou do imóvel, tanto pelas razões de privacidade anteriormente aludidas, como também pela localização geográfica, frente para o leste, sol da manhã portanto. Era bem arejado. Reparou rapidamente que as dobradiças das janelas precisavam de reparo, que as torneiras e a descarga do banheiro estavam vazando, um fiozinho de ferrugem percorria as pias, a pintura mal feita lambuzava os rodapés e espelhos dos interruptores de luz. A porta de saída dos fundos arranhava o piso ao ser aberta, enfim, muitas coisas consequentes da negligência, incompetência e preguiça da cultura nativa, às quais parecia que ele nunca se acostumaria.

Zuleika, que tinha conseguido com o proprietário a exclusividade da corretagem, se desdobrava na descrição das qualidades do imóvel, o que era absolutamente desnecessário para a avaliação do alemão. Porém, ali sentado em frente a sindica, alguma coisa não prevista em seus planos começava a se intrometer, ele se surpreendeu ao sentir um sufoco súbito, um mal estar repentino. Fosse pelo calor, ou pela angústia da espera na portaria do condomínio, o fato é que todo o ressentimento e material represado em seu intimo subitamente tomaram forma, atingindo um volume que beirava o limite de seu instinto de sobrevivência e capacidade de suportar. O fracasso do ideal de sua vida, a repressão sexual auto-imposta nos anos do campo de extermínio, toda luta resultando em humilhação, agora confluía para uma questão insolúvel: sua própria existência dependia da preservação de uma identidade num meio onde não havia condições para isso. Num meio impossível de se dissolver, mas que precisava acostumar-se sem se identificar e ainda por cima detestando e desprezando. A presença daquela mulher miscigenada, exalando sensualidade e força vital, parecia um escárnio ao seu drama, uma encarnação ao avesso da tragédia de sua vida. Teve ganas de apertar a garganta dela até ver os olhos virarem para dentro, assassina-la ali mesmo. Seria o supremo alivio, sem remorso, com a mesma sensação de quando deslizava seu bisturi afiado na carne lisinha das crianças judias-cobaias do campo de concentração. Mata-la seria eliminar magicamente a realidade. O esforço gigantesco para estancar o surto foi acompanhado por uma taquicardia desesperada, que reverberava em suas temporas latejantes. O suor gelado, que exsudava de todos os poros, deslizava pelo rosto e confluía na ponta do queixo formando uma espécie de barbicha. Passou os dedos trêmulos e frios sobre a testa, teve vontade de falar alguma coisa para disfarçar, talvez algo a respeito do calor, mas foi impossível articular qualquer palavra. Baixou as pálpebras e respirando fundo fixou os olhos nos desenhos do tapete.

Zuleika percebeu a perturbação do candidato ao apartamento, e a atribuiu a uma atração física que estaria exercendo sobre ele. Esta interpretação equivocada era rara em suas apreciações das pessoas e situações. Quase sempre acertava, e com muita eficiência. Aliás, esta sua capacidade de intuir os sentimentos que provocava, de perceber o outro e conseguir uma empatia que abrisse caminho para suas intenções que não eram modestas, ela a explorava de maneira notável. Estava na sindicatura do condomínio há mais de dez anos, graças à sedução que exercia na maioria dos condôminos, pessoas de idade em sua maioria. Uma característica desta faixa etária é o sentimento de abandono pela família, na maior parte dos casos justificado, agravando a carência afetiva, parecida com a das crianças, nesta parte da trajetória da vida. Zuleika programava as reuniões de condomínio com a necessária antecedência para prover de maneira aleatória ao longo dos dias presentinhos, docinhos e vários tipos de mimos para os votantes nas assembleias do condomínio em troca de voto ou procuração. Sempre com obras de conservação ou melhorias, as despesas superfaturadas e imunes a qualquer inspeção contábil serviam para alimentar a poupança de Zuleika. Ao mesmo tempo, mantinha uma aparência mínima de ordem e funcionamento do prédio. Ninguém parecia querer mudar nada, e a conta bancária da síndica ia engordando mês a mês, numa contabilidade impecável, em conluio com a administradora, que também levava sua parte no superfaturamento de tudo que era possível. O sonho da Zuleika era sair do subúrbio, comprar um apartamento em Copacabana e lá morar com a filha. A peça mais importante desta engrenagem era o Costelinha, que tudo conseguia consertar, e não passava muito tempo sem que sua presença fosse solicitada por Zuleika. Fazia serviço de encanador, pedreiro, carpinteiro, pintor, em eletricidade se virava um pouco também, era o braço direito da síndica, que pagava a ele o mínimo necessário para tê-lo sempre disponível, com recibos que nada tinham a ver com o recebido, é claro. Ele tinha plena consciência de que era explorado, vítima de sua condição de iletrado talentoso. Quando ficava com muita raiva e pensava em procurar outros condomínios, ela parecia que adivinhava, vinha com uma camisa das Lojas Americanas, um pãozinho fresco, essas coisas que o deixavam desarmado.

Frederico decidiu comprar o apartamento, e Zuleika, felicíssima pela comissão a ser recebida e pela aparência loura e atraente do novo condômino, mas ao mesmo tempo intrigada pela origem e pelas circunstâncias dele, fez as perguntas que julgou necessárias, como que se desculpando.

— Sr. Frederico, o senhor compreende, temos umas formalidades. O senhor tem conta em qual banco? Como vai ser o pagamento? À vista? E o cartório, o senhor tem algum de sua preferência? Sabe, o comprador tem o direito de escolher o cartório. Tem todos os documentos em dia? Na verdade, só precisa RG e CPF, tudo bem, não é?

E agora, o que dizer pra ela? Ele tinha como documento só o passaporte falso que Phillip tinha arranjado para ele a peso de ouro. Na guerra trabalhou para os dois lados, conhecia tudo em termos de falsificação. Não só arranjava documentos necessários para a fuga, como acompanhava o destino dos clientes e os aconselhava a escolher os lugares onde deveriam permanecer ou não. Mas conseguir RG e CPF estava fora dos limites de ação deste Phillip. Frederico nem sabia bem o significado destas letras, imaginava que fossem documentos de identidade locais.

— Senhora Zuleika, eu sou um estrangeiro, não tenho estes documentos. Vim para o Brasil em busca de um futuro, num país amigo. Minha família morreu toda na guerra, permanecer na França ficou muito doloroso para mim. Prefiro não tocar neste assunto penoso, a senhora compreende, não? Só tenho passaporte.

— Ah, sim, claro. Então o senhor é francês?

— Sim, senhora, pode ver no meu passaporte.

Quando Zuleika viu que o passaporte, único documento disponível, foi usado como forma de identificação, logo percebeu que não se tratava de pessoa comum, e que alguma coisa estranha estava subjacente na vida do novo condômino. Mas não teve pressa em elucidar a situação, que não lhe causou a menor ansiedade, sua intuição indicava que ali estava uma mina a ser explorada se agisse com cautela. Ainda por cima, a suposta atração física que imaginava despertar alimentava sua vaidade e a divertia secretamente. Perguntou ela certo dia, assim como quem não quer nada, se ele estava no Brasil há muito tempo, jogando verde para ver se desvendava alguma coisa, o que não passou despercebido ao alemão. Percebeu ele que precisava fabricar logo uma estória verossímil, que retirasse o mistério evocado por sua figura e que o tornasse aceito da maneira mais normal possível. Contou que sua família tinha perecido toda na guerra, e que ele havia sobrevivido graças a uma viagem de negócios que tivera que fazer fora de seu país, e da mesma forma que conhecidos seus, emigrou para a América do Sul para tentar uma nova vida, já que na Europa, destroçada pela guerra, sua atividade de negociante tornara-se particularmente difícil. Era uma narração bem indefinida, mas que não dava margem a muito questionamento, afinal o homem era um sobrevivente, sem família, e isso merecia respeito. Além disso, tinha vindo para o Brasil esperando acolhida. A Zuleika logo farejou algo que não rimava nesta estória, mas isso era até bom, poderia usar quando descobrisse. Além disso, ele tinha dinheiro e comprou à vista, o que era impressionante. De jeito nenhum iria ela deixar a falta dos documentos necessários atrapalhar a venda. Primeiramente, precisava abrir conta no banco para o Frederico, depois arranjar um jeito de lavrar uma escritura só com o passaporte.

A administração do prédio usava um banco de pequeno porte, não tinha nem filial no centro, Zuleika era amiga íntima do gerente, é claro que não podia perder a conta do prédio, cliente antigo. Tomando conhecimento do problema, o gerente abriu uma conta só com o número do passaporte no nome do Sr. Frederico Lagrange de Dumont. Nem reparou que o nome era português e o sobrenome francês. Zuleika menos ainda. Frederico era bem vistoso, imponente, ela estava excitadíssima com a situação. Ele, por outro lado, sentiu- se muitíssimo mal e inseguro com este estado de coisas fraudulento, envolvendo banco. Ele que sempre fora corretíssimo em termos de dinheiro, fora educado assim.

Depositou a quantia no banco, tinha trocado os marcos que tinha numa casa de câmbio no centro, sem problemas. Quanto à escritura, a coisa foi mais problemática. O cartório se negou a registrar o imóvel sem a documentação normal. A saída foi ficar sem escritura, confiar no antigo proprietário.

— Sr. Frederico, vou lhe dizer qual a melhor solução: o apartamento está vazio, mas como o senhor está disposto a pagar à vista, com cheque, isto já é uma prova do pagamento. Eu peço para o proprietário um recibo e oportunamente conseguimos fazer uma escritura. Confia em mim, faça um cheque no valor total, e em seguida sua mudança. Eu vou ajudá-lo nas obras que precisam ser feitas, e a mobiliá-lo, se o senhor concordar.

Concordar, ele não concordava, aliás, detestava, mas não podia deixar passar a oportunidade de ter um lugar definitivo, pelos menos até que a situação mudasse e recebesse novas ordens do Phillip. Precisava urgentemente de um lugar tranquilo, de um pouco de paz para se recompor. Preferia mil vezes fazer tudo sozinho, mas achou que negar o oferecimento seria um mau começo. Sentiu-se enredado, e não tendo saída, aceitou. Assim, acertou a compra do apartamento com Zuleika, que intermediou tudo com o proprietário para seu alívio. Assim ficou estabelecido o novo paradeiro de Frederico.

Os primeiros passos foram de ajudá-lo na preparação da nova morada. Zuleika acionou Costelinha, que providenciou o conserto dos vazamentos, a troca das dobradiças emperradas das portas, janelas e armários da cozinha, além da pintura. Frederico, não acostumado a ter serviçais, tinha dificuldade de tratar com Costelinha, deixando terreno para Zuleika exercer seu poder à vontade.

— O senhor precisa de uma presencinha feminina para ajudar na casa nova. Se me permite, posso ajudar na compra dos móveis, conheço os lugares onde se pode comprar bom e barato. Amanhã de tarde estou livre, o que o senhor acha?

Compraram os móveis e os respectivos complementos como abajur, roupas de cama, banheiro, cozinha, até cortina pronta. Ela comandando tudo e ele seguindo feito um cachorrinho. Mas no final, tudo deu certo e pela primeira vez na vida Frederico teve uma casa só sua. Não era bem o que gostaria, porque ele achava horrível o gosto dela, mas dos males o menor. Estava estabelecido, agora era ver o que o destino lhe guardava. Estranho isso, pensar em destino, nunca imaginou que um dia fosse pensar nestes termos.

Esta foi a primeira batalha, outras se seguiram, menores, mas constantes. Eram presentinhos, docinhos, cafezinhos (felizmente agora sem cheiro de sabão), ela sempre cheirosa, roupas decotadas, sandálias coloridas. Contra sua própria vontade, Frederico começou a ter expectativas diárias sobre a visita, geralmente de tarde. Ela sempre tinha um assunto novo, ou sobre a filha, ou fofocas do condomínio que ele preferia não saber, ou contas a prestar para a administradora e assim por diante. Sentava-se no sofá bem pertinho, escorregava sua mão para perto da dele ao servir o café, despedia-se com um suspiro. A impressão que este comportamento sedutor e ambíguo causava era de terror. Primeiro porque a raça mulata era o horror dos horrores. Melhor a negra, que era pura pelo menos. A mistura era a coisa mais abjeta que ele poderia conceber como pesquisador para a purificação racial, com a consequente supremacia ariana. Para isto fora treinado e se consumiu trabalhando e estudando. Sentir atração e nojo ao mesmo tempo era um mandato de sofrimento sem apelação. Tudo, aliás, contribuía para esta situação. As pessoas na rua, todas eram assim misturadas, meio peladas, despudoradas, coloridas demais, com suas sandálias de dedo e este ar negligente, descompromissado com tudo. Ao mesmo tempo a atmosfera era de uma licenciosidade prazerosa, de um abandono feliz, cada dia era um novo dia e todo mundo se cumprimentava de manhã como se o dia fosse bom mesmo. Esta liberdade perigosa era um atrativo fatal, feito um vórtex que ele não conseguia olhar de perto, mas estava lá o tempo todo.

Evidentemente o comparecimento às reuniões do condomínio era um dos preços que tinha que pagar pelos préstimos da síndica. Esta se preparava com esmero para cada evento, onde sobressaía como figura principal, era a consumação de sua posição de rainha soberana do Condomínio Dona Clara. Sempre comprava uma blusa nova e pintava as unhas de esmalte cor de vinho, tanto as das mãos como as dos pés que apareciam por fora das tiras da sandália, somente as que apareciam. Frederico sentava-se sempre no fundo da sala, numa cadeira no fim da fila, perto da porta, para poder escapar facilmente sem ser notado assim que a ocasião propícia se apresentasse. Um oficial médico do Estado Alemão, sendo obrigado a comparecer em reunião de condomínio num subúrbio carioca era uma das coisas mais surrealistas que se poderia imaginar. Como não fora habituado a tomar banhos diários, antes da reunião trocava a camiseta por uma camisa de botão limpa, mais respeitável, e disfarçava molhando o cabelo. Achava tudo absolutamente caótico, todo mundo dando opinião ao mesmo tempo, sem ordenação de prioridades e sem comprovantes de nada, todas as discussões baseadas em comentários aleatórios, o geral misturado com o particular, uma desordem que consumia um tempo enorme. Esta irracionalidade deixava-o cansadíssimo e sentia-se mais imiscível no meio do que nunca, mas aguentava firme, sempre votando conforme as instruções de sua protetora imposta, da qual irremediavelmente se tornara prisioneiro, ainda mais depois da noite em que o inevitável aconteceu. Foi no apartamento da Zuleika. Depois de uma reunião de condomínio especialmente favorável, quando ela conseguira nomeá-lo como membro do Conselho Fiscal, Frederico foi convidado a comemorar na casa dela com caipirinha, bebida que ele apreciava muito. Depois de vários copinhos, ela veio toda insinuante, perguntou como poderia lhe agradecer tanto apoio, etc., e colocou seus lábios quentes em seu rosto, que ficou mais quente ainda. Ele nunca tinha visto nada igual na cama, ficou absolutamente perdido em tanto prazer, numa entrega total.

Quando voltou a si, já de madrugada, voltou para seu apartamento deixando a mulata roncando suavemente. Olhou-se no espelho do banheiro e quando se deu conta do acontecido, tudo em volta girou e ele vomitou em espasmos violentos, com nojo de tudo, principalmente de si próprio. Mas apesar desta reação, a lembrança do gozo ficou marcada, e outras tantas vezes ele sucumbiu. Só que em vez de vomitar, tomava banhos intermináveis, que não serviam para limpar por dentro, infelizmente. Mais escravo ficou de Zuleika, que consolidava cada vez mais seus esquemas; estes, agora, funcionavam graças à colaboração do Frederico que, em troca de favores imateriais, emprestava sua condição de estrangeiro sem registro no Cadastro de Pessoas Físicas do Brasil. A posição de Frederico como conselheiro consolidava a situação de Zuleika na administradora do condomínio e também no banco, onde havia se comprometido com o gerente a depositar, mensalmente, todo o faturamento do condomínio. Frederico era um alemão de honestidade impecável e ficava horrorizado com os esquemas da Zuleika quando via os aumentos no seu saldo mensal, mas não tinha opção.

Ele mesmo fazia sua comida e limpava a casa, apesar dos esforços de Zuleika em arranjar faxineira. Alguém estranho em sua casa era algo que ele precisava evitar a todo custo. Colocou trancas nas portas e um portão na frente do "T", fazendo um "puxadinho", o que foi imediatamente condenado pelos vizinhos, já que estava invadindo área do condomínio. Mas Zuleika conseguiu contornar a situação, alegando que isto em nada prejudicava a circulação, já que dona Quitéria, única vizinha, não se importava, e que não custava nada permitir a um condômino exemplar uma pequena exceção. Estrangeiro recluso e de modos pouco afáveis, Frederico não era bem visto por ninguém do condomínio, mas sua condição de amante da síndica, que era a querida do prédio, era um salvo-conduto para suas idas e vindas serem toleradas sem comentários. Ela fazia questão de sair com ele de braço dado, até comprou um anel de doutor que ele deveria usar com a mão virada para cima, de modo a que todos vissem. Uma humilhação, um ridículo sem fim, que ele suportava heroicamente pela sobrevivência.

Apesar de gastos modestos, suas reservas foram minguando com o passar do tempo. Um emprego, nem que fosse de tempo parcial, parecia uma boa ideia. Assumiu a função de contador na imobiliária que administrava o condomínio, organizando as finanças, colocando em ordem as datas, entradas, despesas, impostos. Tudo meticulosamente bem feito era examinado pelo contador principal, que em conluio com Zuleika fazia a "revisão" da contabilidade. Habitando o apartamento em frente ao de Quitéria, estava agora estabelecido como membro do Conselho, contador na administradora e amante da Zuleika.

Nestas alturas se deu conta de que tinha escorregado para uma dependência irreversível da mulata. Que destino para um oficial médico dos tempos do Terceiro Reich!

JODACÍLIO

Zuleika tinha comentado com Costelinha que não gostava muito do porteiro do condomínio e que estava vendo se ele não se arrumava um outro local de trabalho, de modo que pudesse pedir demissão, livrando o condomínio dos encargos da dispensa, aviso prévio, essas coisas. Costelinha logo percebeu que Zuleika não conseguia manobrar o porteiro do seu jeito e de certa forma temia que ele percebesse e comentasse as falcatruas que fazia com as finanças do condomínio. Conversando com seu amigo José Antônio, aquele que tinha arranjado o trabalho para ele de consertar o vazamento do prédio onde ficava o restaurante em que Jodacílio trabalhava, comentou sobre a vaga em perspectiva para um novo porteiro.

Foi nessas circunstâncias que Jodacílio se apresentou no Condomínio Edifício Dona Clara, pretendente ao cargo de porteiro, todo nervoso, cheio de expectativa. Zuleika vislumbrou direto como poderia explorar a situação. Adorou Jodacílio, moço asseado, com boas referências, analfabeto, necessitando trazer a família. Teria um criado e aliado incondicional se manobrasse direitinho a situação, o que realmente aconteceu. Em troca de lealdade total e fidelidade canina, Jodacílio poderia trazer a mulher e a filha. Morariam na garagem, o que não era permitido já que não havia acomodação apropriada, mas tinha um local que estava servindo de despensa, onde foi colocada uma cama de casal e um varão que servia de guarda roupa. Na parede em cima do tanque foi colocado um espelho e estava definida a pia do banheiro. Foi construído pelo Costelinha um quartinho com vaso sanitário e chuveiro; e a nova moradia para o Jodacílio, Da Luz e Micheli estava pronta. Estas vieram, mas a cunhada, Socorro, veio também e a situação se complicou aparentemente. Zuleika colocou a moça no seu quartinho de empregada, e o resultado final foi que Jodacílio mantinha tudo muito em ordem, cumpria à risca as ordens de Zuleika, enquanto Da Luz e Socorro serviam de ajudantes e diaristas para alguns moradores, inclusive para a Quitéria. Zuleika estava toda feliz, a situação absolutamente sob controle, arranjou vaga pra Micheli na escola municipal, que ficava numa distância que podia ser percorrida a pé.

Mas nem tudo estava resolvido para o Jodacílio, havia uma situação muito difícil que pesava sobre seu coração malhado pelas tempestades da vida. Parecia que nunca iria conseguir uma vida em paz, onde trabalhasse e tivesse moradia, sustento, e a felicidade suprema de ter a Micheli por perto. O problema era a Belinha. Tivera que abandonar a cachorra lá na cabeça de porco e temia pelo seu destino. Quantas vezes depois de seu expediente ia até o longínquo subúrbio para procurar a sua querida amiga canina, trazendo comida. Às vezes a encontrava, magérrima, toda suja, maltratada, com um olhar de cortar o coração. Pelo menos está castrada, pensava, mas não podia conter as lágrimas e o aperto no coração, a culpa pelo abandono. Não aguentou, agarrou a Belinha, colocou numa sacola e a levou consigo. A bichinha parece que entendeu que estava viajando clandestina no trem e no ônibus, ficou toda encolhidinha no fundo da sacola. Chegando em casa, foi aquele drama total. Primeiro a Da Luz, que recusou de forma indiscutível a presença de Belinha. Jodacílio, sem saber o que fazer, resolveu dar um banho no tanque, para ver se tirando as pulgas a cachorra ficava mais atraente. Deu comida, fez uma caminha do lado de fora de seu quarto, explicando que era só por uma noite, no dia seguinte iria arranjar uma solução. Acordou bem cedo, ainda no escuro e foi olhar a bichinha, que estava até cheirosa, o pelo já mais macio. Abraçou-se com ela, sua companheira de tanto infortúnio, que agora em melhor situação, deveria abandonar. Depois foi a Zuleika que se recusou terminantemente a permitir a presença de Belinha, já tinha feito muita coisa fora da convenção do prédio para abrigar o Jodacílio e a família, cachorra vira-lata era demais.

No elenco das qualidades de Zuleika, coexistiam as que facilmente se poderiam inferir da descrição de suas ações e atitudes, com as sentimentais, que se confundiam com alguma culpabilidade que ela evitava perceber indo à missa todo domingo, contribuindo com o dízimo. De algum modo, a tristeza do Jodacílio com o problema da cachorra tocou seu coração, e sua mente. Ficou com pena dos dois, mas também percebeu que se achasse uma solução teria uma fidelidade por parte do Jodacílio, eterna, canina, para rimar com a situação.

Tinha ela um talento incrível para solucionar problemas aparentemente insolúveis e ainda tirar partido deles. O Frederico, morador de um dos apartamentos da cobertura, que dela dependia para tudo, poderia muito bem receber a Belinha. Morava sozinho, seria uma companhia, e o Jodacílio poderia vê-la sempre, isto é, em termos, já que o homem nunca recebia ninguém.

Difícil descrever a reação do Frederico. Imediatamente lembrou-se de seu cãozinho branco que teve de executar com um tiro por ordem da SS, lembrança devidamente arquivada nos últimos recantos de sua memória, e destinada a lá permanecer para sempre. Agora, aparece uma cachorra horrorosa para lembrá-lo destes tempos e que ele deveria adotar, ainda por cima morar em sua casa!

Que destino esse da Belinha!

ANA FLÁVIA

Ana Flávia era filha de Guilherme G. de Almeida, diplomata de carreira, casado com Luisa Lins C. do Prado, descendente de família paulistana tradicional. As bases desta união duradoura eram as configurações interiores de ambos, que se encaixavam como peças complementares de um quebra-cabeças. Guilherme tinha um temperamento autoritário, sua vontade era definitiva, implicava em obediência sem questionamento na família, o que causava em Luisa um sentimento de estar submetida a uma força protetora, máscula, inteligente. E ao mesmo tempo despertava uma atração amorosa sem fim. Era apaixonada pelo marido e fazia tudo, tudo por ele, sem questionamento. Este amor despertava em Guilherme uma paixão que era o reflexo deste sentimento. Em outras palavras, ele amava o amor a ele dedicado, que era absorvido calmamente como uma coisa natural, e era ao mesmo tempo um afrodisíaco. Um precisava amar um amor dedicado e se identificar com o ser amado, abdicando de si mesma, e o outro precisava ser amado acima de qualquer circunstância. Complementaridade aparentemente inabalável.

As duas filhas, Ana Flávia, mais velha, e Fernanda, foram educadas em diversos países, conforme a trajetória profissional do pai exigia. Apesar de bastante diferentes em aparência e temperamento, sempre foram amigas, levadas pela necessidade de união em comunidades diferentes. Quando estavam começando a se adaptar em uma escola e a se relacionar com as crianças locais, eram obrigadas a se mudar para outro país, quase sempre muito diferente. A repetição deste processo, que originou um sentimento de insegurança nas meninas e que, ao mesmo tempo, as uniu, era visto por Luisa como uma vantagem, dava um ar "viajado" e aristocrático às filhas. O melhor era escola em tempo integral, porque assim teriam mais tempo para se acostumar e aprender o idioma, resolvia ela. Por outro lado, possibilitava o tempo livre necessário para a gestão de suas atribuições de anfitriã: decoração da casa, telefonemas para outras esposas de diplomatas do Brasil, além dos cuidados com sua pessoa e guarda-roupa. Além disso, precisava manter certo nível cultural e de informação política para manter uma conversação interessante com seus convidados. Com uma agenda tão exigente, estava sempre no limite de suas forças, sofria de enxaquecas frequentes acompanhadas de forte fotofobia e de escotomas cintilantes. O tempo disponível para as meninas tornava-se bastante restrito, mas elas eram tão compreensivas e boazinhas que isto não ocupava um lugar em sua lista de preocupações. Elas estudavam direitinho, não era difícil a rematrícula em cada mudança devido à condição diplomática. Fernanda era mais sociável e conversava no café da manhã, que era o momento em que a família se encontrava. Ana Flávia era mais retraída, e com o passar do tempo foi ficando cada vez mais silenciosa, passava lendo todo o tempo que podia.

Quando chegou a hora de escolher uma profissão, o destino de Fernanda foi se tornando claro: queria seguir os passos da mãe, que admirava, estava tão acostumada, era tão encantador ser encantadora. Era bonita, elegante, poliglota, tinha um brilho natural. Cedo arranjaria um partido de boa família, de preferência da mesma carreira que o pai, que poderia até ajudá-lo com sua influência. E foi o que realmente aconteceu em linhas gerais.

E Ana Flávia? Ana Flávia não seguiu os passos de ninguém. Nunca conseguiu ser feliz como Fernanda. Descobriu que detestava a diplomacia, que sua mãe nunca se dera conta de sua despersonalização para acompanhar Guilherme; achava tudo de uma hipocrisia terrível. Misturava seu desgosto pela negligência afetiva, pela superficialidade da vida, com a falta de ideal que justificasse sua existência, colocava tudo isso no mesmo saco e não se entendia. Estava perdida nesta confusão de sentimentos difusos e sofria uma angústia agravada pela passagem da adolescência. O refúgio mais viável era a leitura. E Ana Flávia lia tudo, com mais gosto na história, filosofia, psicologia, na esperança de encontrar algo que não sabia que estava procurando. Este processo sofrido culminou em uma autoformação bastante caótica e variada, e na decisão de seguir um curso que possibilitasse sua independência. Era isso. Não depender de ninguém, não precisar pedir nada, nem de condicionar sua existência a padrões impostos por outros. Não queria enxaquecas, nem escotomas cintilantes. Logo percebeu, muito claramente, que o pré-requisito para tão alta ambição era a independência financeira. O supremo ideal era não precisar pedir dinheiro para a mãe, para que pedisse ao pai, para comprar o que era diferente do que ela queria. Era esta a condição, que se não levasse à libertação total, pelo menos iria mostrar o caminho. Mas isto parecia uma floresta fechada, impenetrável, escura, perigosa. Como atravessá-la? Não seria melhor ficar em casa comendo bombom?

As enxaquecas de Luisa aumentaram de intensidade e frequência. As suas longas consultas telefônicas com seu analista lacaniano no Rio de Janeiro surtiam um efeito passageiro, e com seus queixumes noturnos ela atormentava o marido, atribuindo seus sintomas à sua insegurança em relação ao futuro da Ana Flávia. Parecia haver uma coisa tapada e inacessível em sua psique, mas que dirigia a sua vida.

— Esta menina está me matando aos poucos, Guilherme — suspirava. — Sinto nela uma revolta contida, ela é uma rebelde sem causa. Às vezes eu acho que ela me despreza, e me sinto culpada sem saber de quê.

— Você é muito dramática, meu bem, respondia o marido, cansado, tentando conciliar o sono. Isto é da idade, logo passa. Amanhã chega a delegação do Brasil, temos tanto a fazer, melhor dormir. Quer um comprimido?

Assim, Ana Flávia foi se tornando uma preocupação cada vez maior para Luisa. Mais do que isso, uma tarefa que seu papel de mãe burguesa não sabia como enfrentar. Porque o principal problema era não saber onde estava o problema. Não podia agir sem saber quais ações tomar, ou pelo menos que manobras ou atitudes. A garota parecia cada vez mais pertencer a outro mundo. Enfurnava-se no quarto com os livros e com a música. Às perguntas da mãe respondia com delicadeza e respeito, afinal, fora treinada para ter bons modos. Mas as respostas, além de não responderem o que fora perguntado, continham perguntas latentes. O pior de tudo era este sentimento que despertavam. Luisa sentia-se impotente, criticada sem saber o motivo.

Evitando diplomaticamente confrontos com a filha, um dia descobriu que tinha medo dela. Isto causou uma irritação muito grande, sentiu mesmo uma raiva da menina. Fedelha ridícula, quem pensa que é? Ingrata, depois de tudo que fiz por ela! Como ousa, de onde tirou este desprezo por mim e por nós, por tudo que é importante, e que lutamos o tempo todo para legar? Mas a culpa por esse sentimento Luisa não sabia onde colocar. Como assumir a calma necessária para a elaboração de um programa de ação que a batalha exigia? Com isto, suas ligações para o analista lacaniano do Rio atingiam valores astronômicos, que felizmente iam para a conta da embaixada.

Certa vez ocorreu a Luisa o pensamento de que uma viagem poderia fazer bem a Ana Flávia, aclarar as ideias, torná-la mais leve. Um balneário, Nice talvez. Mas isso poderia também ser perigoso, aumentar ainda mais a falta de controle, sabe lá quem ela iria encontrar, o que poderia aprontar longe de seus olhos. Mesmo assim tocou no assunto, e Ana Flávia apenas levantou o olhar calmamente, e depois de fitá-la por um longo minuto murmurou:

— Para que, mamãe?

Era a resposta definitiva. O pior era isso, Ana Flávia era definitiva, a deixava sem argumento. Quando se preparava para conversar com ela, levava o discurso pronto, achando que desta vez seu objetivo seria atingido. Mas esquecia de que as lógicas de cada uma eram ortogonalmente opostas. Não havia conceitos em comum. Luisa se sentia como se estivesse entrando no mar, se preparando para surfar na onda, e de repente não dava mais pé, e em vez de surfar, ela toda embrulhada, arrastada, era levada de volta até o raso, arranhada de areia, com água salgada engolida, enfim, o horror total: sua filha era sua pior inimiga, dentro de sua serenidade e do seu silêncio acusador, que trazia em seu bojo coisas que ela não podia ver. Sua vingança era atormentar Guilherme durante a noite, já que durante o dia não havia espaço para isto. O homem, que já tinha montado para si um esquema de proteção contra questionamentos afetivos, ficava abalado. Não porque se preocupasse com a situação entre mãe e filha, mas porque temia que seu equipamento de defesa interior não estivesse suficientemente bem preparado para protegê-lo. Até então tudo tinha funcionado tão bem, ele estava com boas perspectivas para uma nova posição de maior prestígio com a próxima mudança de governo no Brasil. O resultado foi que desviou a responsabilidade e a culpa de tudo para a Ana Flávia. Sim, se não fosse ela com esse jeito de Capitu dissimulada, tudo estaria bem como sempre foi. Luisa, coitada, não merecia isso, pensava. Sempre tão dedicada, carregando pedra diariamente para que tudo ficasse sempre impecável. Sua escrivaninha de diplomata, de mogno envernizadíssimo, de 2,5m × 1m, cheia de estatuetas e pequenas obras de arte, de várias origens, recebidas na maior parte como presentes, não tinha um grão de poeira. Seu guarda-roupa, organizado como uma biblioteca, tudo classificado em pilhas verticais e horizontais, era impecável. Cada manhã, o terno no cabide com os complementos, o sabonete francês, a colônia inglesa, o jornal dobrado ao lado do guardanapo na mesa do café. E a competência da Luisa com a criadagem era admirável, conseguia tudo deles, até que fossem simpáticos e agradecidos.

Guilherme não precisava se preocupar com a vida doméstica, toda sua energia podia ser colimada para a carreira, que ia de vento em popa. Graças aos esforços, dedicação, bom gosto, elegância e talento da Luisa. Mas agora essa maçada, essa ridícula situação com a filha ameaçando a paz. No começo, não reconheceu nenhuma gravidade no assunto, atribuiu à idade, fase da adolescência, essas coisas. Ana Flávia sempre foi assim um pouco arredia, uma menina fechada, era o jeito dela, que se acentuava na virada menina-mulher, que logo se resolveria com um bom casamento. Mas com o passar do tempo, percebeu que precisava intervir mais por causa da Luisa, que estava passando por maus momentos, ameaçando sua saúde, o que não estava em seus planos. Resolveu tomar logo uma atitude forte para que a filha percebesse o peso de sua autoridade, e atacou fechando o crédito na livraria de onde Ana Flávia tirava o que queria sem saber quanto custava. O rebote demorou, mas veio para marcar para sempre o destino da família. Agir com força, no impulso, é uma das maiores fontes de infelicidade que já foram inventadas pela raça humana.

Num encontro com representantes de países árabes, Guilherme travou contato com um diplomata que compareceu acompanhado do filho a uma recepção na embaixada. O moço, nascido em Alexandria, formou-se em medicina em Harvard e, muito à vontade com seu inglês fluente, circulou entre os convidados deixando uma ótima impressão, principalmente em Luisa. Como sempre, Fernanda estava presente e Ana Flávia, ausente. Na manhã seguinte, na hora do café, Luisa dirigindo-se a Ana Flávia ousou:

— Filhinha, você precisava conhecer o Ahmed, que esteve ontem no jantar. Ele é filho do encarregado de negócios de um país do Oriente Médio... agora não me lembro qual... mas o que importa é que o moço é filho de família distintíssima, médico formado em Harvard, já imaginou que bom partido?

— Mamãe, por favor! Retirou o guardanapo do colo, e ao mesmo tempo em que o atirava bruscamente sobre a mesa, arrastou com ruído a cadeira para trás.

E saiu da mesa sem comer, trancou-se no quarto.

Deitada na cama, agarrada no travesseiro, chorava sentindo-se perdida. Fernanda batia na porta:

— Ana, me deixa entrar, por favor.

— Será que não consegue me deixar quieta? Me deixa... por favor...

— Não deixo, vou ficar aqui até você abrir.

Passou um tempo, Ana Flávia abriu a porta. Ficaram em silêncio, Fernanda segurando a mão da irmã, sem entender direito o que se passava, mas solidária. Depois arriscou:

— Não precisa ficar assim, não entendo tanto drama. Posso te dizer uma coisa? O moço é tão bonito! Os olhos são castanhos, cheios de pestanas lustrosas, mas o que ele tem mesmo não sei dizer o que é, que dá vontade de conversar com ele, um jeito indefinível, acolhedor. Eu gostaria de me encontrar com ele de novo, estou pensando um jeito, mas acho que você não vai nem querer pensar nisso.

— Você disse que os olhos são castanhos, e os cabelos como são? — perguntou Ana Flávia, saindo do estado de choque, com a conversa da Fernanda.

— Ah, não sei, ele usava turbante.

— Turbante!! O quê! Um médico de turbante! Que engraçado, eu não ia querer me consultar com um médico de turbante.

— Então não se consulte. Eu gostaria de encontrar com ele de novo. Você poderia dizer para mamãe que poderia se encontrar com ele, se eu fosse junto, e aí na hora você vai para a confeitaria ou outro lugar. Só para me dar essa chance.

Sim, mas que ótima ideia! Fingir que aceitava os planos da mãe que queria colocá-la numa coleira quando a tirasse da gaiola. Ela queria um bom partido para se ver livre dela? Nada melhor do que fazê-la pensar que estava conseguindo, assim pelo menos uma vez na vida não seria marionete das vontades estúpidas de Luisa, mas sim o contrário! Uns minutos se passaram em silêncio, cada uma das irmãs com um pensamento completamente diferente sobre o mesmo assunto.

— Fernanda, quando você gostaria de se encontrar com este moço do turbante?

— Então você concorda em dizer para mamãe que aceita? Ela vai pular de contente! Está louca para ver você com ele, acha que seria o partido ideal.

— Você fala pra ela.

— Falo o quê?

— Que conversamos e que vai convidá-lo para tomar um sorvete na confeitaria, fica mais informal do que aqui em casa, que eu vou junto... ah, não sei, fala o que quiser, chega desse assunto...

Assim, os três se encontraram. A Fernanda excitadíssima, preocupadíssima com a roupa, o cabelo, as joias, a Ana Flávia com seu ar despojado de sempre, querendo ao mesmo tempo vingar-se da mãe e terminar logo com aquela farsa. A impressão primeira que Ahmed causou sobre Ana Flávia foi a de que o moço tinha uma dissimulação orgulhosa e defensiva, além de outros defeitos de sociedade. Fernanda não sentiu nada disso, apenas sua atração aumentou, e sentia borboletas no estômago, que atrapalharam sua desenvoltura, apesar de seu traquejo social de filha de diplomata. Ana Flávia percebeu a situação da irmã, e entre divertida e penalizada, conseguiu tornar o ambiente razoável, diminuindo o constrangimento.

Luisa, sem acreditar na possibilidade que se apresentava, morria de ansiedade, e no café da manhã seguinte perscrutou o semblante das meninas. Não encontrou Ana Flávia com o ar triste de costume, também não estava alegre, falava pouco como sempre. Fernanda falava mais do que ela, mas sem ser muito loquaz também. A atmosfera parecia mostrar que um dia sem interesse iria transcorrer, que começava mais uma vez no café da manhã. A impressão de estar excluída da vida das filhas, e da falsa harmonia que ela de certa forma presidia, soava fundo. Sentia-se tomada por uma inundação de impotencia e de injustiça com os seus esforços e dedicação, que se intensificava com o desespero que acompanha a incompreensão do sofrimento. Tudo parecia tão normal, mas quanto mais ela tentava se convencer que nada havia que justificasse este estado de coisas, mais percebia que o absurdo, a incompreensão, o distanciamento e a perda da filha (das duas, seria possível?) eram inexoráveis e cada vez mais fora do seu controle. O silêncio era o pior componente, nada tinha de concreto que pudesse relatar ao Guilherme ou ao analista.

Ahmed era um jovem moreno de cabelos negros lisos, grossas sobrancelhas e olhos castanhos sombreados de pestanas espessas. Estatura média e porte altivo, mas com um toque cortês e grave. Além da medicina, aprendeu em Harvard a disciplina e a polidez, que bem se casaram com seu temperamento e certo orgulho de sua descendência nobre. Era amigo de seu dever, e tinha uma inteligência lógica e aguda, que o impelia mais para pesquisa do que para o exercício da profissão em consultório ou em sala cirúrgica. Sua ambição era maior do que bens materiais, queria ter um grupo de pesquisa, dar uma contribuição à Ciência. Sentia-se à vontade no ambiente acadêmico e a pesquisa era o seu caminho natural. O único problema era definir onde. No Ocidente teria os meios, seu desempenho em Harvard com certeza abria uma avenida de possibilidades, mas sentia isso como uma traição ao seu povo, em certa medida. Ainda não tinha conseguido nem formular as perguntas certas para definir este questionamento quando conheceu a família Guimarães de Almeida.

Depois do primeiro encontro, o das borboletas no estômago, Fernanda ficou inconsolável. Achou que demonstrou ser uma caipira, sem capacidade de expressar uma ideia, toda gaga, idiota, queria morrer de ódio de si mesma. Mas este sentimento adolescente foi se dissipando com os encontros seguintes dos três jovens. Para Ahmed, as brasileiras eram bem divertidas, diferentes em tudo das moças orientais e das europeias, e como ele também era um estrangeiro, e solitário, o encontro com elas era uma alegria. O constrangimento inicial acabou se dissolvendo, Ahmed tinha sempre estórias engraçadas para contar e as meninas também. Mas nada de romance ou de alguma demonstração de afeto além da amizade, para a impaciência da Fernanda, cada dia mais apaixonada.

Ana Flávia percebeu a paixão de Ahmed pela pesquisa, um mundo desconhecido para ela. Nas conversas, dava sempre um jeito de desviar o assunto para os interesses e pretensões científicas dele, que percebendo a curiosidade genuína da moça, começou aos poucos a situá-la nestes assuntos. Para sua surpresa, Ana Flávia não só acompanhava tudo avidamente como procurava aprender cada vez mais e lia tudo que Ahmed trazia, fazia listas intermináveis de perguntas. Achava maravilhosos todos os requisitos indispensáveis à carreira de cientista: interesse natural pelo assunto escolhido, disciplina, dedicação acima de qualquer conveniência, honestidade absoluta, a busca da verdade sem os contingenciamentos que sempre detestou em toda sua vida. Aqui não cabiam fingimentos, relativizações políticas. Ahmed abriu para ela perspectivas salvadoras. Não havia outro caminho, queria ser médica também, e pesquisadora. Este grande acontecimento foi acompanhado por uma esperança de libertação que a tornou mais amena ao trato e mais paciente com a mãe, que atribuiu a mudança de comportamento a um envolvimento sentimental com o rapaz. Com o final do período letivo se aproximando e também o final do ensino médio, Ana Flávia começou a se preparar para o exame de admissão à carreira que tinha escolhido. Resolveu que o curso de biologia-bioquímica seria mais acessível neste momento do que o de medicina, que poderia ser feito mais tarde. Intuiu, também, que este seria mais bem visto pelos pais, soava melhor como curso tampão para uma moça casadoira. Neste ponto acertou. Para seu alívio, não houve objeção. Contou com o apoio de Ahmed, que se comprazia em esclarecer dúvidas, discutir os aspectos da matéria aos quais ela deveria dedicar mais atenção. Tudo somado resultou na aprovação brilhante da Ana Flávia, que ficou exultante, e esperava ansiosamente o início das aulas.

Os assuntos científicos pouco interessavam à Fernanda, muitas vezes ela ficava tão entediada que deixava a irmã conversando sozinha com Ahmed, esperando uma oportunidade em que ela própria pudesse ficar a sós com o rapaz.

Assim como Ana Flávia aprendia depressa tudo que estava na literatura médica que Ahmed trazia, este por sua vez aprendia a observá-la e aos poucos compreendeu todo o drama desta criatura, cheia de potencial, mas sem liberdade de se posicionar diante de sua condição familiar preconceituosa e rígida. De certo modo, esta condição era normal em sua terra natal, e até então ele não tinha se dado conta de como isto pode ser fatal para uma mulher inteligente, com o germe da independência dentro de si. Estas qualidades da Ana Flávia vinham misturadas com uma sinceridade ingênua que lhe tocava o coração. Sentia-se lisonjeado pela admiração, cada dia maior, que ela lhe dedicava. Surpreendeu-se desejando que Fernanda não viesse mais aos encontros, e mais ainda com a expectativa que cada encontro marcado trazia. Esses sentimentos também despontavam no coração da Ana Flávia, que os evitava, empurrava para o fundo, negava. Era muita complicação, nem sabia como pensar em si mesma agora que tinha tomado a resolução de ser bióloga-bioquímica-cientista, que passos tomar, como fazer na prática, como enfrentar a família. E como encarar Fernanda, apaixonada por ele, ainda por cima? Passava as noites se debatendo em uma torrente de ideias, que praticamente esquecia com a luz do dia, e voltou a se tornar arredia, sem permitir a aproximação de ninguém, para desespero renovado da mãe e completa ignorância da irmã, que de nada suspeitava, e continuava em suas ilusões românticas, com visitas frequentes ao cabeleireiro e lojas de roupas. Um fato novo veio arranjar este estado de coisas pelo menos temporariamente. Ahmed viajou para um estágio no Massachusetts General Hospital, em Boston, por um longo tempo.

Durante dois anos, a vida da Ana Flávia se resumiu em estudar, estudar, cada vez mais entregue aos pontos de seu maior interesse. Queria logo terminar a faculdade para começar a trabalhar no campo da genética, que exercia sobre ela um incrível fascínio. O início desse interesse aconteceu no primeiro dia de aula sobre o assunto. O professor, respeitadíssimo, uma autoridade do ponto de vista científico e dono de um magnetismo pessoal característico, iniciou sua exposição com a afirmativa: "a genética tem o segredo da evolução humana. É a chave para a cura de tudo, e também o grande mistério do corpo e da mente. Pode-se dizer que só Deus tem esta chave".

Pronto, reagiu Ana. Meu destino está lançado. Que sorte eu tenho de ter encontrado pessoas tão incríveis no meu caminho. Correu para casa para contar tudo ao Ahmed num longo relato, no seu jeito ingênuo e cheio de entusiasmo. Lendo a carta, Ahmed sorriu levemente e com o olhar perdido além da janela do hospital no jardim outonal da Nova Inglaterra, percebeu que saudade sentia daquela pequena criatura, tão sensível e inocente, que tinha modificado sua vida de um modo que ele não saberia descrever. Só sabia que a lembrança da garota se localizava em um ponto muito fundo de sua alma, que o comovia, e perturbava. Por isso, talvez, ficasse no fundo, para não ser visto de perto, pois trazia muita saudade e contradições intransponíveis.

Ana conseguiu permissão para cursar as matérias dos anos acima do seu, alegando que precisava terminar o curso antes do período normal, já que seu pai, como diplomata, teria que ser removido para outro lugar a qualquer momento. Este não era o procedimento usual da faculdade, mas, com o desempenho fora do normal da aluna, foi dada uma chance, se ela conseguisse se sair bem com o acúmulo de duas matérias, sua requisição poderia ser deferida. Conforme esperado, tudo deu certo e cada vez mais a moça se entregava ao estudo, sempre focada no objetivo maior: tornar-se pesquisadora no campo da genética. Nunca deixou de relatar tudo a Ahmed, que respondia com menos frequência do que recebia as cartas, mas nunca deixava de ajudar nos estudos, o que foi sempre de grande valia.

Quando a formatura se aproximou, Ana fez um apelo veemente a Ahmed para que viesse compartilhar com ela este momento de felicidade, que segundo ela foi devido em grande parte à participação dele. Oradora da turma, repetiu as palavras do professor de genética no primeiro dia de aula, num discurso pequeno e simples, mas tão bem focado nos pontos principais das vidas profissionais que se inauguravam, com tanta sinceridade e humanismo, que comoveu os presentes, para orgulho do pai e preocupação da mãe. Esta tinha um pressentimento que esta vocação de Ana Flávia levaria ou a um caminho de sucesso ou a um desconhecido perigo. O relacionamento entre mãe e filha, tão atribulado anos antes, atingira um patamar de mútua aceitação, já que nada poderia ser mudado diante da vontade e vocação de Ana Flávia. Luisa sentia por outro lado uma certa inveja da independência e caráter da filha, sabia do relacionamento com Ahmed, que a amedrontava, já que não exercia a menor influência sobre nenhum dos dois, estava completamente alijada do futuro da filha. Na verdade, temia a influência dele, e lamentava o dia em que propusera na mesa do café um encontro entre os dois. Nunca ficou sabendo que o encontro fora promovido na verdade por Fernanda, que se apaixonou por ele, e pelo gosto que Ana Flávia sentiu ao imaginar que poderia pregar uma peça na mãe, fingindo satisfazer os desígnios dela pelo lado do avesso. Fernanda, com o passar do tempo, se acostumou com a amizade da irmã pelo objeto de sua paixão, que foi convenientemente substituído pelo sobrinho do cônsul da Itália, o jovem Matteo, rapaz atraente, de temperamento ambicioso. Para a felicidade de Luisa e Guilherme, esta filha estava no caminho certo, desejado, e supostamente o único adequado para garantir um belo futuro, com netos e alegrias. Já estavam noivos e, para felicidade geral de Ana Flávia, mãe e filha só se dedicavam a planejar o casamento, que seria festejado no Rio de Janeiro e em Milão. Uma trabalheira danada que não deixava espaço para ninguém se preocupar com ela, que saboreava esta liberdade, torcendo para que daí em diante Fernanda e sua nova família continuassem a ocupar todo espaço de memória da mãe.

A principal preocupação de Ana era o que fazer daqui em diante, já que o básico tinha sido conquistado. Precisava então conversar muito com Ahmed sobre isto.

Ahmed veio, Ana fez questão de ir com o motorista ao aeroporto. Ele estava mais amadurecido, com uns fios brancos no cabelo, mas os olhos continuavam os mesmos, negros e misteriosos. Ana mal conseguia mirar neles, parecia que não ia aguentar, podia perder a alma pela boca. Estava ela também mais madura, os contornos do corpo mais definidos, e não tinha mais o ar de menina. Ahmed também não podia se ater na contemplação de seu corpinho esguio que não se dava conta de sua sensualidade, nos cabelos cacheados e presos displicentemente, escuros em contraste com a pele lisa e branquinha do pescoço. Impossível não se dar as mãos na volta do aeroporto, no banco de trás do carro. Impossível não se ver de novo, conversar, trocar experiências. Avidamente trocaram ideias, tomando sorvete, passeando nas tardes. Tudo mostrava como se sentiram longe um do outro e quanto ainda faltava para preencher o tempo vivido separado. Os encontros se seguiam, diários, cada um esperado como se fosse o primeiro.

Este estado de coisas instável teve seu ápice em um jantar na embaixada, estando presente Ahmed e seu pai, também diplomata. Ana Flávia tomou mais champanhe do que estava acostumada, e sentindo uma tontura e um calor subindo pelo pescoço saiu para o jardim, esperando que o ar gelado a ajudasse a sair deste estado, que detestava. Ahmed a seguiu e sentou-se a seu lado. Segurou sua mãozinha fria e perguntou se ela estava sentindo-se bem, solicitamente. Ana Flávia sentiu um calor maior percorrer sua espinha, queria falar alguma coisa, tentar uma conversa, mas aquela mão forte e quente segurando a sua mostrou que não havia melhor assunto que esse mesmo silêncio entre eles. E este mesmo grande silêncio continuou e os dois nele mergulharam por um tempo que não pode ser medido.

Assim teve início o tempo do céu e do inferno. Encontros furtivos e clandestinos.

O arrebatamento dos primeiros encontros foi cedendo lugar a uma entrega suave e tranquila. A sós, para Ana Flávia nada mais importava, nada mais existia, além desta respiração, destes olhos brilhantes e misteriosos capazes de desligar o mundo.

O inevitável, incontrolável, aconteceu. Cada vez mais, a expectativa do próximo encontro era um misto de pânico e excitação. Conversavam, se tornavam cada vez mais próximos, e a necessidade de um lugar para abrigar tanta paixão levou Ahmed a alugar um quarto em um pequeno hotel no subúrbio, discreto e aconchegante. Chegava ele sempre primeiro, ela depois, subindo as escadas com o coração aos pulos. Um dia chegou antes, foi terrível, não sabia como dominar a ansiedade, por pouco não voltou para casa, se perguntando no meio de sua confusão aonde esta aventura enlouquecida iria parar. Decidiu parar por ali mesmo então. Mas quando ele abriu a porta e entrou jogando o cachecol em cima da cadeira, tudo que conseguiu pensar foi que aquela visão era a coisa mais linda que já tinha visto neste mundo. Nenhuma experiência amorosa tinha acontecido em sua vida antes, nem paixão platônica, nem fantasias, nada. Mas o coração é bom professor de sexo, e ela mesma se surpreendia com como seu corpo respondia às carícias do amante, como era capaz de retribuir, de um jeito meigo, sincero e entregue. Conheceram passeios na eternidade que o sexo com o ser amado permite a um em um milhão.

Mas e o preço de tudo isto? Como levar adiante por tempo indeterminado esta farsa, escondida de todo mundo, sempre morrendo de medo de ser vista por alguém? Ainda bem que a mãe vivia ocupada com tanta coisa que não sobrava espaço para desconfiar de nada. E o problema com Fernanda? Precisava ter uma conversa franca com a irmã, saber se ela estava mesmo curada da paixão por Ahmed, e assim curar a sua culpa enorme, pelo menos com ela. Contou para o amante a situação, mais para dividir com ele sua angústia do que propriamente ter a partir dele uma solução. Mas quando soube do que se tratava, o rapaz caiu na risada. Nunca poderia imaginar uma situação tão esdrúxula, ainda mais causada por ele, era mesmo hilário! Isso foi um sinal de que realmente nem tudo seria como poderia ser, quer dizer, do jeito que ela esperava, a perfeição que o amor perfeito deveria trazer.

Cada vez mais se tornava urgente tomar um rumo, decidir o destino. Ahmed não falava nada sobre isto, ela sentia que era terreno perigoso e tinha medo da resposta, da atitude dele diante da situação. Ficava então na espera que ele mais cedo ou mais tarde assumisse, ou pelo menos compartilhasse de sua aflição, sem que fosse preciso tocar no lado prático da coisa. Parecia que só o amor era importante, que se preocupar com o resto era banalizar tudo. As noites intermináveis, perseguidas, eram um tormento, povoadas por pensamentos contraditórios. Sentia-se num turbilhão, não conseguia comer, um gosto de ferrugem na boca, um embrulho enjoado no estômago. Um cansaço sem fim depois do almoço. Deitava-se e ficava esperando o tempo passar. Numa tarde dessas, recostada nos travesseiros e olhando sem ver o balanço da cortina cortando um fio da luz que atravessava a vidraça, teve um pressentimento: e se fosse tudo uma questão cultural? Ele era formado em Harvard e tudo mais, tinha um lustro ocidental, mas no fundo no fundo era um árabe, e a cultura pode se tornar uma força intransponível. Mal sabia ela o quanto de verdade estava contido neste pensamento. Apoiando-se num cotovelo, levantou-se pesadamente, pegou um abrigo e um caderno e saiu, maquinalmente dirigiu-se à livraria. Procurou tudo que pôde sobre cultura árabe, religião muçulmana, tudo que pudesse ser relacionado com a alma que era o tormento da sua. Nas leituras fragmentadas descobriu o que temia, ou pelo menos conseguiu deduzir mais ou menos, como era a relação dos pais com filhos e filhas, os casamentos como eram feitos, as escolhas em que base eram feitas. Voltou para casa embaixo de uma chuvarada, que ela mal percebeu, não sentia nada, além daquela náusea, daquele sentimento de estranheza consigo mesma, não se reconhecia, tudo parecia irreal. Tão irreal. Não era possível o que estava acontecendo com ela, não era nada, nada, ela não era mais ela. Vomitou na pia e sentiu-se mais aliviada, apesar da dor que ficou do esforço e da convulsão no estômago. Não podia continuar assim neste desespero, cada dia pior e mais fraca. Suas regras estavam atrasadas, achava que era por causa do nervoso, não conseguia pensar sobre isso, mas o pouco de razão que sobrava mostrava que uma conversa com Ahmed estava ficando urgente. Se ele não conseguisse pelo menos servir de abrigo, tudo não teria passado de uma bolha, sem sentido nem conteúdo.

Não precisou fazer o discurso que tinha elaborado e repisado a noite inteira. Seu estado físico foi mais eloquente para o jovem médico, que muito concentrado segurando a mão dela sentada na cama, disse calmamente:

— Você está grávida, Ana. Temos que resolver isto da melhor maneira possível.

— De onde você tirou isso?

— Eu sei que você anda tonta, não come, regras atrasadas, não pensou nisso? Vou levar você para ser examinada por um colega.

O tom da voz do rapaz foi pior do que a notícia. Se aquilo que ele dizia era verdade, então por que não ficou feliz? Não seria isto um motivo para pedi-la em casamento? Não era propriamente isto o que tinha imaginado, ou programado para seu futuro, mas começou a querer ardentemente que fosse verdade. Nada respondeu, ficou pensando, mal conseguia manter uma conversa com ele. Foi para casa, agora uma tranquilidade enorme invadindo o coração. Ter um filho deste ser que transformou a sua vida, que abriu os caminhos do mundo, era suficiente, mesmo que nada mais restasse de tudo que tinha acontecido. Mas aquele tom de voz, qual o significado daquela entonação, daquelas palavras, "precisamos resolver isto da melhor maneira possível", o que queria ele dizer?

Logo ficou claro que ele não queria nem pensar na possibilidade de ter um filho com ela nestas condições, nem em outras talvez. Enfim, Ana Flávia voltou a ser ela mesma, e agora com mais força. Se ele não queria, então que fosse embora, que voltasse para sua vida anterior, suas pesquisas, seus relacionamentos sociais descomprometidos. Mas ela queria esta criança mais do que tudo no mundo, e prometeu a si mesma que faria tudo na vida para fazê-la feliz. E foi isto o que declarou a ele com todas as letras, determinada e segura de si como nunca tinha se reconhecido antes. Ahmed ouviu tudo em um silêncio distante.

— Não tenho o direito de interferir nas suas decisões, Ana. Mas tenho sim a obrigação, nem que seja como médico, de te dar uma assistência. Amanhã de manhã bem cedinho te pego aqui no apartamento e vamos visitar meu colega, você está muito fraca, precisa tratar desta sua saúde. Não pode me negar isto, Ana, por favor. Ele só está disponível cedo antes de ir para o hospital, então você sai logo que acordar, não precisa comer nada, tomamos café juntos depois da consulta. Está bem, meu amor?

❧

O torpor foi se dissipando aos poucos, uma luz fria penetrava pelas frestas da veneziana, um frio em tudo. O corpinho da Ana Flávia tremia, sentiu primeiro o braço direito, dolorido. Olhou para o pedaço de esparadrapo quadrado que tinham colocado na parte de dentro, na altura do cotovelo. Na parede em frente, um relógio redondo marcava nove e quinze. As têmporas pulsavam, também doloridas, tudo muito surreal. Fechou os olhos de novo, talvez dormisse, talvez assim acordasse desse pesadelo. Instantes depois entrou uma enfermeira, que retirou uns panos dobrados que estavam entre suas pernas, cheios de sangue. Colocou outros, menores e depois vestiu a calcinha por cima. Depois trouxe uma bandeja com chá e biscoitos. Tomou o chá, confortou o estômago embrulhado, mordeu um biscoito, estava bom.

— Agora vamos levantar — disse a enfermeira, e foi deslizando seus braços por baixo das axilas de Ana Flávia, envolvendo-a suavemente, mas com firmeza, até que ela conseguisse se sustentar em pé. Foi neste momento que percebeu um envelope branco, na mesinha ao lado da cama, com seu nome.

Vestida, caminhando toda curvada por causa da cólica terrível, pegou o envelope e o colocou na bolsa. A enfermeira abraçada com ela a conduziu devagarinho até o elevador, abriu a porta pantográfica, apertou um botão e fechou, deixando a moça sozinha. No térreo, um senhor abriu a porta e a colocou num táxi que já sabia o endereço da residência, situada na parte de trás da chancelaria. Ainda atordoada, perplexa, os olhos cansados semicerrados observavam os lugares conhecidos passarem pela janela. Conhecidos não. Pareciam agora estranhos, distantes, não eram mais os lugares habituais. Ana desembarcou, a corrida já estava paga. Saltou do carro e esqueceu a carta caída no chão do taxi, guardou a pedra que tinha vindo junto, dentro do envelope. O motorista encontrou-a, e voltou para devolver. Foi parar nas mãos do motorista de Luisa, que o depositou na escrivaninha dela, junto com a correspondência que já tinha chegado, acumulando-se com as anteriores, que não tinham sido abertas ainda.

Entrou em casa devagar, observando o ambiente com cuidado para não ser notada, a mesa do café já tinha sido retirada. Ao passar pela sala que conduzia ao corredor de onde se ia para os quartos, cruzou com Fernanda. Vendo a irmã tão estranha, com enormes olheiras, ficou ali parada, sem saber o que dizer. As duas se fitaram por um longo instante e Ana não aguentou, se jogou nos braços da irmã. Foram para o quarto e Ana Flávia contou tudo, tudo mesmo.

Fernanda ficou um tempo segurando as duas mãos da irmã, sem dizer nada, olhando para longe. Deu um suspiro e num fio de voz:

— Ana, agora duas coisas: a primeira é a sua saúde, como você vai se recuperar desta. A segunda é a situação aqui em casa. Se eles não sabem de nada, ou de nada desconfiam, acho que é melhor deixar assim. Você não tem condição de aguentar mais tumulto. Você falou numa carta, onde está ela?

— Na bolsa, dentro de um envelope branco. Tinha também uma pedra roxa em forma de coração.

Fernanda virou a bolsa da Ana de cabeça para baixo, caiu o envelope com a pedra, mas nada de carta. Nada, em lugar nenhum, tinha sumido. Ana, em estado de choque, não prestava muita atenção ao caso,

— Deixa pra lá, depois aparece, agora quero tomar uma ducha e deitar, estou suja de sangue, nem sei se parou.

— Mas como "deixa pra lá"? precisamos descobrir! Me diz uma coisa, onde você leu a carta, quer dizer, onde tirou a carta de dentro do envelope? Você disse que encontrou o envelope com a carta na mesa de cabeceira lá nessa clínica, e foi lá que leu a carta?

— Não me lembro.

— Tem que lembrar, por favor, suspirou. Fecha os olhos e lembra, vai, estou esperando.

— Não consigo, me deixa.

— Está bem, vai pra ducha, eu fico aqui, te esperando, vou pegar uma camisola limpa. E absorventes.

Completamente surpresa com a compreensão, praticidade, apoio e carinho da irmã, foi para o banheiro. Na ducha, a água que caía se misturava com suas lágrimas, em parte devidas à comoção com a atitude inesperadamente madura, protetora e amorosa da irmã. "Que querida esta Fernanda, que benção do céu, como agradeço..." Ficou horas ali, com a água correndo, lavando o corpinho agredido e a alma perplexa, vagando sem saber onde se encontrar consigo mesma. Saiu com os cabelos enrolados, e de roupão, mais ou menos situada já na sua casa. Fernanda não estava mais lá, tinha deixado tudo em cima da cama, camisola e tudo mais. Ana Flávia se vestiu, enxugou os cabelos, se enfiou embaixo das cobertas, e lá ficou, olhos fechados escutando o pulsar nas têmporas, a cólica e o sangue que começava a escorrer de novo.

Fernanda entrou, com bandeja de café com leite, e toda sorte de biscoitos, geleias, pãezinhos, queijos, um raminho de flores.

— Fer, você para com isso que começo a chorar tudo de novo...

— Se comer, pode chorar o quanto quiser, estou aqui e vou ficar até te ver alimentada e te deixar dormindo quieta. Amanhã você tem que enfrentar o café da manhã bem normalzinha, sabe disso não é? Agora levanta um pouco que vou ajeitar os travesseiros aqui nas costas.

A Ana Flávia obedeceu, comeu o lanche, dormiu pesado e acordou no começo da madrugada. Olhos abertos no escuro, resolveu que Fernanda estava certa, não era agora que iria enfrentar o acontecido. Precisava recuperar a saúde, seu lugar na família, e decidir que rumo tomar quanto ao seu futuro. O resto era impensável e tinha que ser empurrado para um lugar muito fundo, bem longe do pensável, até que um dia pudesse ser visitado, talvez. A Ana era forte, seu espírito limpo e leve começava a se levantar, pensava na maravilhosa irmã que tinha e não sabia até então. Precisou acontecer este horror para que esta maravilha fosse descoberta. De novo chorava, mas sorrindo desta vez.

Passou no teste do café da manhã, sem falar muito, como era seu habitual, mas com ar natural. Nem perguntaram por que não veio ao café da manhã no dia anterior, já acostumados com suas maneiras esquisitas, de vez em quando ela ficava bem estranha e todos já tinham se dado conta que o melhor era não tocar no assunto, que podia ser um vespeiro.

Voltando para o quarto, sentou-se à beira da janela que dava para o jardim e reparou que nunca se dera conta de como era lindo. A primavera estava começando, o jardineiro tinha limpado as folhas outonais e as árvores despidas de sua roupagem começavam a mostrar os brotos das primeiras folhas, os botõezinhos das primeiras flores. O gramado tostado pelo frio começava a verdejar e os passarinhos comemoravam, numa gritaria misturada de todos os tons. "Tudo recomeça, eu também. Só que não é repetição". E nesse estado de estar/não-estar aqui, lembrou que leu a carta no táxi, mas não se lembrava do que estava escrito, impossível prestar atenção a qualquer coisa que fosse naquele momento, também não se lembrava o que aconteceu depois. Foi atrás de Fernanda. Bateu na porta e entrou no quarto.

Ela estava provando um vestido que tinha chegado da modista, que tinha vindo junto também, e ajoelhada no chão colocava alfinetes na bainha para marcar o comprimento.

— Fer, lembrei. Foi no táxi.

Fernanda levou um susto e se virou para a irmã bruscamente, fazendo a costureira espetar o dedo num alfinete.

— Sei. E você naquele estado deve ter esquecido lá.

— É. Provavelmente, o resto não sei.

— Está bem, não precisa se preocupar mais com isso, deixa comigo.

E continuou dirigindo-se a costureira, em francês:

— *Mademoiselle* Juliette, assim está muito comprido, e torto para este lado, faça o favor de prestar atenção, sim?

"Meu Deus, ela é igual à mamãe falando com os criados!", pensou Ana, e saiu do quarto.

Mas não era só na maneira de se dirigir aos criados que Fernanda tinha puxado à mãe. Tinha determinação e argúcia, sabia querer, como fazer para conseguir e um espírito controlador. Não precisou pensar muito para se dirigir ao mordomo e perguntar se alguém tinha vindo entregar uma correspondência sem ser do correio.

— Acho que o motorista recebeu alguma coisa sim, vou perguntar e logo lhe trago uma resposta, dona Fernanda.

— Muito bem, mas é importante e preciso saber logo. Pode ir, vá.

Logo que soube que a carta tinha sido deixada no escritório da mãe (que esta chamava de meu *bureau*), Fernanda dirigiu-se para lá e encontrou a mãe escrevendo alguma coisa. A correspondência formava uma pilha do lado esquerdo, e do lado direito uma porção de cadernos e agendas formava outra menor. Luisa olhou para a Fernanda por cima dos óculos.

— Que procura, milha filha? Quer falar com a mãe alguma coisa?

Fernanda disfarçou o motivo de sua presença, já que não era de seu costume entrar no escritório da mãe.

— É que não gostei do vestido que a costureira trouxe, achei que não me favoreceu, não tive jeito de dizer isto para ela, fiquei com pena.

— Querida, como você é boa! Mas a gente não pode ser assim com as pessoas de classe inferior, se não elas abusam. Eu vou dizer a ela que você não quer mais o vestido e pronto, *pas de problème*.

A competição entre a astúcia das duas era uma maravilha. Uma astúcia brigando com outra por ela mesma criada.

— Quem sabe eu visto ele para você me aconselhar, às vezes era um mau momento, pode ser que mais ajustado fique melhor. Vou pedir para ela voltar hoje de tarde, pode ser?

— Claro, minha querida.

Luisa ficou com a pulga atrás da orelha. A filha era parecida demais com ela para poder enganá-la. Alguma coisa tinha aí, mas aparentemente nada estava visível. "Por enquanto", pensou.

Noite fria, apesar de ser o começo da primavera. As cortinas abertas mostravam as folhas molhadas que brilhavam iluminadas pelos lampiões do jardim, balançando, com um ar de abandono. Olho aberto no escuro do quarto, Fernanda escutava o silêncio e o bater de seu coração. Assim ficou por um tempo indeterminado, sabendo o que iria fazer, mas sem pensar em como. Até que num impulso, empurrou as cobertas para o lado e com a luz fria e mortiça que vinha do jardim conseguiu visualizar a porta, e saiu para o corredor, onde a luz que chegava ainda dava para adivinhar a porta do escritório da mãe. Acostumou os olhos, entrou e fechou a porta. Só depois, tateando, achou o interruptor da luz, que num lampejo ofuscou tudo depois de acesa. Com as mãos tremendo, mas firme na resolução, começou a examinar um por um os documentos em cima da mesa da mãe. Agradeceu a maneira organizada e metódica da papelada. Não demorou muito estava com a carta de Ahmed em mãos. Não resistiu à curiosidade e começou a ler.

Absorta na leitura da carta, o olhar subitamente saiu do papel e subiu para encontrar a figura da mãe, encostada na moldura da porta, de olhos arregalados, muda. Com o rosto lavado, sem maquiagem, cabelo em desalinho, pareceu de repente uma visão de como seria mais tarde.

— Mamãe, te acordei? — perguntou sem pensar.

— Tudo perfeito minha filha, só faltou se lembrar de que existe uma fresta embaixo das portas.

Nada a fazer agora, a réstea de luz que passou embaixo da porta fora suficiente para acordar Luisa, que sofria de costumeiras insônias e sono leve quase sempre. A única solução era admitir. Ficaram caladas por uns instantes. Longos para ambas.

— Me deixa ler, filha.

Luisa leu a carta, colocou-a de volta na escrivaninha, parecia tão cansada, as faces subitamente pálidas e flácidas.

— Depois falamos, agora volta pra cama.

— Mamãe, por favor, não faça a Ana sofrer mais do está sofrendo agora. Neste momento o papel da família é apoiar antes de mais nada.

— Para a cama, e não admito tutorial a respeito do que me compete.

~

A carta do Ahmed.

Ana Flávia,

Você é a criatura mais linda e extraordinária que encontrei nesta vida. Te admiro, te amo, vou te amar sempre.

Não sei como pedir perdão por não ter a força maior que o destino pede.

Te imploro que aceite esta pedra, que simboliza a transmutação e meu amor eterno.

Ahmed

Fernanda de volta para o quarto custou a recobrar a calma e reorganizar os pensamentos. Não se recriminou pelo detalhe da fresta traidora embaixo da porta, fez tudo que se propôs, foi uma fatalidade. Não foi possível ficar com a carta, mas lembrando-se do seu conteúdo, verificou com alívio que nada ali trazia alusão ao ocorrido, e isto era o principal. O que se poderia inferir daquelas palavras? Friamente pensando, era uma carta de despedida, pedindo perdão por não ter as forças que o destino exigia. Mas que forças eram essas? Ficava muito vago, só o ar dramático poderia remeter a considerações outras além do concretamente escrito. Mas, por outro lado, como justificar a busca na calada da noite, como e por que a carta tinha ido parar na escrivaninha de Luisa? Além do mais, o que dizer para Ana Flávia? Teria ela lido a carta no táxi antes de esquecê-la caída no chão?

Neste ponto, concluiu, o melhor era contar tudo para a irmã, e ficar calada em relação à mãe, era perigoso adiantar alguma coisa. Mas ficou um resíduo de desconfiança em Luisa, isso era o pior pedaço de tudo.

Os acontecimentos provaram que o instinto de Fernanda estava certo. Ana aceitava tudo sem questionar, parecia anestesiada. Quanto a Luisa, uma possibilidade que não ocorrera nas ponderações e elucubrações de Fernanda, mas que veio com muita força para o bem, foi que o conteúdo da carta suscitou uma grande culpa na mãe.

O sofrimento da Ana Flávia ficou evidente com o passar dos dias. Nem a sua costumeira esquisitice e seus silêncios inexplicáveis conseguiram disfarçar o seu estado. Desaparecia direto, cada dia mais magrinha, olhar perdido, emudecia dias seguidos. Quando não estava trancada no quarto, passava horas esquecidas no parque, caminhando, caminhando, como se procurasse um caminho para longe de tudo. Uma dor, uma dor, uma dor sem fim nem explicação. Olhava meio hipnotizada para as raízes retorcidas das enormes árvores do caminho e parecia estar vendo o seu interior todo retorcido também. A mãe não tinha coragem de se aproximar da filha, mas tinha o coração partido ao vê-la assim, e num desespero impotente, nada parecia viável, Ana Flávia estava em outra galáxia. Pensava que tinha de levá-la urgentemente ao médico, falou com Fernanda sobre isso, que ficou apavorada só em pensar no risco de ter tudo descoberto.

— Deixa que eu falo com ela, mamãe, vou tentar convencê-la de ir ao médico, vou tentar. Não precisa você também ficar assim nessa ansiedade, complica mais ainda.

Esta situação insustentável não se manteve por muito tempo, mesmo porque Guilherme exigiu uma explicação de Luisa, que desabafou tudo. Guilherme percebeu que o problema estava mais no sentimento de culpa de Luisa, do que no sofrimento da filha.

— Guilherme, fui eu que empurrei a menina para este relacionamento. Agora deu tudo errado, ela ficou mal, já pedi conselhos para o meu analista, ele me mandou esperar e deixar ela quieta. Mas o tempo está passando e ela não melhora, eu estou tomando dose dupla dos comprimidos, mas não durmo, fico me culpando o tempo todo. Mas eu te juro que minhas intenções foram as melhores possíveis, se ela arranjasse um bom marido, eu achei que seria bom, mas eu deveria ter pensado melhor antes, eu fui arrastando ela para este moço, que fazer agora? Não vejo ela nem estudando mais... ai, não sei o que dizer para mim mesma...

Depois desta conversa, a culpa mudou de endereço, ou melhor, foi habitar em outra mente também: a de Guilherme. Ele estava presente o tempo todo, acompanhou tudo desde o começo. Lembrou-se do episódio do café da manhã onde Luisa tinha falado do rapaz para Ana Flávia, exaltando sua origem nobre, médico formado em Harvard, e tudo mais. E a reação súbita de raiva da Ana Flávia, que se ofendeu em ser manobrada. E ele, Guilherme, como não se deu conta do que estavam aprontando? Ele, um diplomata experiente, então não conhecia os hábitos e costumes dos povos muçulmanos? Principalmente os de classe superior, respeitavam as tradições. Casavam-se entre eles, na maior parte das vezes as uniões matrimoniais se davam entre famílias de alta estirpe e eram combinadas desde muito cedo. Era mais do que provável que o rapaz estivesse preso a comprometimentos deste tipo, e naturalmente o fator cultural foi mais forte do que todo o verniz harvardiano, e maior do que os sentimentos por sua filha. "Como pude ser tão ausente, deixar tudo acontecer embaixo dos meus próprios olhos, como sempre delegando tudo para a coitada da Luisa? Minha negligência está na base deste sofrimento da menina, e da Luisa, e da Fernanda e de todo mundo". Estava certo, Guilherme, quanto às razões de Ahmed, mas enganou-se completamente na avaliação do domínio que tinha sobre a família, fruto de sua onipotência cega. Ficou assim remoendo sua culpa, num labirinto, sem encontrar uma saída. Seu silêncio e distanciamento foram sentidos por Luisa como rejeição, o que veio a agravar ainda mais sua angústia. Esta recorreu em última instância à filha mais nova, Fernanda, que parecia navegar com mais calma nas turbulências domésticas. Resolveu convidá-la para um chá na confeitaria, num ambiente acolhedor, fora de casa, só as duas. A Fernanda, que tudo acompanhava quieta, aceitou boazinha como sempre.

A confeitaria, a Konditerei Normandie respirava a tranquilidade da tarde magnífica, com um céu límpido sem nenhuma nuvem, uma brisa que era uma carícia. Este ambiente para Fernanda era, no entanto, melancólico. A lembrança do primeiro encontro das irmãs com o Ahmed, as borboletas no estômago, os encontros divertidos que se seguiram, tudo parecia tão longe e tão perto. Assim, um pouco distante, ficou com o olhar preso não sabia onde até que, como por encanto, a figura do rapaz se materializa, entrando sozinho. O susto enorme não a impediu de fitá-lo bem de frente, bem nos olhos, até que ele percebesse a presença das duas. Imediatamente, ele deu meia-volta e saiu. Luisa nada percebeu, compenetrada no cardápio com seus pequenos óculos. Dividida entre os *petit-fours* e marrons divinos da Konditerei Normandie, os profiteroles mais divinos ainda e os quilinhos que estava acumulando devido aos chocolates consoladores que vinha consumindo desde o começo da crise, levantou os olhos para a Fernanda:

— Vai pedir o que, minha filha?

A moça levou um susto com a pergunta da mãe. Maior que o causado pela visão anterior. Parecia que tinha sido acordada num tranco.

— Ainda não escolhi, e você, mamãe?

— Profiteroles. Vai fazer bem pra alma.

— Então pode pedir pra mim também, mamãe — respondeu Fernanda, para se ver livre de ter que escolher qualquer coisa.

— Minha filha, te chamei aqui por absoluta falta de opção. Esta crise da tua irmã... eu não durmo quase mais nada, vivo numa ansiedade sem fim, eu não mereço isso nesta fase da vida, depois de todo este esforço para criar vocês com tudo que eu sei de melhor e agora seu pai ficou esquisito comigo. Estou mal, não vejo saída, é uma espécie de morte, não mereço, não mereço...

E segurando a mãozinha fria de Fernanda esperava dela uma solução mágica para seu problema, já que sozinha não conseguia visualizar nenhuma possibilidade de solução.

Fernanda, ainda meio atordoada pela visão inacreditável do Ahmed entrando, nada conseguia acrescentar aos lamentos da mãe. No fundo, a vontade que tinha era de mostrar para ela que a dificuldade dela estava clara em suas palavras, o centro de seu sofrimento era ela mesma, e não o da filha. Tentou procurar um consolo em lugares comuns, mas que sabia que iriam surtir efeito.

— Mamãe, você fica calma, atravessa a crise de cabeça erguida, você como sempre está sendo maravilhosa, tenha a consciência tranquila, a sua culpa não se justifica, afinal, você aproximou Ana Flávia do moço com a melhor das intenções, queria achar um bom partido para ela, o que há de errado nisso? O tempo há de fazer justiça, tudo vai voltar ao normal e você vai ficar bem feliz e contente de novo, é só uma questão de tempo. Tenha paciência, por favor, mamãe.

A Luisa agradeceu ter uma filha tão maravilhosa, cujas palavras tranquilizadoras caíram como um bálsamo em sua mente atormentada. Jamais poderia passar por sua cabeça onipotente que Fernanda não acreditava em uma sílaba do que tinha dito, mas que também ela não se sentia mal com a hipocrisia necessária.

Voltaram para casa em silêncio no carro, habitando cada uma universos ortogonais. Chegando em casa, Luisa foi para seu *bureau* conferir a correspondência que tinha se acumulado por dias e dias por causa de sua depressão. Sentia-se bem melhor agora, nem tudo estava perdido graças a sabedoria de sua filha maravilhosa.

Fernanda, por sua vez, estava dentro de um turbilhão de considerações e pensamentos que, apesar de sua mente prática e aguda, tornavam a visão turva.

Ainda por cima este estrupício do Ahmed, o que ele tinha que aparecer naquele justo momento? Parecia inacreditável, uma brincadeira sinistra. Percebeu que a vontade que tivera na hora era de matá-lo, bem matado, que odiento, como pôde ter se apaixonado por este ser tão abjeto? Que nojo!

Pediu um café forte e foi sentar-se no jardim. Lá ficou, esperando a mente se organizar. Tinha uma grande autoconfiança e sabia que em algum momento algum caminho iria se abrir. Por um tempo indefinido lá ficou, esquecida, pensando em tudo e em nada.

Escureceu, as primeiras estrelas começavam a aparecer, as costas doíam de ter ficado assim, tanto tempo sentada. Viu luzes se acenderem no quarto da irmã. Sem pensar em nada definido, foi procurá-la. Sabia que o momento tinha chegado. De onde veio, o que reservava, não fazia ideia. Mas no fundo da mente existem poderes que a gente não precisa conhecer para usar.

Bateu na porta, Ana Flávia abriu. Cabelos em desalinho, sapatos sujos de terra do parque, semblante de um cansaço infinito.

— Tudo bem, Ana?

— Tudo, e você, o que aconteceu que está com esta cara?

— Senta aí. Tenho umas coisas para te dizer, me ouve.

Ana percebeu o ar de solenidade, sentou-se devagar na cama, ao lado da irmã.

— Ana, você está num momento crucial de sua vida. A culpa dos pais é tão grande, que eles estariam dispostos a fazer qualquer coisa que você pedisse, não por você, mas por eles mesmos, porque precisam se aliviar desta culpa absolutamente idiota, criada pela prepotência de cada um. Eles acham que definem o nosso destino, e tudo que acontece se dá por ingerência deles, nossas atitudes não vêm ao caso, eles é que mandam e comandam. E cada um só vê a si mesmo, e desde que você não seja mais a visão ambulante dos erros deles, está tudo bem. Entendeu?

É claro que Ana Flávia já sabia disso tudo há milênios, este foi o cenário desde tempos imemoriais da infância, só não sabia onde Fernanda queria chegar com aquela preparação toda.

— Tudo bem, e aí, onde você quer chegar com estes preâmbulos todos?

— Eu quero chegar ao ponto final logo. Você tem duas pilastras na sua vida, e a sua salvação é se apoiar nelas e agradecer em vez de ficar assim toda deprimida, nesta entrega sem fim.

— A primeira pilastra sou eu — continuou Fernanda. — Sou igual à mamãe em muitas coisas, acho até que nas coisas boas, mas também sou mais inteligente e generosa. O meu amor por ela não me impede de ver as limitações dela, até me faz sentir uma pena... Desde criança me colocaram neste papel de *petite enfant gâtée*, e eu me acostumei neste lugar. Sou percebida como boazinha, manobrável. Mas meu pedaço Luisa cedo me mostrou que este era um bom lugar, posso usar o manobrável para manobrar e me defender. É uma espécie de hipocrisia de sobrevivência, e vou continuar assim até saber bem o que quero e chegar lá.

— Você não tem um arsenal de defesa tão bem equipado como eu, e virou uma rebelde sem causa. Não conseguiu nunca ser você mesma por causa deste conflito todo entre suas necessidades e o que te era oferecido, uma gaiola de ouro, a qual você devia gratidão e obediência. Este episódio do Ahmed foi um trauma enorme, mas foi a única vez em que você pôde ser autêntica com você mesma. E é por isso mesmo que foi este horror. A sua entrega foi mais traumatizante do que a agressão física que você sofreu.

— Acontece, Ana, que eu te amo muito, muito, admiro a sinceridade que você é capaz de ter e eu não. Faço qualquer coisa para te proteger, e se tem alguém aqui nesta casa que sente junto o que você está passando sou eu. Mas tem uma coisa: não vou me afundar no buraco com você, nem vou te puxar pelos cabelos. Você vai sair daí sozinha.

— Agora a segunda pilastra. É a sua inteligência, o seu amor à ciência, sua vocação. Siga esta vocação que ela vai te libertar, não tem outro caminho. Ficar aqui nesta família de aparências e falsa felicidade é um beco sem saída para você. Sabe o que eu acho que você deve fazer? Sabe, sabe, quer mesmo saber?

A Ana arregalou os olhos e, de boca aberta, pega de surpresa pela violência da verdade concentrada das palavras da irmã, conseguiu murmurar:

— Continua.

— O que eu acho é que você deve sair daqui, voltar para o Brasil sozinha, procurar uma universidade lá, acho que no Rio de Janeiro ou em São Paulo, um instituto de pesquisa, alguma coisa assim, e começar um novo capítulo de sua biografia. Ser a Ana Flávia de verdade. Já imaginou que maravilha? Estudar o que você gosta, libertada... O momento é agora, eles estão com medo que você fique mais doente, está supermagra, com uma aparência horrível, ontem vi sua escova de cabelo, o cabelo caído dava para fazer uma peruca. Me diz uma coisa: você está menstruando? Quando a gente está sob um estresse muito grande e anêmica para de menstruar. Me conta a verdade, por favor, Ana. Ana?

Ana estava paralisada. As palavras da irmã eram a expressão da verdade que ela sozinha não conseguira formalizar. Que irmãzinha incrível! Adorável Fernanda. Mais do que o teor das palavras, o que mais tocou o coração foi a identificação com seu estado, com toda sua problemática, isso era a maior prova de amor que uma irmã poderia dar. Mesmo sendo tão diferente!

Esgotada pelo esforço de traduzir a vida das duas em palavras de um modo tão lúcido, sintético e inteligente, Fernanda levantou devagarinho da borda da cama, alisou a colcha, e inclinando a cabeça para o lado, sorriu levemente e saiu. Tão levezinha nos seus passos, parecia um anjo aos olhos da irmã.

Embora não conseguisse formalizar uma opinião sobre tudo que estava contido no discurso da irmã, o efeito não formalizado foi sentir-se cada dia mais centrada, mais consciente das coisas em volta, mais calma. As raízes grossas e retorcidas das árvores do parque já não eram tão torturantes. E começou a sentir menos e pensar mais. Fernanda tinha razão, era ela uma pilastra na vida de Ana Flávia. Voltou a estudar, e descobriu que este era mesmo o seu caminho, que agora teria que percorrer sozinha, sem ter Ahmed para dar a mão, discutir, validar. Com os recursos da embaixada, não foi difícil acessar os principais centros de pesquisa em genética no Brasil. Estudou cuidadosamente os interesses de cada grupo, os seus componentes, sua produção científica, que não era nada significativa em comparação com os centros internacionais. Chegou a pensar em ir para estes lugares no estrangeiro, onde a pesquisa situava-se na fronteira do conhecimento. Mas tinha vontade de voltar para o Brasil. Era mais familiar, já que ela estaria longe da família no final das contas. Escolheu um grupo no Rio de Janeiro, escreveu uma carta candidatando-se a algum cargo em que pudesse contribuir para sua formação, mesmo que sem nenhum vínculo empregatício. Anexou seu currículo, enviou pelo correio, a resposta não tardou. Certo professor Rodrigo Mondanelli estava disposto a aceitá-la no seu grupo, tinha disponível uma bolsa de pesquisador visitante, que não era lá grande coisa, mas daria para viver sem muita dificuldade uma vida modesta pelo período de dois anos, sem maiores compromissos. Ana Flávia estudou cuidadosamente as publicações do professor Rodrigo, seu currículo, não ficou muito entusiasmada, mas também não parecia ser medíocre.

Respondeu que aceitava a proposta, e combinaram as datas.

E agora? Como abordar o assunto com a família? Por mais que eles quisessem se aliviar da situação de conflito que já estava minando a convivência familiar, um afastamento desta ordem seria demais. Sabendo dos obstáculos que a aguardavam foi que Ana respondeu logo ao professor Rodrigo, para traçar um caminho sem volta. Queria dar à questão o caráter de fato consumado.

Todos estes acontecimentos serviram para ajudar Ana Flávia a fugir de um desígnio interior implícito, inevitável para a sua sobrevivência. Era o esquecimento, a eliminação mágica de tudo que se passou entre ela e Ahmed. Apagar tudo, até os últimos vestígios, o que naturalmente era uma pretensão inatingível. Por isso, tudo que preenchesse sua vida, que requisitasse toda a sua energia, servia para empurrar o passado para um lugar o mais remoto possível, não visitável em sua condição otimizada. A ametista em forma de coração estava em lugar desconhecido, e a pergunta principal também habitava o mundo que fora empurrado para o esquecimento: qual teria sido o motivo da traição sofrida, e será que existia mesmo uma explicação?

Mas Fernanda não precisava deste recurso, estava em muito bons termos com ela mesma e as circunstâncias de sua vida, sabia de suas possibilidades e limitações com uma clareza impressionante. Este dom abençoado de se reconhecer e se aceitar, ela o tinha herdado e o exercia com naturalidade, sabendo reconhecer os defeitos de caráter dos pais e mesmo assim amá-los. Sabia que seria o apoio na velhice deles. Permitia também o amor à irmã. Ana Flávia sempre foi mais inteligente, capaz de coisas inacessíveis para ela, mas isso só aumentava seu apreço e seus impulsos de proteção. Fernanda compartilhava com a irmã o acontecimento traumático injustamente imposto, mas como não precisava esquecer nada para sobreviver, era possível fazer a pergunta, que cada dia mais se insinuava, exigindo uma resposta. Por que a agressão, a covardia, o abuso inadmissível, como explicar o que antes seria impensável?

Felizmente o clima doméstico era de aparente normalidade. Primeiro, porque, além da irmã, só ela, Fernanda, sabia dos fatos. Segundo, porque a culpa narcisista dos pais, baseada em premissas falsas, protegia Ana Flávia. Nada cobravam dela, tratavam-na pisando em ovos. Esta situação tinha como resultante um *laissez-faire*, uma postura de deixar o tempo passar, o tempo, solvente universal para todos os males. Depois da tempestade vem a bonança, dizem. Mas nem sempre. Fernanda já tinha inseminado na cabecinha de Ana Flávia o germe da ideia de que partir sozinha para o Brasil era a sua única salvação, e isto não pressupunha nenhuma bonança.

O sono é uma função fisiológica que tem por finalidade a manutenção e reparo da máquina que é o nosso corpo, do desgaste diário, e isto requer o seu desligamento do mundo exterior. Menos o do sentido da audição, que não se desliga. Ouvimos enquanto dormimos. Fernanda começou a sentir dificuldade de conciliar o sono. O pano de fundo da pergunta "por que" se tornava mais presente, aparecendo com força no silêncio da noite, persecutório, roubando o sossego, dificultando o relaxamento que precede o sono. "Meu Deus, vou ficar igual à mamãe", pensava, tornando-se mais inquieta ainda. Mais insone, mais igual à mãe. Os estalos da mobília, o pingo da torneira, o relógio carrilhão marcando as horas, esses ruídos noturnos que ela antes não conhecia, incomodavam no começo, mas depois eles ajudavam a desligar a mente. Foi neste estado de semivigília que seus olhos subitamente se abriram, num susto. Palavras vindas do quarto dos pais em baixo tom foram suficientes para que despertasse e aguçasse os ouvidos.

— Guilherme, quanto tempo você acha que vai ser preciso para que a Ana volte ao normal? Quero dizer, aquele normalzinho dela que a gente conhece. Normal mesmo ela nunca vai ser. Eu não estou aguentando mais.

— Meu bem, você fica calma, tudo passa, é uma questão de tempo, você não tem culpa de nada, a responsabilidade é toda minha. Não intervi quando era necessário, como sempre deixei tudo nas suas costinhas, meu bem. Fica calma, por favor, se não eu fico também cada vez pior. Como você acha que posso me justificar de tanta omissão, sem me dar conta do que estava permitindo? É claro que isto tinha que acontecer, como pude ser tão cego de nem imaginar? Toda a família muçulmana tradicional tem esta conduta milenar de casamentos fechados entre elas, tenho certeza de que o Ahmed já devia estar com tudo arranjado, com compromisso assumido sabe-se lá com quem. É que ainda não consegui dar um jeito de descobrir isto, acho que nem quero, mas dá para saber, porque o pai é diplomata também. Nesse meio tudo se sabe. Você quer que eu procure?

— Não, não quero. Não precisa, só vai tornar tudo pior ainda. Você está certo, vamos dar tempo ao tempo. Paciência. Vamos continuar tratando a menina do melhor jeito possível. Só que não sei o que posso fazer para torná- la mais... mais.... mais agradável.

Então era isso! Estava aí a resposta e a explicação da carta, pedindo desculpas "por não ter tido a força que o destino pedia" ou qualquer coisa com este significado. Será que deveria contar para a Ana Flávia? Será que contando iria ajudar ou remexer na ferida? Bem, um dia ela teria que saber, melhor deixar o tempo passar mesmo.

Sentada no trem para Paris, de onde deveria embarcar no avião para o Rio de Janeiro, Ana não pensava em nada, só sentia. E nem mesmo pensava sobre o que sentia. Somente daquele dia em diante começou a dirigir seus pensamentos sobre tudo que acontecera. Começava a ter coragem de se dirigir ao local onde tudo ficou guardado, escondido, protegido dela mesma. A questão principal pode então ser mais ou menos definida como "foi tudo verdadeiro? Ou foi apenas uma bolha? Fui vítima de uma enganação, um fingimento, ou de uma coisa passageira? Avaliei mal o que estava acontecendo? Acreditei e me entreguei para uma ficção, um sonho que sonhei sozinha?"

Se existisse um processo mágico que possibilitasse uma pessoa entrar nos sentimentos de outra...

Chovia no Rio de Janeiro quando o avião sobrevoou a cidade, tudo meio escuro, não deu para apreciar a vista de cima. Com a chuvarada, o cansaço da viagem parecia mais pesado. Teve sorte de achar logo um táxi, que sempre escasseia nestas horas. O motorista era do tipo que gostava de conversar.

— De onde a moça vem? Da Europa ou dos Estados Unidos?

— Da Europa, morava lá.

— Então vem de visita, não?

— Venho para estudar e trabalhar.

— Como é? Todo mundo querendo fazer isso fora, e a moça vem da Europa para fazer isso aqui? Tem família, então? Namorado? Desculpe, eu falo demais, moça.

— Não faz mal, não, eu falo de menos, cada um tem o seu jeito.

— Moça, se a senhora está há muito tempo longe do Brasil, eu vou te dizer uma coisa: cuidado com o que fala, agora todo mundo tem medo de dedo-duro. Se a polícia cisma, a pessoa some e aí, babau, nunca mais. A situação depois que os milicos tomaram o poder ficou feia, agora lançaram o AI-5, sabe o que é isso?

— Não sei muito sobre política.

— Mais vai saber logo, logo. Cuidado, hein, moça? Daqui a pouco a gente já chega a Copacabana, logo ali depois do túnel.

Guilherme alugou um apartamento de três quartos, mobiliado, com tudo: geladeira, roupas de cama, louça, tudo mesmo. Luisa conseguiu que uma secretária amiga de uma amiga comprasse tudo, que ela mesma de longe supervisionou. Aliás, por pouco não veio junto, para alívio de Ana Flávia. Mas assegurou que viria no fim do ano. "Vai me fazer bem, uns banhos de mar", pensou.

O apartamento em Copacabana estava arrumado com o maior capricho. Luisa conseguiu dar a entender para a secretária que o apartamento seria ocupado durante um período pela filha de um representante diplomático e que todo conforto seria necessário.

Ana Flávia logo sentiu o dedo da mãe nos arranjos diplomáticos e percebeu que ao lado de tantas críticas e ressentimentos, tinha uma enorme admiração pela competência dela. Estava examinando a cozinha, onde achou umas maçãs, quando o telefone tocou. Era Luisa querendo saber se tudo estava bem. A proteção funcionando à distância, confortável.

— Minha filha, veja ao lado do telefone o número da secretária que ficou encarregada de organizar o apartamento para você. É para você ligar se precisar de alguma informação. Ela também vai arranjar motorista para te levar na faculdade.

O número da moça estava lá, chamava-se Marta. E foi realmente útil. Ana Flávia pôde solicitar motorista para levá-la no dia seguinte ao encontro do grupo de pesquisa com o qual iria trabalhar. Mas logo aprendeu a usar condução pública, e saboreou esta súbita liberdade, finalmente não tinha ninguém monitorando seus passos. Sentiu falta da irmã, e logo sentou para escrever contando as novas vivências.

Querida irmãzinha,

Queria te ter aqui comigo.

A mamãe já deve ter comentado aí sobre o apartamento, essas coisas. Tudo dando certo, como tudo que ela gerencia. Mas primeiro preciso te contar sobre o trabalho, minha preocupação principal. Quando cheguei à procura do professor Rodrigo, me informaram que ele estava numa banca de defesa de tese de Doutorado, que eu poderia assistir, se quisesse, a defesa era pública. Sentei ao lado de uma moça que me perguntou baixinho se eu era a nova colaboradora que vinha do exterior. Ela me mostrou o professor sentado na primeira fila, junto com os outros membros da banca. Fiquei muito admirada com a apresentação do candidato, tão organizada, precisa, dava para ver que o aluno sabia o que estava dizendo, que dominava o assunto. Foi uma ótima primeira impressão, que acalmou meus receios de ter feito a escolha errada voltando para o Brasil. Depois vieram as perguntas, o aluno se saiu muito bem, percebia-se que a banca tinha ficado satisfeita. O professor Rodrigo pediu para ser o último a arguir o aluno, candidato a PhD. O exame dele foi bem diferente do dos anteriores, questionava coisas não passíveis de resposta objetiva, chegou a duvidar da reprodutibilidade dos resultados. Insistia numa aplicação prática destes quando o trabalho tinha sido eminentemente teórico. Certo ar de desconfiança, que eu achei injusta, permeava suas palavras. Finalmente terminou sua arguição com as palavras:

"Muito bem, estou satisfeito".

Aí a banca pediu para a audiência se retirar para deliberar sobre a aprovação ou não do jovem candidato a doutor. Nestas alturas, a audiência se resumia a alguns alunos de pós-graduação que heroicamente tinham aguentado toda a sessão, e os familiares, pai, mãe, noiva e tia. O pai saiu acabrunhado, não estava entendendo muito bem o que se passava, mas tinha um mau pressentimento. A mãe e a noiva, em prantos, mas a tia, doutora em química e filosofia, foi a única que saiu tranquila.

— Como é que este monstro arrasou o trabalho do Dudu! Depois de tantos anos, ele sempre tão esforçado, elogiado!! — soluçava a noiva.

A mãe procurava um lenço na bolsa aberta, para onde as lágrimas escorriam em silêncio. A tia química-filósofa não aguentou a choradeira:

— Vocês querem parar com este chilique ridículo? Não veem que o professor está louco de inveja do trabalho do Dudu? Não tem como reprová-lo. Ele não consegue perder a chance de mostrar a sua sabedoria e faz questão de ficar por último e mostrar como é lindo de asas abertas. A vaidade é a moeda que corre muitas vezes na Academia. No fundo, eu tenho pena de pessoas na posição dele possuírem um problema narcísico maior do que a escala do desconfiômetro.

Um pressentimento de que terei dificuldades com esta criatura, professor Rodrigo, veio imediatamente. No caminho de casa, no ônibus (sim, senhorita, no ônibus!!) me ocorreu que ele queria mais aparecer do que examinar o aluno. Aonde vim me meter!

Mas agora a sorte está lançada, vamos trabalhar e o resto será o resto. Como ele é? Vou te contar.

Um homem de idade indefinida, rosto bem marcado, pouco cabelo, meio gordo. Tratou-me bem, mas com frieza. Mostrou o laboratório, a biblioteca, me apresentou para os outros participantes do grupo dele (nem todos estavam lá), acho que ao todo devem ser uns seis ou sete. Tem duas moças, comigo três. Uns são alunos de doutorado, outros colaboradores doutores. O que estranhei foi ele não ter conversado comigo sobre pesquisa, sobre os trabalhos em andamento, que, aliás, eu já sabia de um modo geral, porque consegui ler coisas que ele publicou. Ele marcou para amanhã uma reunião comigo e pediu que eu trouxesse um plano de pesquisa! Assim, do nada, de um dia para o outro!

Eu acho que cabia a ele me apresentar ideias, e não eu a ele. Mas tenho aqui umas coisas interessantes que posso apresentar, não sei nem se são exequíveis experimentalmente, se fazem sentido... mas vou falar assim mesmo. Nem preciso falar no nome de quem poderia me ajudar, já sei o que você está pensando...

Depois venho de novo te contar como as coisas se definiram. Vou dar um passeio na praia (!)

Beijos da irmã que te ama,

Ana Flávia

Depois de terminado o exame do Dudu, que passou, é claro, o professor Rodrigo saiu todo confortável dentro de sua sensação de ter feito um exame diferente (melhor) que os demais. Nível diferente, outro padrão, pensava. Encontrou com a Ana Flávia no corredor. Dirigindo-se para sua sala, não a convidou para entrar. Retirou a tese de dentro da pasta, arrumou na estante, e foi para casa ver televisão.

A resposta de Fernanda

Querida e maravilhosa irmã do meu coração,

Que orgulho!
Você está brilhando! Que felicidade!
Você está realizando sua vocação!
Sabia que eu te amo? E que morro de saudades?
Está tudo pronto para meu casamento em Milão. O vestido foi feito aqui mesmo, ficou lindo, o da mamãe também, mas ela viu uma porção de defeitos, como sempre. Você vem, não?? Como vai ser para arranjar o seu vestido??
Estou aflita com isso. Responde logo. Beijos,

Fernanda

A resposta de Ana Flávia

Fernanda, minha querida,

Sei o quanto é importante para você minha presença no seu casamento. Para mim também é, mas isto é impossível. Espero que você compreenda, mas não posso me ausentar, o professor não iria permitir, ele é muito rígido. Conseguimos chegar num consenso sobre meu projeto de pesquisa e não posso abandonar meus experimentos recém-iniciados, iria perder todo o meu trabalho e daria a pior impressão possível. Por favor, tenta me ajudar uma vez mais na vida e explica esta situação para a mamãe antes que ela comece a me atormentar.

Outra coisa: eu sei que o papai tem uma irmã aqui, de quem eles nunca falam, lembro de uma vez que vi uma foto dela com ele e nas costas tinha escrito "Guilherme e Quitéria na Fazenda, 1952".

Você descobre o endereço dela para mim? Todo carinho do mundo,

Ana Flávia

O PROFESSOR RODRIGO

Com o intuito de colonizar as regiões despovoadas do sul do Brasil, em 1870, o governo do Rio Grande do Sul criou colônias na região das serras gaúchas. Esperava-se atrair 40 mil imigrantes alemães para ocupar a região. Porém, as notícias de que os alemães estavam enfrentando problemas no Brasil fizeram com que cada vez menos imigrantes viessem do Segundo Império Alemão. Isso obrigou o governo a procurar por uma nova fonte de imigrantes: os italianos. Nas primeiras décadas de imigração, havia grande resistência da comunidade italiana em se misturar com os brasileiros. O processo de integração foi lento. Esse isolamento durou cerca de cinquenta anos, a contar do início da imigração, em 1875. No sul do Brasil, muitas colônias italianas eram situadas em regiões isoladas ou relativamente independentes da população brasileira.

O fluxo mais intenso ocorreu no final do século XIX e foi durante este período que Tomazzo Luigi Mondanelli, originário do Veneto, emigrou para o Brasil embalado pelo sonho de um melhor futuro nos dias sombrios de fome e privação que a Itália atravessava, vislumbrando uma estabilidade econômica que se esboçava a partir das terras recebidas. Tudo foi difícil, pois os colonizadores alemães que chegaram a partir de 1824 ganharam lotes de terra com até 77 hectares. Quando os italianos chegaram, isto é, 51 anos depois, somente receberam lotes de no máximo 30 hectares de terra e tiveram, ainda, que pagar por elas, coisa que não aconteceu com as outras imigrações.

A saga familiar dos Mondanelli iniciava-se nas repetidas narrativas que descreviam desde o desembarque do navio vindo da Itália, a subida da serra, abrindo caminho a facão, e a época de pioneirismo, privações, suor e fome, até a atual situação de fartura. Os descendentes cultuavam este passado de luta e de vitória contra a natureza implacável. As plantações iniciais de milho, trigo e outros produtos agrícolas cederam lugar a produção de vinho, que se tornou a grande fonte de renda da família. Inicialmente o acesso às colônias e comunidades, onde moravam amigos e vizinhos, eram locais tão montanhosos e isolados que dificilmente eram visitados por outras pessoas, dando continuidade ao uso do idioma *talian*, dialeto originário do Veneto, que perdurou até a década de 1930, com a campanha governamental de nacionalização. O governo nacionalista de Getúlio Vargas proibiu seu uso tanto escrito como oral. Falar *talian* em lugares públicos e privados no Brasil era considerado ofensivo e falta de patriotismo, e os italianos e descendentes foram de certa forma obrigados a aprender o português. Houve grande repressão policial nas colônias, pessoas foram presas e espancadas ao serem pegas falando o *talian* nas ruas.

Os filhos mais velhos foram paulatinamente assumindo o controle das plantações da vinícola Mondanelli e o patriarca Tomazzo, apesar de ocupar posição simbólica de respeito, pouco intervinha na gerência dos negócios da família. Nestas circunstâncias foi convidado a assumir um posto de administração agrícola na Estância La Capilla, na fronteira com o Uruguai. A princípio, rejeitou a ideia de deixar os filhos, acrescendo-se o fato de que a Estância dedicava-se eminentemente à criação de gado, e ele não tinha a menor experiência neste ramo. Estava já com 55 anos, lutara muito, queria sossego agora. Mas a insistência do dono, um judeu filho de emigrantes de sobrenome Aguinsky, que morava em Porto Alegre, o bom salário e acima de tudo, o desafio, conseguiram demovê-lo, com a anuência da mulher, dona Rita Giovanna, que achou ótima a ideia. Ela se ressentia do afastamento em que ficara presa durante os melhores anos da vida, numa labuta sem fim criando nove filhos. Sentiu na proposta um sopro de ar fresco, finalmente poderia ver além da plantação, viver algo além da repetição dos dias e das noites.

As grandes qualidades da família Mondanelli, chaves do sucesso, eram a disciplina, força de vontade, capacidade de enfrentar as adversidades durante o dia e se alegrar com as estrelas, ao som do acordeão. A Estância La Capilla era bem organizada, com administração consolidada pelo falecido capataz anterior. Com duas semanas, Tomazzo já dominava o cotidiano e se impunha pela disciplina e moral que soube incutir com naturalidade aos trabalhadores do lugar. Sentia-se feliz e remoçado com a nova atividade. Acompanhando este estado de espírito, uma novidade inesperada aconteceu: Dona Rita Giovanna, com mais de quarenta anos, estava grávida de novo!

O belo menino que nasceu na Estância foi batizado como Rodrigo, nome tipicamente gaúcho, em homenagem e retribuição aos generosos pagos que os receberam. Rodrigo cresceu junto com a peãozada, acordava cedo, tomava chimarrão e lá se ia galopando, a camisa balançando ao vento. Era o tesouro amado da mãe, o orgulho do pai. Temperamento quieto, sonhador, tinha momentos solitários de encontro com a natureza e com si mesmo, quem sabe? O amanhecer glorioso era saboreado em suas corridas a cavalo, a energia emergente do dia parecia circular em suas veias em uma embriaguez que apertava seus olhinhos verdes. Já o anoitecer tristonho e pungente dos pampas era sentido como uma melancolia sem fim. Rodrigo subia até o ponto mais alto da Estância, onde sentava-se embaixo de uma figueira centenária, e lá ficava esquecido, entregue ao último pio da juriti, perdido em si mesmo.

A gerência da Estância era capitaneada pela filha do dono, Sonia Aguinsky, que de chapéu, botas e bombachas vistoriava tudo, determinava quais cabeças seriam abatidas, vendidas ou compradas. Vinda de Porto Alegre, trazia em suas visitas frequentes insumos agrícolas, ração, vermífugo para as crianças e para os cachorros, escova e pasta de dentes, sem contar agasalhos e guloseimas. Gostava de pescar no açude e acordava de madrugada para o chimarrão bem quente com a peãozada antes da saída para a jornada do dia. A afeição da Sonia pelo menino Rodrigo foi um sentimento que nasceu logo que ele começou a falar. Quando bebê, era mais um que batizava, mas à medida que se revelava uma criança esperta, mais inteligente do que o usual, o relacionamento entre os dois foi se estreitando. Rodrigo contava os dias pra sua madrinha chegar. Um dia, pescando com ela no açude da Estância, ao entardecer, encheu-se de coragem e perguntou:

— Eu queria que a senhora me levasse para conhecer a cidade. Pode isso?

— Pode sim, meu guapo. Pede pra mãe fazer uma trouxinha de roupa que eu te levo por uns dias comigo.

A Sonia nem sabia o que estava falando, saiu sem pensar. Mas teve uma súbita alegria, levar o piá com ela...

Assim o Rodrigo conheceu a cidade, num encantamento sem fim. Passou a vir repetidas vezes, já tinha até o seu canto na casa maravilhosa da madrinha. Esta logo percebeu a responsabilidade que estava assumindo sem querer. O menino já estava com seis anos e precisava ser alfabetizado. Para isto teria que trazê-lo para a cidade e praticamente virar mãe dele, o que estava acima de suas pretensões na vida. Era solteira, e achava ótima esta situação de liberdade e independência, bem diferente da de suas amigas e parentas que só entendiam a vida de uma mulher se fosse ao lado de um homem. E agora um filho adotivo? De noite, pensava no problema, seus olhos cansados do dia se abriam e ela não dormia mais.

Os pais naturalmente reprovavam o tipo de vida que Sonia escolhera para si, mas dependiam dela para cuidar da La Capilla. Estavam ficando velhos e a filha era tudo que tinham. Ela era dedicada e cuidava dos pais com carinho e desvelo, ia visitá-los praticamente todos os dias, fazia as compras, tomava conta dos remédios.

O menino intuía tudo que se passava, tentava ajudar na casa, lavando a louça, arrumando as camas, queria até lavar a roupa dela e passar, o que a comoveu às lagrimas. "Que guri danado este Rodrigo! Adoro ele".

A única solução que apareceu, que não era bem solução, mas um arranjo complicado, era trazer Tomazzo e dona Rita Giovanna para Porto Alegre. Para a casa dos pais, levando o Rodrigo. Aí poderia matriculá-lo na escola. A mulher serviria para o serviço da casa e cuidar dos velhos. Resolveu falar com os italianos.

— Seu Tomazzo, preciso falar com o senhor.

— Sim, senhora, dona Sonia, qualquer coisa vinda da senhora é boa.

— É sobre o Rodrigo. Ele não pode continuar crescendo assim aqui na Estância, no meio da peãozada, sem estudo. Não tem escola perto daqui, e eu não posso levar ele comigo e virar mãe dele em Porto Alegre. O senhor não quer vir com sua mulher morar com meus pais? Eles precisam de alguém de confiança para tomar conta deles, estão ficando velhos e eu não quero deixá-los mais sozinhos. Eu boto ele na escola e ele vai ter um futuro. Ele é inteligente e um bom guri, merece isso, o senhor não acha?

Tomazzo ficou perplexo, sem saber o que responder. Nunca passou pela cabeça dele sair pra cidade. Fazer o que trancado em casa? Sentença de morte.

Uns momentos longos e silenciosos se seguiram, nenhum dos dois conseguindo falar nada, cada um compreendendo o que se passava na cabeça do outro, mas numa incompatibilidade total.

O pior é que ela tem razão, pensava Tomazzo. Mas a vida trancado na cidade era impensável.

— Dona Sonia, eu te agradeço o cuidado com o meu filho, nem tenho palavras. Mas preciso pensar, falar com a mulher, me dá uns dias, pode?

A Sonia ficou com pena do Tomazzo. Pobre homem, a vida toda lutando, e agora em vez de descanso lá vinha ela com uma proposta de mais sacrifício.

No final conseguiram se acertar. A dona Rita Giovanna iria junto para Porto Alegre com o piá, para ajudar na casa e tomar conta do casal idoso, enquanto Tomazzo continuaria na Estância. Sonia poderia trazê-los periodicamente, ou quando quisessem. Tomazzo não gostou muito do arranjo, desde que casou nunca tinha se separado da mulher. Consultou os outros filhos na vinícola, todos concordaram que não se podia desprezar esta chance que se esboçava para o futuro do Rodrigo, que nem podia acreditar em tamanha felicidade.

Os primeiros dias na escola foram de enorme dificuldade para Rodrigo. Sentia-se mal dentro do sapato que apertava seu pé muito largo, esparramado de andar descalço. E a gravata que o uniforme exigia completava o tormento, esganando o pescoço. E ainda por cima de tudo tinha um cabelo espetado, de tanto ser lavado com sabão grosso. Os coleguinhas o encaravam com uma curiosidade agressiva, não sabia onde se meter. Ficou parado até que a professora, uma senhora já entrada nos anos e com cara de pouca paciência, o conduziu pelo braço e mostrou a carteira onde deveria sentar-se, nem muito na frente, nem atrás. Foi fazendo mais ou menos no automático o que os outros faziam, abriu a pasta de couro, tirou o lápis e o caderno. Precisava copiar o que a professora escrevia no quadro: as vogais em letras graúdas. Os dedos grossos seguravam o lápis com dificuldade. Saiu tudo enorme, disforme, tremido, em consonância com o descompasso de seu coração. A campainha do recreio tocou após uma eternidade, Rodrigo pensou que já tinha acabado o dia, mas era só um intervalo, que foi ainda mais horrível. Os outros meninos brincavam, gritavam, jogavam bola de meia, mas ele, tudo que queria era passar despercebido, paralisado num canto. Sentiu que isto era impossível, que se não fosse aceito pelo grupo, seria vítima de ataque. Mas manteve a calma e começou a observar os coleguinhas, reparando que sua compleição física era mais desenvolvida que a dos outros, era mais alto e forte. Isso também contou naqueles momentos de observação e análise entre ele e o grupo.

Voltando para casa se jogou na cama e ficou pensando num rodamoinho sem fim, como iria pedir para a madrinha Sonia que o deixasse livre daquela escola-tormento. Deitou na cama meio febril e de repente pensou dizer que estava doente. Mas mentir seria pior. Ela podia chamar o médico e fazê-lo voltar dias depois. Não, isso seria muito mau. Ela não merecia. Ele precisava ser valente. Adormeceu extenuado de tanto pensar sem resolver nada.

Encontrou-se com a Sonia na hora do jantar, foi acordado pela madrinha. Trancou-se num mutismo hermético, quase não conseguia comer. Muito perspicaz e sensível Sonia logo imaginou o que poderia estar acontecendo e resolveu nada perguntar. Isso desarmou um pouco o menino, cuja preocupação maior era conciliar o seu problema com as expectativas da madrinha. Até que na hora de dormir ele disse:

— Madrinha, eu não gostei da hora do recreio.

— E de que mais meu guri não gostou?

— Não consigo segurar o lápis direito, meus dedos são muito grossos.

— Não faz mal meu guapo, nós vamos dar um jeito nisso, não se preocupe, cada um tem suas dificuldades.

— Então não preciso mais ir à escola?

— Você vai ter a escola mais o treino comigo, vamos estudar juntos, que tal?

— Mas eu me sinto mal lá na escola, é horrível, só fico pensando na hora de ir embora, nem me lembro das coisas que a professora disse.

— Deixa a madrinha ver o seu caderno.

Olhou os garranchos, sentiu tanta pena que os olhos se molharam.

— Ah! Senta aí um pouquinho, já volto.

E voltou com lápis e outro caderno, desenhou as vogais em tamanho bem grande e com traço bem levezinho. Lentamente pegando na mão do Rodrigo, foi fazendo junto com ele o recobrimento. Repetiram isso várias vezes até o menino conseguir cobrir o traço sozinho. Rodrigo sentiu um alívio, não tanto pelo progresso (já conseguia pegar no lápis direito), mas pela compreensão e delicadeza da Sonia. Foi dormir reconfortado e disposto a não desapontá-la.

Assim, todos os dias depois do jantar repetia com a madrinha o que tinha feito na escola, e começou também os deveres de casa. Com o seu progresso, começou a ficar mais confiante, e também a participar nas brincadeiras, ninguém se atrevia a fazer nada que pudesse embaraçá-lo, porque pressentiam que ele não iria deixar passar nada. Ainda mais depois que ele contou como andava a cavalo pelos campos e todas as coisas da Estância, foi impondo respeito. Passou a gostar da escola mas nunca se sentiu como os demais, tinha algo diferente que não dava para compartilhar com ninguém. O sentimento de inadequação dos primeiros tempos transformou-se em profundo sentimento de marginalidade, do qual ele não tinha consciência, fazia parte de seu modo de sentir. A reação a esta situação foi uma necessidade crescente de afirmação, que foi delimitando seu modo de ser com a passagem do tempo, com a consequente centralização de seus atos em si mesmo. A solidão não era sentida como tal, era uma segunda natureza e uma proteção necessária para que nada viesse a ameaçá-lo em suas pretensões e empreendimentos.

A PENSÃO DA DONA LOLA

O dia começava cedo na pensão da dona Lola. O barulho das panelas e louças na cozinha, o choro de crianças no quarto ao lado, cantos dos galos e dos bem-te-vis vinham acompanhados do aroma de café e do pão saindo do forno. Rodrigo já estava há umas duas horas datilografando uma apostila para o cursinho. Os dedos ainda grossos mas ágeis e brancos, corriam rápido na Remington, denunciando a pressa que tinha em terminar o serviço. Pois quando o entregasse iria receber o pagamento, que guardava para pagar este mesmo cursinho preparatório para o vestibular de medicina. Desde que a madrinha se casou, Rodrigo resolveu sair de casa. Já estava homem feito, com dezoito anos, e o marido de Sonia, médico, não tinha lá muita simpatia pelo rapaz, sentimento que era mútuo. Olhou pela janela do quarto, olhou a ladeira, os primeiros transeuntes que passavam apressados. Não se atrevia a pensar em nada, tinha medo de contabilizar seus atos e resoluções. Estava jogando todas as fichas no vestibular, só que não tinha muito tempo para estudar porque precisava trabalhar para seu sustento: a pensão, alimentação, livros, muita despesa mesmo. Os irmãos na vinícola iam de vento em popa, já tinham até caminhão. Apesar de não terem muita noção da vida de Rodrigo, preocupavam-se com ele e mandavam mesada, que ele, é claro, nem tocava. Orgulhoso, mas previdente, esperava devolver depois que entrasse na faculdade, mas de qualquer maneira guardava. Estava só, se alguma acontecesse, teria uma base. A nuca e o pescoço doíam, um enjoo por se forçar a levantar, sair da cama quentinha para a madrugada gelada de Porto Alegre. Tinha saído do mercado onde trabalhava lá pela meia-noite, um pouco mais cedo do que o habitual. Até chegar em casa, dormir e organizar o dia seguinte, ia pelo menos uma hora. Pegava no mercado às sete e meia da noite, depois que este fechava, e lá ficava até acabar de organizar todas as caixas, os produtos nas prateleiras nos lugares certos, depois limpar tudo e deixar bem preparado para os fregueses quando abrisse de manhã.

Conseguira o lugar competindo com outros trabalhadores, aceitando trabalhar sem registro. O dono se arriscava porque de noite era mais fácil de passar despercebido o contrato ilegal.

As aulas no cursinho eram pela manhã, às vezes tinha alguma coisa de tarde, como um teste, ou no fim de semana, uma vez por mês, tinha o que chamavam de "vestibular simulado", em que os alunos tinham que resolver questões de vestibulares passados. Rodrigo prestava a máxima atenção nas aulas, anotava tudo que podia, ia lendo no ônibus. Saía-se razoavelmente bem nos testes e nos vestibulares simulados, com uma única exceção: a química. Não conseguia guardar os conceitos porque não via conexão entre eles, parecia uma coleção de figurinhas que ele tinha que decorar, uma não trazia ligação com a próxima. O professor também não ajudava muito, não permitia perguntas (mandava olhar no livro), entrava e saía com a mesma cara de poucos amigos. Rodrigo foi pegando uma ojeriza à matéria, que estudava com esforço. A pior hora era durante as aulas no final da manhã, sentia um sono irresistível. Esse maldito sono lhe pregou uma peça, um vexame. Certo dia, colocaram um ventilador na sala, e o barulhinho hipnótico das pás rodando foi trazendo devagarzinho um relaxamento, parecia que a alma queria sair pela boca. Rodrigo dormiu de boca aberta, ali, na frente do professor, de todo mundo. Acordou sobressaltado, sentindo a maior vergonha. Mas como ninguém falou nada, também ficou quieto. Nas próximas aulas pensou em sentar atrás, mas achou pior. Sentia vergonha só em pensar no episódio.

Arrastou a cadeira para trás, arranhando o chão, enfiou o suéter de lã surrado e desfiado nas mangas e desceu as escadas para o café. As escadas gastas rangiam sob seus passos e o cheiro de mofo do corredor meio escuro o empurravam para baixo. O café era do tipo barato, mas quente e açucarado, e o pão quentinho com manteiga agradava o estômago e o espírito. Subiu de novo as escadas num pulo, pegou sua mochila com a apostila pronta, e se foi para o cursinho.

Era uma vida que não podia se sustentar por muito tempo. Era jovem e forte, mas tudo tem um limite. Não se permitia pensar neste limite, precisava vencer, aguentar até o fim.

Foi uma grande alegria quando no escritório da administração do cursinho, onde estava esperando para entregar a apostila pronta e receber seu pagamento, viu a secretária batendo um aviso de feriado prolongado. A primeira imagem que veio à mente foi a Fazenda Mondanelli, o campo. Não sabia que tinha tanta saudade. Na aula foi difícil se concentrar, só conseguia pensar em viajar nos feriados. Que sonho voltar a ver a família, a peãozada, montar de novo... Mas teria que pensar nos gastos, se valia a pena. Na volta para casa resolveu caminhar pelo parque da Redenção para acalmar as ideias, dar um refresco para sua cabeça cansada. Percorrendo as veredas sombreadas, um vapor saía de sua respiração no ar gelado. Caminhava com as mãos nos bolsos, sentindo um cansaço bom, poderia andar assim para sempre, pensou. Mas sentou-se em um banco, olhou para o chão, olhou para cima e deixou-se levar pela visão das nuvens que passavam descomprometidas. Ficou assim neste estado até que percebeu que a decisão já estava tomada: iria pagar a viagem com o dinheiro guardado, recebido dos irmãos. A decisão foi sensata, sabia que se não se permitisse um respiro, estaria em perigo de deixar tudo se perder.

❧

Rodrigo entreabriu levemente os olhos e se deparou com o branco do teto. Não aguentou a luminosidade, fechou-os novamente. Cheiro de éter. Depois reabriu virando a cabeça para o lado. Braço direito preso, com soro pingando. Reconheceu o ambiente hospitalar, estava num hospital, então. Mas não num quarto, estava numa enfermaria, separado dos outros internos por painéis brancos de tela, presos em uma armação de ferro branca. Tudo branco. Ganhando aos poucos consciência de si, sentiu a náusea. Náusea, náusea, náusea, impulso incontrolável de vomitar. No entanto permanecia ali, imóvel, respirando, um braço no soro, o outro em cima do lençol. Ficou neste limbo por uma eternidade até que a enfermeira apareceu.

— Está melhor, senhor Rodrigo?

— Quero vomitar.

— Mas não tem nada pra vomitar, é só ânsia. Já dei Plasil, tem analgésico no soro.

— Não aguento a ânsia.

— O senhor é um moço muito bonito mas até agora não se sabe qual o seu problema. O sangue foi para o laboratório. Vou lhe dizer uma coisa: agora o maior remédio se chama paciência. Trate de aguentar que é assim mesmo. Depois eu volto. Paciência, ouviu?

Não tem nada pra vomitar, é "só" ânsia. Então é "só" aguentar. Isso de aguentar eu sei bem como é. Eu sei bem como é, ficou pensando, repetindo para disfarçar e distrair o pensamento. O sono veio como uma salvação, dormiu por horas. Acordou com os raios do sol filtrados pela janela, fazendo desenhos estranhos na parede. Partículas de poeira dançavam freneticamente no ar, onde os raios do sol caminhavam.

A enfermeira veio com chá quente e bolachinhas de água e sal. A bebida açucarada e o alimento trouxeram um ânimo novo. Sentou-se devagar na cama, cuidadosamente por causa do soro, e recostado nos travesseiros veio lembrança da cena. Na véspera saiu de casa cedo, correndo, de café bebido, para ver o resultado das provas do vestibular na Faculdade de Medicina. Olhou as notas e a lista dos aprovados. Seu nome não constava nesta lista, a nota da prova de química fora muito baixa, ele reprovou. Sentiu uma tonteira, tudo ficou difuso, as coisas começaram a rodar. Cambaleando aproximou-se de uma coluna, apoiou a cabeça num braço e começou um vômito sem fim, um suor gelado pingando da testa, um esforço para enxergar, até que não enxergou mais nada.

Veio a enfermeira buscar a bandeja do chá. Escorregou pra dentro das cobertas de novo e caiu num poço profundo.

Nada foi detectado nos exames de rotina do hospital público e Rodrigo teve alta sem diagnóstico. Mas ele sabia bem do que se tratava. Foi o fracasso, a derrota final de todo seu esforço. Como enfrentar esta situação agora? O que dizer para a família? O que dizer para si mesmo?

Dias se passaram, nada foi resolvido. Uma inércia, uma dificuldade de levantar da cama, a depressão se instalando. Ninguém para dividir a angústia. Pensou na madrinha, mas como justificar este estado e esta derrota? O orgulho não permitiu esta hipótese. Além disso, que poderia ela fazer? Oferecer dinheiro? Impensável aceitar. A única solução, nem que fosse temporária, seria usar o dinheiro recebido dos irmãos, precisava pagar a pensão e a comida. Usou uma força que não sabia que tinha, levantou e pagou suas dívidas. Isto feito começou a encarar o que fazer. Várias possibilidades: voltar para o cursinho e tentar tudo de novo, voltar para a Estância La Capilla e se associar com os irmãos, ou ainda tentar outro vestibular em curso correlato com a medicina, biologia, farmácia... Não conseguia se ver agricultor nem enfrentando tudo de novo para medicina, sobrava então a chance de se candidatar a outro curso correlato onde pudesse aproveitar o que já tinha aprendido no cursinho para o vestibular de medicina. Foi uma decisão acertada, passou no vestibular para ciências biológicas. Mas este resultado positivo não foi sentido com alegria, veio reforçar sua autoimagem de cidadão de segunda classe, a de menino de dedos grossos que não conseguia pegar no lápis e que, portanto, não era suficientemente bom para ser médico.

❧

A sala do professor Rodrigo no Departamento de Genética da Universidade inspirava organização acima de tudo. Nas prateleiras enfileiravam-se cópias das teses de doutorado e dissertações de mestrado defendidas por seus alunos, ao lado de outras onde o professor tinha atuado como membro das bancas examinadoras. Já em outro compartimento estavam os documentos apresentados por candidatos a vários postos onde o professor tinha também participado dos julgamentos: livre-docência, admissão na Universidade, progressão na carreira. Encadernados estavam os seus trabalhos publicados, em periódicos nacionais (a maioria) e internacionais.

Livros, pasta de correspondência, tudo muito arrumado, como dificilmente se encontra nas salas dos pesquisadores. Geralmente nestas é uma confusão de papelada de toda espécie, que só eles entendem. Mas o professor Rodrigo precisava desta ordem externa para ter a sua interna. Extremamente disciplinado, jamais chegava atrasado para lecionar, e mais rigoroso ainda era com os horários de supervisão dos alunos. Esta disciplina e dedicação eram a chave de seu sucesso como pesquisador, mais do que criatividade ou originalidade dos temas de pesquisa e ousadia.

JOANA

Joana nasceu no dia 24 de junho, favelada, tinha mais outras duas irmãs de pais diferentes e desconhecidos. Helena, a mãe trabalhava de diarista na cidade, e as meninas eram olhadas pela vizinhança em sua ausência. Não era chamada pelo nome, mas pelo apelido de "Carocinho", devido a um sinal escuro na nuca, perto do cabelo. Era a caçula das três. Helena, por mal dos pecados tinha engravidado outras vezes, mas sempre conseguia com as patroas um dinheirinho pra se livrar. Fazia o aborto num dia e no outro já estava lá de novo no trem e depois no ônibus indo para o emprego, limpar vidraça, fazer faxina. Uma das patroas era uma professora universitária. Certa feita Helena veio a ela pedir dinheiro pra se livrar da gravidez e a professora perguntou de quantos meses ela estava.

— Treis meis — respondeu.

— Não acredito, você está no mínimo de seis, e eu não vou contribuir com o que você quer fazer, capaz de morrer de hemorragia ou infecção e aí vai ser ainda pior, como vão ficar as filhas? Deixa de ser louca, Helena.

Aí a Helena sumiu, só veio aparecer anos depois. A professora não perguntou nada. Estava fazendo reforma na casa, precisava de alguém conhecido pra tomar conta enquanto estava no trabalho, aceitou Helena de volta.

A necessidade de ter alguém tomando conta da obra ficou evidente no dia em que a Helena ligou:

— Professora, o garoto ajudante subiu no telhado e teve um ataque "epiléque".

Foi nesta época que apareceu a Carocinho, já crescidinha, com uma dor de ouvido terrível devido à pressão do pus da infecção. Já tinha ido à rezadeira, feito despacho, a menina trazia uma fralda amarrada na testa por causa do suor frio que vinha de tanta novalgina. A professora levou a menina ao hospital universitário, ficou claro que era preciso abrir o ouvido antes que o pus vazasse para cabeça. Conseguiu marcar a operação, ficou contente em poder ajudar a criança, que, aliás, ela fazia questão de chamar pelo nome, que coisa essa de "Carocinho"! Instruiu Helena de como proceder, onde levar a menina em jejum bem cedo, etc. Para sua surpresa no dia seguinte encontrou Helena limpando a casa na hora que tinha tudo agendado no hospital. Ficou muito brava, brigou com Helena, que respondeu:

— Ela não queria ir.

Helena não teve coragem de enfrentar o hospital, a operação, o desconhecido.

— Ah, não queria, não é? Então agora você assume a responsabilidade da vida de sua filha, tudo que acontecer agora vai ser culpa sua, não conta mais comigo — disse de volta a professora.

Passados uns meses, recebe uma ligação da irmã da Carocinho dizendo que realmente a infecção tinha se alastrado e que a Helena ficou em tamanho pânico que perdeu a voz. Deve ter se lembrado das palavras da professora dizendo que tudo era culpa dela.

Nunca mais se soube da menina, nem da Helena. A Carocinho se salvou, virou menina de rua. Foi parar na Instituição, onde aprendeu a ler. Era esperta, aprendia tudo. Felizmente ou infelizmente, foi ficando cada dia mais bonita, pele escura, assim café com pouco leite, olhos castanhos esverdeados, corpo esguio, tudo aquilo que as mulatas têm, com feições delicadas. Isto era seu tormento porque foi abusada de tudo quanto era jeito, a última vez foi pelo enfermeiro do hospital da Instituição, que ela acusou e por isso foi mandada embora. Mas tinha uma funcionária que a acolheu para que servisse de empregada. Como não tinha opção foi parar na casa da senhora que era solteirona, morava só, não era boa nem má pra ela, falava pouco e era exigente. Na Instituição a senhora era tratada como doutora Sophia, mas ela não parecia uma doutora. Usava sempre aquela saia escura abaixo do joelho, blusas de cor clara sempre parecidas, sapatos de salto grosso e cabelo grisalho cortado curto. A casa ficava na parte plana no final de uma ladeira, era bem antiga, tinha porão. O portão de entrada dava para um caminho de cimento de onde se via embaixo, no nível do porão, um jardim, que pareceu à primeira vista bem sinistro, apesar de no centro ter um canteiro em forma de coração. A menina sempre evitava olhar para baixo, quando entrava na casa. Ir ao porão nem pensar. O teto era muito alto, o piso de tábua corrida. Tinha entrada pela sala, logo no final do caminho de cimento, ou pela cozinha através de uma escada, que conduzia ao nível do porão. Na sala, móveis desconexos sem nenhum enfeite a não ser uma foto em preto e branco desbotada de um grupo de rapazes, uns em pé e outros sentados em fila na frente, com vestimentas estranhas, usavam colete, calças largas e tamancos. Cada um com um instrumento musical, incluindo violino e um acordeão. Nunca perguntou à senhora quem eram, nem queria saber, tudo era tão estranho naquela casa. Tinha um quarto só para ela, os outros dois eram da senhora, um de dormir e o outro tinha um monte de livros escritos em língua estranha e até com letras que não eram letras, pareciam uns rabiscos desenhados, e discos de vinil. No primeiro dia que ficou sozinha foi espiar a cozinha, onde tinha uma pia com cortininha embaixo onde as panelas gastas compartilhavam lugar com barras de sabão português, bomba de Flit e latinhas amarelas de Neocid, que era para aplicar nas frestas das janelas e entre as tábuas do chão. Nas prateleiras tinha arroz, feijão, farinha, sal e uma lata de sardinhas que fez vir água na boca da menina. Na geladeira tinha leite, manteiga, ovos e tomate. Em cima da mesa um cacho de bananas bem amarelinhas. Resistiu à tentação de comer uma durante um tempo, mas depois cheia de culpa arrancou uma do cacho e comeu. Quando a doutora Sophia chegou, esperou pra ver o que acontecia quando visse a banana faltando no cacho.

— Você pode comer o que quiser nesta casa, Joana — disse a doutora, percebendo o embaraço da menina. — Quando aprender a fazer contas e souber conferir o troco você vai fazer as compras no armazém e na quitanda, está bem?

— Eu sei fazer contas — replicou Joana.

— Então amanhã você vai acordar antes de mim e vai comprar o pão para o café da manhã.

O café estava ótimo, pão fresquinho com manteiga, café com leite, o troco certo. O arrependimento dos primeiros dias, por estar neste lugar que parecia tenebroso, e a vontade de voltar para a rua foi passando. A comida garantida, a cama limpa, o banho. Foi ficando pra ver o que acontecia. Fazia as compras, lavava e passava. Só tinha uma coisa realmente horrível: ter que lavar a roupa no tanque do quintal que ficava no nível do porão, um lugar do qual os olhos se desviavam, estender no varal e ter que descer de novo para recolher a roupa seca. Aprendeu a cozinhar, fazia arroz, feijão, bife à milanesa, frango assado e depois aqueles bolinhos de peixe com farinha de pão que a doutora adorava e os pastéis de batata que eram cozidos em água fervente.

As compras eram feitas no armazém que ficava no topo da rua, precisava subir a ladeira. A meio caminho tinha uma vila, do outro lado da calçada. Um dia, curiosa, atravessou a rua e entrou na vila. Tinha um jogo de amarelinha desenhado com giz na calçada. Ficou paradinha um tempo imaginando quais seriam as crianças que brincavam por ali. No outro dia, entrou de novo na vila e conheceu duas meninas, Magali e Marilene. Contou que morava na parte de baixo da rua, que era adotada pela doutora Sophia, e que ajudava nas coisas da casa, tentando disfarçar sua origem, com medo que a chamassem de "empregada". Mas as meninas não se importaram muito com sua condição, só ficaram um pouco surpresas em saber que ela não tinha pai, e nem sabia quem teria sido ele. Como as amiguinhas iam à escola de tarde e a doutora Sophia saía cedo, sobrava um tempinho de manhã para pular corda e jogar amarelinha. Boneca, casinha, isso não gostava nem um pouco, não era coisa pra ela. Mas a amizade que ao mesmo tempo a distraía e trazia um prazer até então desconhecido também acentuou as diferenças. Às vezes o tio da Marilene pegava a Magali de carro, para passar o fim de semana em Petrópolis, depois comprou televisão, preto e branco. Tudo um sonho inatingível para a Joana, que não se animava a contar nada para a doutora Sophia. Ah, se ela pudesse um dia comprar televisão também! Mas por outro lado ela trazia sempre livros pra Joana que foi pegando gosto pela leitura, viajava pelos livros enquanto as amigas viajavam de carro para a serra. Às vezes não aguentava as bobagens das amiguinhas, sentindo-se tão diferente. Sabia calar, desconfiar antes de confiar em qualquer pessoa, dissimular, mentir, se defender, e as outras pareciam tão bobonas. O fato de não ir à escola era o pior, tinha que disfarçar de todo jeito, mas fazia tudo pra satisfazer a senhora, pra se tornar indispensável. Quando isto aconteceu, tomou coragem e perguntou:

— Eu trabalho de graça pra senhora, só pela comida e dormida, posso continuar se a senhora me deixar estudar à noite.

A doutora Sophia se admirou e reconheceu na menina qualidades insuspeitadas. Durante noites pensou se o destino não teria colocado a menina em seu caminho como uma benesse para ela que já não nutria esperanças de nada de bom. Já tinha se conformado com sua vida do jeito que estava, embora às vezes pensasse como seria sua velhice nessa existência solitária. Mas a responsabilidade e o medo de um envolvimento emocional com a menina impediam qualquer movimento neste sentido.

Arranjou uma vaga numa escola municipal no período da tarde. A menina ia sozinha mas ela gostava de buscá-la na saída porque sabia que ela gostava de ser buscada na frente dos coleguinhas. Outra coisa que ela adorava era usar o uniforme. Certa vez a menina perguntou, enquanto esperavam o sinal abrir para atravessar a rua:

— Posso chamar a senhora de mãe?

— Não, porque você tem mãe que se chama Helena.

— Mas ela me jogou fora.

— Não jogou não, é que ela não teve dinheiro pra te criar.

O sinal abriu e a Sophia pegou a mão da menina para atravessar. Estava fria e suada.

A Joana teimava em não querer cortar o cabelo que era muito crespo e ficava todo embaraçado depois de lavado com sabonete. Um dia Sophia, enquanto lutava para desembaraçá-lo, reparou que a menina chorava silenciosamente.

— Porque não me avisa que estou puxando o cabelo? Precisa chorar desse jeito?

— Não é o cabelo.

— É o que então?

— Minha mãe não me jogou fora mas mesmo assim me abandonou, dá no mesmo.

Neste momento o coração da Sophia venceu a razão e ela resolveu adotar Joana. As dúvidas sobre se Sophia era doutora mesmo se dissiparam quando a menina pegou uma gripe forte, com tosse, febre. A Sophia auscultou o pulmão com estetoscópio, deu injeção, xarope, comprimido, botou termômetro. Criada em regime de subnutrição Joana custou a sarar, e a doutora suspeitando do ouvido, prescreveu exames e verificou que realmente a audição do lado esquerdo era praticamente nula. A menina acabou dando sua versão do que tinha acontecido e mais uma vez a Sophia sentiu o coração apertar, sentimento indesejado e perigoso.

O dia chegou em que finalmente se decidiu. Joana estava crescida, parecia uma flor em botão, começando a apreciar boa música, se interessava pela leitura, aprendia tudo com facilidade. Embora não compartilhassem intimidades, e o passado de Sophia fosse uma incógnita que Joana não se arriscava a indagar, as duas ficavam à vontade juntas, numa coexistência tranquila. A doutora compareceu ao juizado e entregou a petição para adoção, providenciou os documentos necessários. Este foi um passo nefasto para o futuro de Joana, porque trouxe Helena de volta ao cenário.

A adoção de criança não órfã requer que o abandono pelos pais, no caso a mãe, fique perfeitamente caracterizado. Helena teria que declarar que abria mão da criança por falta de condições para criá-la. E então foi chamada para fazer esta declaração, o que não fez, porque ao ver a filha tão linda, bem cuidada e educada, a reconheceu como uma coisa sua, da qual não podia abrir mão. Então ficou estipulado que ela deveria assumir de novo a filha. Joana ficou encantada com a recusa da mãe porque o coração humano carrega dentro de si o mal incurável da eterna esperança em causas perdidas. E a atração irresistível de reviver o passado para superar a rejeição, o abandono, o desprezo.

Só que Helena sumiu de novo e a menina passava os dias esperando, sonhando com a mãe, que seria agora carinhosa, e não a abandonaria jamais. A repetição dos apelos ao juiz por Sophia, a recusa de Helena em consentir na doação embora isso não a afastasse de nenhum modo da menina, seguida de abandonos sucessivos com as frustrações correspondentes, terminaram por gerar um estado tão penoso que a única saída era erguer um muro mental que afastasse estes acontecimentos, que de tão doloridos se tornaram impossíveis de serem absorvidos ou processados. Tudo foi empurrado pra trás, não se pensa mais nisso, então isso não existe mais. Foi assim que Joana perdeu o contato com seu próprio interior. Fazia tudo que era necessário, tudo direitinho, mas não era ela mesma e ,é claro, não se dava conta disso. O sentimento de sobrevivência e o tempo colocaram um véu sobre os lugares feridos que nunca deixaram de sangrar no silêncio. Estudou, terminou o primário e aos poucos o supletivo. Depois, como tinha ambições maiores, resolveu arranjar outros meios para chegar lá. Que meios? Os que conhecia bem, desde sempre, para conseguir tudo. Foi na agência de empregos, conseguiu um em edifício de luxo no Leblon. Lá fazia de tudo, adivinhava os desejos da patroa, ficou indispensável. E para o patrão também, que pagava um salário suplementar pelos serviços, somado à sua discrição. O sucesso foi grande, conseguiu comprar um conjugado no Catete, fez curso e virou corretora de imóveis, conseguia vendas que ninguém imaginava serem possíveis. Passou para outro apartamento maior, se vestia bem, no limite do bom gosto, mas a sua beleza prescindia de ornamentos.

Foi num baile de carnaval no Fluminense que conheceu Gregório, estudante de medicina, que já estava terminando a residência na Santa Casa. Contou sua estória do seu jeito, a versão que pressentiu iria seduzi-lo, e conseguiu. O moço ficou emocionado, admirado de sua coragem principalmente porque tinha se criado em ambiente socialista/comunista, onde ser pobre era por si só uma qualidade. Seu pai, doutor Reinaldo, era comunista simpatizante, sem ter nunca entrado para o Partido. Então a Joana era uma moça maravilhosamente linda e heroica, cheia de fibra. Que achado! No dia seguinte levou-a pra conhecer a mãe, dona Quitéria, que também ficou encantada com ela. O romance terminou num casamento celebrado só no civil. Joana não teria quem convidar para nada maior do que isso, e Gregório por sua vez não era muito afeito a nada de religioso, por influência do pai.

QUITÉRIA

Quitéria Soares Guimarães de Almeida era a irmã mais velha de Guilherme. O seu nascimento foi uma decepção para o patriarca da família, Flavio Macedo Guimarães de Almeida, que desejava um filho varão, que só veio cinco anos mais tarde. O menino foi desde pequeno o encanto e a esperança da família, que ele realizou com competência. Cresceu forte, de corpo e personalidade, acostumado a obedecer ao pai e mais tarde a ser obedecido. Dava ordens com uma autoridade que não permitia réplica e ao mesmo tempo tinha consigo um alto nível de exigência. Passou no concurso para o Instituto Rio Branco logo na primeira tentativa, para o orgulho da família tradicional e aristocrática. À sua sombra cresceu Quitéria, de quem se esperava obediência total, é claro, o que foi conseguido durante a infância e a adolescência. A menina muito bonita, tipo miúda, sensível e inteligente, mas insegura, sentia sempre uma sensação de ser inadequada, nunca sabia se sua presença era desejada ou não. Fazia sozinha as lições de casa, não gostava da hora do recreio porque não conseguia socializar com as outras meninas. Com medo da rejeição preferia se retrair, e não contava nada em casa. Constantemente era alvo de perseguição pelas colegas: jogavam seu caderno no chão, puxavam o cabelo, chegaram até a pisar no lanche. Mas ela quieta. Tinha medo da reação em casa, se contasse. Ou pior, a perseguição poderia se intensificar. Esta situação somada à sua natureza sensível resultou numa profunda identificação com o sofrimento dos desprotegidos, dos animais, das criancinhas pobres, dos velhinhos. Tudo a comovia, certa vez chorou ao ver pela vidraça um cachorrinho na chuva, correndo com o rabo entre as pernas. A criada percebeu as lágrimas da menina e perguntou qual era o motivo do choro; ela contou, ao que a criada respondeu:

— Isso é o que você acha, vai ver que ele está ótimo, melhor que nós duas.

A Quitéria resolveu ser enfermeira, para espanto geral e desespero posterior da família. Como assim, enfermeira? Depois de tudo que tinham feito por ela, este desplante?

Mas a menina apagada e sem vontade resolveu deixar de ser boneca e ter vontade própria. Queria se mudar de São Paulo para frequentar a Escola Ana Néri no Rio de Janeiro, horário integral, tipo internato, regime duríssimo. A tempestade que se seguiu foi mais uma vez fruto da concepção errônea de muitas famílias, que nutrem a expectativa de que os filhos se tornem o que deles se espera, por retribuição a tudo que lhes foi dado, com tanto esforço, amor, dedicação. Se demos tanto, fizemos tudo, todas as escolas, os médicos, as festas de aniversário, os brinquedos. Se vivemos para adivinhar os desejos deles, como é possível que agora se tornem estes seres estranhos, que nos ferem tanto? Como explicar este comportamento? Onde é que a coisa não funcionou como seria o natural que funcionasse?

Quitéria venceu. Formou-se enfermeira de grau superior e uma profissional de valor, dedicada e competente. Não tinha medo dos médicos, fazia o que era certo, impunha respeito. A família, sentindo-se desonrada, acostumou-se com sua ausência e independência. Quitéria não pedia nada. Trabalhava muito, muitas vezes dobrava o dia de trabalho, sem dormir porque fazia plantão em outro hospital. Fez concurso para o Estado, passou. Morava em um apartamento pequeno, alugado, na Rua Toneleros, em Copacabana. Certa manhã um médico chamou-lhe atenção por não ter atendido sua recomendação, e ela prontamente replicou:

— Eu não tenho autoridade como enfermeira para fazer este procedimento sem a presença do médico. Sozinha, não posso fazer.

O médico respondeu:

— A senhora está aqui para obedecer ordens e respeitar os médicos. Vou dar queixa da senhora.

— Então estou no lugar errado. Pensei que tivesse que respeitar primeiro os pacientes. Aqui estão papel e lápis para o senhor dar a sua queixa, pode usar a minha prancheta. Mas também tenho obrigação de relatar o acontecido.

O médico ficou boquiaberto. Como é que aquela criaturinha se atrevia? Mas surpreendido consigo mesmo, não ficou com raiva dela. Ficaram os dois ali se olhando, ela com o lápis e a prancheta na mão.

— Tudo bem, dona Quitéria, se acalme, depois conversamos, estou atrasado, até logo.

Semanas se passaram após o incidente, até o dia em que se encontraram na cantina do hospital. Chovia a cântaros, e ela se perguntava se valeria a pena esperar a chuva amainar ou ir embora assim mesmo, estava com as pernas tão cansadas. Fingiu que não percebeu a aproximação do médico.

— Dona Quitéria, não está na hora de sua saída?

— Sim, doutor, está.

— Posso lhe oferecer uma carona, horrível este tempo não?

— Não obrigada, estou acostumada a tomar o ônibus.

— Mora longe?

— Na Toneleros.

— É bem no meu caminho, vou para Ipanema, não me custa nada, aceita?

Quitéria não queria aceitar, não gostava daquele médico arrogante (mais do que os outros), mas não conseguiu se sair da situação e aceitou a carona. No caminho ele contou como viera de Cataguases para o Rio, sua residência na Santa Casa, etc... ao que ela prestou atenção com educação, saltou do carro aliviada, um pouco nervosa e se enfiou embaixo do chuveiro para ver se lavava por fora o mal-estar que sentia por dentro, uma espécie de embrulho na alma.

Acordou na manhã seguinte às cinco e meia, como sempre. Era inverno, o tempo continuava horrível lá fora, tudo escuro. As luzes da rua deserta ainda estavam acesas, com reflexos no asfalto molhado. Superando a enorme dificuldade de levantar da cama quentinha, foi até a cozinha e colocou a chaleira no fogo. O café quente de manhã era o seu despertador. Antes disso estava no limbo.

Não conseguiu deixar de pensar se o doutorzinho arrogante estaria se levantando também neste momento. Bem que ele poderia lhe dar uma carona de novo, desta vez de casa para o hospital. Este pensamento não se realizou, é claro, pelo menos nesse dia. Mas outras caronas em outros dias, sem chuva, aconteceram. A Quitéria acabou por contar a sua estória ao doutor Reinaldo Mendonça Faria, e assim foram soltando as amarras, dissolvendo as defesas e abrindo lentamente as portas para uma longa e sincera amizade que os levou ao casamento e a uma felicidade calma, sem arrebatamento nem desilusão. Tiveram dois filhos, Gregório e Julio. O primeiro nasceu com quase cinco quilos, um menino enorme, que contrariamente ao pai e à mãe tinha um temperamento indócil, gostava de bater nas outras crianças, obedecia com dificuldade, tinha um limite mínimo para suportar frustrações e, como era forte, conseguia impor sua truculência nos grupos em que participava. Mas principalmente sobre o irmão, que era seu justo oposto: nem pensava em se impor em nada, vivia sonhando seus sonhos de um dia ser um grande herói como o Zorro, que lutava em defesa dos mais fracos. Passava horas esquecidas brincando com seus cavalinhos, soldadinhos perfeitamente enfileirados prontos para o combate, times de jogo de botão com nomes de estrelas do firmamento, uma imaginação sem fim. Não brigava com Gregório porque não se entendiam mesmo, suportava calado quando o irmão ciumento de suas viagens imaginárias esperava que todos os brinquedos estivessem organizados para a aventura, para estragar tudo com uma vassoura. O falecimento súbito de Reinaldo aos 47 anos, vítima de infarto fulminante deixou a família desprotegida, porque o médico investira tudo que ganhava numa clínica, em sociedade com outros colegas. Sua participação foi parcamente restituída, com alegação de inadimplência financeira, o que era questionável, mas Quitéria não encontrou meios para reivindicar o que seria seu, principalmente porque o marido nunca se dera ao trabalho de deixar as coisas claras, caso fosse preciso, porque tinha uma pré-confiança em todo mundo, ainda mais nos colegas, que não se importaram com a situação da viúva nem dos filhos do colega desaparecido repentinamente. Que fazer para continuar com os meninos na escola, manter o mesmo padrão, ou pelo menos parecido?

Fora de questão apelar para a família. Quitéria voltou a trabalhar em três empregos, revezando um plantão com outro, inclusive nos fins de semana. Sua juventude foi gasta nesta luta, sempre sozinha, mas conseguiu. Finalmente Gregório, que estava se preparando para o vestibular de Medicina, passou bem nos exames e tomou como especialidade a ortopedia.

Com o tempo, sua habilidade como cirurgião tornou-o um médico de renome. Paulatinamente, foi descartando os casos simples e só operava os complicados, principalmente de gente que pudesse pagar bem. Alguns anos após seu casamento com Joana foi para os Estados Unidos, onde fez carreira brilhante e nunca mais voltou ao Brasil, raramente mandava notícias, sempre ocupadíssimo no hospital, nas consultas, cirurgias, pesquisas e congressos.

Com a saída de Gregório, Quitéria continuou com Júlio, vivendo modestamente de sua pensão como enfermeira do Estado e de serviços particulares, como cuidadora de idosos, o que era um pouco sacrificante porque não conseguia durante o dia repor o sono perdido de noite. A vida assim seguia seu ritmo simples, a casa onde moravam em Botafogo era própria. Julio continuou sem nenhuma ocupação que rendesse alguma ajuda, para pagar a conta da luz, o mercado, ou o que fosse. Como sempre, tudo era ela. O rapaz não tinha rumo certo na vida, vivia em um mundo meio abstrato de ideias políticas socialistas, legado idealista do pai.

Um dia ele perguntou à mãe sobre a família dela, da qual nada se sabia, nem se falava, já que a família do falecido pai, doutor Reinaldo, sempre escrevia, às vezes mandava fotos de Cataguases. Gente bem simples, podia-se ver pelas fotos. Mas crescera tão distante dos avós que não lhe ocorria visitá-los. Agora queria saber sobre a família da Quitéria, que lhe contou com simplicidade como fora infeliz na infância aristocrática, feliz na Escola Ana Néri e feliz com o falecido marido.

Nesta fase final de sua vida, Quitéria, apesar de ter boa saúde, sabia que não tinha muito tempo. Não tinha muitas posses, com certeza fora deserdada pela família, o filho mais velho cada vez mais distante morando nos Estados Unidos, nunca mandava uma linha... Talvez ele confiasse no irmão, sem carreira, solteirão, para cuidar da mãe, quem sabe? Tão difícil aceitar a ideia de que o filho bem-sucedido não se importava com ela, melhor pensar que ele era muito ocupado, que não tinha tempo de pensar nisso. Mas consciente que não tinha muito tempo mesmo, pensava: agora vou fazer o que eu gosto, e que não pude fazer antes... Mas aí descobriu que não sabia do que gostava, já que nunca tivera este luxo, sempre ocupada com as obrigações. Assim começou a busca pelo que gostava (ou gostaria). Pensou no passado, no que mais gostava de fazer, vieram lembranças dos bons tempos do casamento, a ida à praia com os meninos e a parafernália de barraca, baldes e pazinhas. Também as matinês com os filmes animados de Tom e Jerry que eles adoravam. Isso a levou a tentar primeiro o cinema à tarde. Foi bom, era bonito, mas aqueles finais felizes com beijo não convenciam. Então não era o cinema de que gostava. Mas tinha o teatro. Aí, sim, uma maravilha. O Municipal, um sonho. A música, um encantamento. E então passou para a leitura e foi se descobrindo na Arte, fez um cursinho de História da Arte, arranjou amigas. Gostava de sair arrumadinha, com sapato de salto, foi até passar um fim de semana em Petrópolis, casa de uma das amigas. Achava sua vida ótima até que um dia Julio lhe comunicou que precisava ter com ela uma conversa séria. Sentiu um frio na alma, um pressentimento de que algo terrível estava para acontecer. E estava.

— Mãe, agora é minha vez de te pegar no colo, senta aqui?

Sentou-se ao lado do filho e aguardou. Foi então informada de que deveria sair da casa ainda aquela noite, no máximo até a manhã seguinte. Nada, além disso, poderia ser dito. Júlio estava engajado na luta armada contra a ditadura, e para a segurança dela, deveria mudar de endereço. Morando naquela casa em Botafogo desde casada, e onde tinha agora encontrado uma tranquilidade nos últimos anos de vida, tinha que se mudar da noite para o dia. Compreendeu tudo e percebeu que não havia espaço para questionamentos. Na madrugada chegou uma Kombi que recolheu Quitéria com duas malas. Antes de subir no carro Quitéria voltou e parou na escadinha do jardim que ia até a porta da casa, onde Júlio ficou esperando. Ele começou a descer vagarosamente, chegou perto, apertou a mão da mãe com força. Quitéria voltou para a rua, mas a meio caminho deteve-se e subiu outra vez, e o enlaçou em um abraço eterno, que foi o último entre eles.

Mesmo dentro da perplexidade e pânico, enquanto empacotava maquinalmente suas roupas e algumas coisas escolhidas a esmo em uma irrealidade inconcebível, Quitéria teve um lampejo de lucidez e guardou suas joias e as chaves da casa, da frente e dos fundos. Foi com estas chaves que um ano depois voltou à casa. Entrou, morrendo de medo de ter sido seguida, com o coração aos pulos, ofegante, como se fosse uma ladra dentro da sua própria casa. Um cheiro de mofo, janelas fechadas, escuro, poeira, teias de aranha, o seu passado todo havia se transformado num filme de horror, familiar e horripilante ao mesmo tempo. Não fez nada, não aguentou olhar nada, procurar por suas coisas, tentar recuperar... Mas o quê? Ali estava tudo, aparentemente, surpreendentemente tudo, mas faltava realidade, parecia mais o reflexo do seu passado na forma de uma intocabilidade material. Entrou no seu quarto, espiou pela porta do banheiro, encontrou na banca da pia seu broche de enfermeira. Deveria ter tirado do uniforme antes de colocá-lo na roupa para lavar. Recolheu o broche, colocou na bolsa. Foi a única coisa que levou. No quarto de Julio tropeçou numa tira de cartolina, que se enrolou em suas pernas, e fez o coração disparar de susto.

A tira de cartolina toda amarelada tinha caído da parede, onde se lia "La ley es como la serpiente, solo pica a los pies descalzos". Quitéria sorriu, a serpente tinha se enrolado em seus pés calçados. Jogou o papel pra longe, para não tropeçar de novo. Percebeu que Julio tinha tido o cuidado de fechar a casa toda antes de sair. Além disso, como tudo aparentemente estava como foi deixado, ninguém havia estado lá. Era sabido que "eles" reviravam tudo quando invadiam as casas, à procura de material subversivo. Soube que de certa feita até um manual de tábua de logaritmos foi tido como algum tipo de código. Então, ter abandonado sua casa não teria sido necessário? Pergunta impossível. Saiu, fechou a porta da frente com a chave e só aí percebeu como o mato tinha sufocado as suas plantinhas, que tinham sido tão cuidadas. Só o hibisco perto do muro havia resistido, umas flores apareciam por cima das ervas daninhas e pareciam querer dizer alguma coisa que ela preferia ignorar. Foi com uma estranha sensação de alívio que sentou no banco do ônibus em direção ao subúrbio do Encantado, para onde tinha sido removida pela Kombi naquele dia fatídico. Era um longo percurso, a partir de Botafogo, onde ficou sua casinha tão abandonada quanto ela, até o Condomínio Dona Clara, edifício perdido numa ruela do bairro. O tempo estava encoberto, as ruas se sucediam pela janela do ônibus. Tudo parecia indiferente ao seu destino, as pessoas entravam, sentavam-se, saltavam, mas era ela que estava indiferente. O que mais tinha a perder agora?

Somente no dia seguinte uma súbita tomada de consciência a invadiu, parecia que o desfilar das ruas e casas pela janela do ônibus na jornada da véspera havia formalizado um sentimento que jazia disforme por trás de sua mente: estou só, envelheço, não tenho mais ninguém para contar, certamente minha saúde vai fraquejar um dia, e aí como vou fazer, como posso ter sido abandonada deste jeito? Devo tomar alguma providência agora antes que a senilidade se instale? Pensou nos filhos sem rancor nem arrependimento pelo desvelo e carinho dedicados, recusando-se a fixar em Julio, que nunca mais apareceu, vítima de seus sonhos libertários e da ditadura. Este não pensar, esta esperança absurda de vê-lo novamente, esta negação, era a sobrevivência. Gregório também estava sumido, ocupado com sua carreira de médico nos Estados Unidos. Este abandono era o mais doído. Ela tinha sim, em relação a ele uma mágoa sem fim, tinha mandado uma carta com o endereço novo se arriscando, com medo da censura, e nem assim obteve resposta. Subitamente sentiu pena dele porque um pensamento a atravessou: "o remorso é terrível porque não tem retorno nem conserto".

Muitos sentem o passo do tempo como um veneno que vai extinguindo seus recursos, apagando seu brilho. Quitéria se adaptava. Era outra, ou melhor, ela mesma, de outra maneira. Isto, de outra maneira, aparentemente contraditória, era excitante. Talvez porque fosse real, e o grande mistério era para onde esta realidade a conduziria. Quitéria era inteligente o suficiente para conceder à realidade o lugar que tinha, e não outro, somente o que tinha, porque assim é a natureza. Se os netos estivessem próximos ou ao seu alcance, esta realidade poderia ser vivida de outra forma, voltar a sentir a vida desde a origem, descobrir o mundo outra vez pelos olhinhos deles. Realmente uma felicidade, uma luz que tudo transforma. Mas fora de seu alcance.

Apesar de tudo, continuava com sua bravura de sempre, com aquela força que ela não sabia de onde vinha e neutralizava os claro-escuros que a rodeavam. Era uma pessoa que emitia luz e deixava na penumbra o lado sombrio. Suas mãos se enrugaram, os dedos torcidos de artrite, os cabelos mais ralos e grisalhos. Mas a voz a mesma, serena e firme. Elegância e generosidade se aliavam à energia de sempre. Não se percebera mudar. Às vezes, raramente, se dispunha a olhar as fotos do passado, as tinha guardadas em uma caixa, até de criança, com Guilherme, nem se lembrava de como vieram parar dentro das malas naquela madrugada da fuga da casa de Botafogo. Espalhava o conteúdo da caixa em cima da colcha de fustão que cobria a cama, e observando longamente as fotos, não conseguia ter a sensação de que eram tempos passados, que pertenciam a outra época. Talvez fosse por isso que os mortos permanecem sempre vivos em nós. Mesmo quando uma súbita consciência de si mesma aparecia, inevitável e estranha, Quitéria tinha na maior parte do tempo um sentimento de permanência. O tempo não passa linearmente, na verdade é um todo que toma muitas formas.

Mas existia sempre paralelo este sentimento de querer se reencontrar, descobrir a si mesma, agora que era dona de seu destino, descobrir seus verdadeiros e profundos gostos. Era também como se tivesse muitas vidas não vividas, cheias de segredos. Finalmente, o encontro consigo mesma, cuja rota não é fácil de se achar, pelo contrário, é a mais difícil de todas na vida, e poucos conseguem encontrá-la e percorrê-la. Percebeu que a única coisa que podia fazer era seguir seu instinto. Seguir sozinha com a costumeira discrição sobre sua vida privada e a dos outros. Um objeto muito especial dentro da caixa de lembranças era uma camisa do filho que sumiu na luta contra a ditadura. A camisa não desbotara, apenas envelhecera um pouco, do modo singular como envelhecem os objetos dos mortos. Envelhecem muito depressa, ou melhor, no instante em que morre quem os usou em vida. De certa forma perdem a cor, como as folhas destacadas das árvores que logo começam a descorar a cor da vida. Parece que nas pessoas existe uma energia que banha tudo o que lhes pertence, como o sol banha o mundo.

❧

O apartamento no subúrbio ficava na cobertura de um prédio chamado Condomínio Dona Clara, de frente para a rua. No mesmo andar ficava outro apartamento ocupado por um alemão estranho, de nome Frederico, que mal cumprimentava os outros habitantes do prédio. A princípio desconfiou do vizinho, cuja presença suscitava um vago sentimento de desconforto, o que era compartilhado pelos outros condôminos. Mas como o homem era muito quieto, recluso e não incomodava ninguém, sua presença foi sendo absorvida aos poucos. Mas a repulsa que sentia por ele parecia não se dissolver, e ela evitava sua presença.

Quitéria não pagava aluguel, não sabia de quem era o apartamento. Pagava pontualmente o condomínio e as taxas. Sua pensão saía regularmente na Caixa Econômica e dava para pagar as outras despesas. Com sua vida simples, conseguiu economizar e começou a renovar o apartamento, fez obras no banheiro e na cozinha, pintou as paredes, comprou louça nova, roupa de cama, cortinas, móveis. Os que estavam lá quando chegou foram dispensados. Sua origem aristocrática manifestou-se, tudo tinha um toque de classe e bom gosto bem pessoal, bem estranho naquele prédio antigo e feio de subúrbio. Resolveu não recuperar nada da casa de Botafogo. Se "eles" a tinham retirado de lá e colocado no apartamento, que ficasse elas por elas. A Maria do Socorro, cunhada do porteiro, vinha sempre um tempinho de manhã para fazer uma limpeza, quase desnecessária, aliás, já que a Quitéria mantinha tudo limpinho que dava gosto. Acordava cedo, fazia o café, arrumava a cama, ia ao supermercado, preparava sua comida. A moça lavava e passava, isso sim, deixava para ela.

Cabelos brancos, costas um pouco curvas, vista cansada, muita artrite nos dedos das mãos, essas coisas de velha, mas ainda resistindo aos embates da vida heroicamente em sua solidão, um dia recebe uma carta de Gregório dizendo que devido a um congresso no Rio de Janeiro, vinha com a mulher Joana e os dois filhos, de 4 e 6 anos, passar uma semana de férias, e que se hospedariam na casa da avó.

Não sabia o que pensar, o que fazer, que medidas tomar com esta notícia. Lembrou-se do nascimento do primeiro neto. Na ocasião, Gregório tinha escrito que onde viviam era muito difícil encontrar empregada e que Joana iria precisar de alguém para ajudar nas tarefas domésticas logo depois que o bebê nascesse. Toda emocionada com a vinda do neto, Quitéria correu para uma agência de viagens, comprou passagem para a cidade onde o filho morava, com escala e troca de avião em Nova Iorque. Ela que nem no Brasil tinha viajado de avião. Respondeu que iria sim e em qual data. Comprou roupa, presentes, passava os dias e as noites se preparando para a aventura, numa excitação enorme. Lembrou-se da manta branca de fustão bordada que tinha envolvido cada um dos seus filhos na saída da maternidade, que pena não poder levá-la, estava na casa de Botafogo, guardada em embrulho de papel de seda. Não dava para voltar lá, pena mesmo. Só que teve um detalhe, a moça da agência ligou dizendo que teria que antecipar em um dia sua ida, por um motivo que ela não entendeu bem, mas é claro, aceitou, achando que isto não teria importância, um dia a mais, melhor do que um a menos. Chegou então, antes, escreveu o endereço numa folha de papel e mostrou para o motorista do táxi. Subiu dois lances de escada com a mala, o coração batendo feito louco, ofegante. Tocou a campainha, a Joana demorou a atender e quando abriu a porta, vestia um robe de chenille, bem grande estava, de barriga, de corpo, de rosto.

— Como que você chega assim antes do tempo? Agora vou ter que acomodar você! Que chateação! Se pudesse, te fazia voltar e chegar na data combinada! — Esta foi a saudação de chegada que Quitéria recebeu, ainda segurando a bolsa, a mala no chão, perto da porta entreaberta. Percebeu que estava com a mandíbula dolorida da tensão sofrida durante tanto tempo e que tinha apertado muito os dentes sem ter se dado conta disso.

Gregório estava em um congresso, só chegaria dois dias depois.

Joana deu um cobertor pra ela se acomodar no sofá da sala, acabou tendo que pedir se fosse possível lençol e travesseiro. Esperou anoitecer para descansar, arrumou a cama no sofá, mas não conseguia se acomodar direito porque tinha uns espaços incômodos entre as almofadas que formavam o assento. Colocou o travesseiro no meio das costas, arranjou uma almofada para a cabeça e tentou relaxar. A mandíbula doía, as pernas, os braços, todas as células do seu corpo pediam urgentemente que fossem desligadas, menos as do cérebro, que teimavam em continuar pensando. Se o apartamento tinha três quartos, por que ela teria que dormir no sofá da sala? Por que tinha sido chamada se não era bem-vinda? E também o que dizer de todas as suas fantasias de ganhar um neto, um bebezinho lindo e toda aquela excitação? Teria sido tudo uma falsa expectativa? Ou será que a Joana estava nervosa e cansada, as vésperas do parto? Não, seria melhor esperar a chegada do filho, tudo iria se esclarecer, afinal ele é que a tinha chamado.

Gregório ligou, a nora atendeu.

— Greg, a Quitéria chegou. Sim, está bem, só com uma dor no queixo.

Ele não entendeu que dor era essa, ligou de novo mais tarde, Joana disse que ela já estava melhor, embora nada tivesse perguntado a respeito pra Quitéria.

O bebê nasceu, parto normal, voltaram no dia seguinte. Quitéria se desdobrou fazendo tudo que podia, ficou dois meses, e aí voltou pra casa. No avião, aquele sentimento de vazio, uma vaga culpa sem saber de quê, se perguntando o que teria feito de errado, revivendo inúmeras vezes situações em que se questionava como teria sido se tivesse feito ou dito isso ou aquilo, etc. O fato é que uma situação difícil tinha se estabelecido e ela não sabia como se situar, como se comportar. Claro que não iria incomodar o filho com aqueles questionamentos que ela nem sabia formalizar. Quando o segundo neto nasceu a situação financeira do Gregório estava tão boa que não foi preciso sua ajuda, e ela então não teve oportunidade de conhecer a criança, e nem se dispôs a ir, o bebê tinha uma "nanny". Se não foi convidada desta vez achou melhor ficar quieta no seu canto, tentava tirar de sua mente o pensamento de que não era amada, nem de utilidade. Não conheceu o neto e não tinha a menor ideia agora da aparência de nenhum deles. Teriam alguma semelhança com o avô?

Agora a notícia de que vinham visitar, aproveitando o congresso do Gregório que também iria dar uma palestra na Faculdade de Medicina onde tinha se formado, e assumir uma cadeira na Academia Brasileira de Medicina. A princípio ficou apreensiva sobre como deveria se comportar, se aquela situação do nascimento do primeiro neto iria se reproduzir, se deveria ser mais cuidadosa desta vez e não nutrir novamente falsas expectativas e se frustrar, uma torrente de pensamentos e hipóteses, cada hora encarava a situação de uma maneira. Sem ter com quem compartilhar sua ansiedade, aos círculos continuava no mesmo ponto, revirando os fatos e reverberações destes, com o acréscimo da dúvida se não estaria numa fase já senil que somada à solidão a tornassem incapaz de fazer um julgamento lúcido, ela que sempre fora uma pessoa de visão e comportamentos corretos, sempre com força de colocar na prática seus objetivos, dentro de suas possibilidades e limitações.

Mas a excitação de ver os netos, rever o filho maravilhoso e a nora que tanto a encantara quando era mocinha, sobrepujaram novamente as restrições do passado. Percebendo então que toda a sua vida estava ali, tudo que restava de tanta luta, Quitéria começou os preparativos. Comprou um sofá-cama para as crianças e transformou seu escritório num quarto para eles, todo decorado com Mickey Mouse, Pato Donald, tapete, cortina. O casal dormiria em seu quarto, que ela também refinou, com lençóis novos, colcha, travesseiros fofinhos. Ela dormiria no sofá da sala, sem problema. Tudo na maior expectativa mas sem saber ainda que atividades teriam, o que gostariam de fazer. Isto iria aparecer quando já estivessem aqui. Parecia de repente que sua vida fazia sentido, era difícil de acreditar.

Gregório abraçou a mãe, afetuoso. Parecia que estava maior, mas não, era ela que estava menor. Cabelos já um pouco grisalhos, algumas rugas em volta dos olhos, e na testa. Um moço bonito, sem dúvida. Logo se conectou com os colegas de trabalho e não parava em casa. Quitéria percebeu que não conhecia ninguém que fosse tão absorvido, corpo e alma no trabalho, como Gregório. Os netos crescidos, falavam com os pais em português e entre si em inglês, uma graça. Mas eram crianças difíceis, sem limites, impossíveis na verdade. De manhã já queriam Coca-Cola, depois coisas que ainda não tinham chegado ao Brasil. Quitéria inventou substitutos para estes desejos: broa de milho com doce de leite, requeijão com goiabada, pão de queijo, que eles apreciavam como surpresas, comidas diferentes e deliciosas. Comiam um pouco e jogavam o resto, para daí a pouco pedirem mais comida, tudo fora de hora, sem sentar-se à mesa. Mas o pior era a Coca-Cola o tempo todo, Quitéria corria ao mercado várias vezes por dia, carregando as garrafas vazias na ida e trazendo a sacola pesada com as garrafas cheias na volta. Certo dia entrando na sala onde Joana pintava as unhas sentada numa poltrona, um dos netos perguntou se ela já tinha trazido a Coca-Cola.

— Trouxe sim, só que não tinha gelada, mas a vovó já vai botar na geladeira já, já.

O menino fez uma cena, não queria esperar gelar, começou a gritar e pular. Joana deu um "pára!" em cima dele, que pulou mais ainda e derrubou o vidro de esmalte vermelho escuro que estava no braço da poltrona, direto no estofado de veludo cinza de Quitéria.

— Criança, né? — foi a reação da Joana para a sogra, levantando-se e deixando tudo do jeito que estava, dirigindo-se para dentro.

Até que foram embora, abraços de despedida.

— Obrigada pela hospedagem, mãe.

— Imagina.

E desceram a escadinha até o andar de baixo, onde tinha elevador. Quitéria passou a chave na porta e sentou-se em frente ao sofá do esmalte, sem saber o que fazer. Tinha que limpar tudo, trocar as roupas de cama, as toalhas, dar um jeito na cozinha, estava tudo um caos. Na verdade o caos maior era não saber como se situar dentro desta resposta que a vida tinha dado aos seus questionamentos antes da vinda deles. Mais ainda, outro questionamento maior tomava forma: "como permiti me colocar nesta situação?"

Deixou-se ficar ali sentada um tempo indefinido, sem coragem de enfrentar o que tinha pela frente, que era o vazio. Estava entardecendo, um ventinho gelado entrava pela janela, precisava sair daquela cadeira, levantar-se nem que fosse para acender a luz e fechar a janela. Foi então que aquele sentimento de não adequação, de nunca saber se era desejada ou não nos lugares quando criança, de detestar a hora do recreio e se refugiar dos medos da noite na cama da criada, aquele sentimento antigo de rejeição apareceu como gotinhas daquele óleo amargo que saem quando se aperta a casca de uma laranja.

Os dias foram passando, os meses, alguns anos, todos iguais, Quitéria continuava de teimosa a sua vida, tentando sempre achar um motivo, um sentido nas coisas, tinha umas amigas boazinhas. Com nenhuma tinha uma identificação maior, sempre tinha um certo "social", uma espécie de cerimônia, mas gostavam dela, conversavam. Nunca falava realmente da sua estória de vida, por causa da censura política e a dela própria, no caso do Gregório. Tinha orgulho do filho bem-sucedido, mas também vergonha por ter sido abandonada. Quanto à sua origem, se contasse a verdade, seria tomada como demente, no mínimo.

Tinha tempo para ler, ouvir música, ir ao cinema, o dinheiro dava pra tudo e ainda sobrava, já que a vida que levava era bem simples. Mas tinha saudade daquela Quitéria antiga, quando nada disso era possível e a vida era dura, e ainda assim ela acreditava nas coisas que agora que lhe eram negadas. Tinha saúde, mas a força vital parecia diminuir com sua vontade de viver, que parecia cada vez mais sem sentido. Curiosamente, não tinha medo de ficar entrevada, ser removida para um asilo público, essas coisas. De onde vinha essa certeza de que isto não iria acontecer, não fazia a menor ideia. Mas a cada dia que passava, pensava na morte, de como seria um alívio sair desta vida sem sentido, cada dia era uma batalha a ser vivida, uma depressão que se apoderava aos poucos, mas inexoravelmente, essa sim era a sua doença, pensava com a costumeira clareza. Ao mesmo tempo percebia que paralelamente à depressão chegava lentamente a cristalização de suas experiências. A capacidade de ficar em bons termos consigo mesma chegava através da aceitação de sua vulnerabilidade, da não recriminação e rejeição de tudo que tinha feito durante sua trajetória de vida. Agora não cabiam mais cobranças e culpas, percebia como tinha sido sincera e verdadeira e se as coisas, principalmente quanto aos filhos, tomaram rumos difíceis de suportar, é porque não poderia ter sido de outra maneira. Sombras e aspectos inacabados fazem parte da existência e são imprevisíveis, assim é a vida. O primeiro passo para processar todo esse questionamento era sem dúvida a aceitação, e Quitéria tinha forças para perceber e continuar com paciência até que chegasse finalmente o fim.

Os dias e as noites se sucediam assim, sem muito questionamento, pelo menos sem pensar no destino. Sua atividade profissional, sua viuvez, a vida enfim, já tinham demonstrado sobejamente que antes do fim geralmente sobrevêm falhas no organismo, dores, tudo no corpo vai diminuindo e, acompanhando o pior, vêm as doenças degenerativas. Este tipo de situação não cabia em suas considerações conscientes, nem subconscientes. Porque este terreno continha um perigo que ela não podia enfrentar, o da solidão. Como seria estar sozinha, se precisasse de ajuda, de cuidados, se não pudesse dar conta de si mesma? Quitéria desenvolveu então, por pura sobrevivência, um processo de negação. Morrer de repente, sem sofrimento, seria a solução ideal então. Mas enquanto isso, negava. Até que um dia, sem aviso prévio, chegou aquela dor.

Amanhecia e já estava na hora de levantar e fazer o café matinal, sua refeição preferida. Apoiou-se num cotovelo, e no movimento de empurrar o lençol para o lado, sentiu uma pontada lancinante do lado direito, começando no final das costas e indo pela perna até o pé. Deitou de novo, agoniada. Num esforço supremo, conseguiu se levantar, mas não aguentava colocar o peso do corpo sobre o lado direito. Foi mancando devagarinho até a janela e abriu a cortina. Voltou para a cama e sentou-se. Sentiu que se deitasse não levantaria mais. Tinha que achar uma solução, pensar no que seria possível fazer, mas a dor não permitia uma clareza de pensamento. Era a solidão, finalmente. O negado, escondido, apareceu.

Levantou-se de novo, agarrou-se na cortina, e daí foi deslizando as mãos pela parede até a cozinha. Sentou no banquinho. Sentada doía menos. Pensou se teria alguma coisa em sua caixinha de remédios. Pouca coisa teria lá, nunca precisava de nada, só tinha remédio para resfriado. Nada podia fazer naquele estado, voltou se agarrando de novo pelas paredes até a cama e deitou, esperando. Depois de umas duas horas neste estado, a campainha tocou.

Era a Socorro, cunhada do porteiro, que vinha duas vezes por semana fazer a faxina e passar roupa. Precisava levantar e abrir a porta, a Socorro poderia ser um socorro mesmo. Mas Quitéria demorou tanto para chegar até a porta, que a moça pensou que ela não estava em casa. O que era estranho, ela sempre estava lá quando ela batia, de manhã. Foi embora, pensando em voltar mais tarde. Voltou umas duas horas depois e desta vez, esperou. Quitéria veio, a moça diante da situação foi bem esperta.

— Dona Quitéria, não dá para ficar assim. Vamos chamar um táxi já. Para o hospital. A senhora deve conhecer algum, não?

Confortada com a presença da moça, é claro que a Quitéria se lembrou do hospital do Estado onde trabalhou anos. A Socorro quis tirar a camisola e trocar a roupa dela, mas isto não foi possível.

Não tinha condição de trocar de roupa, a muito custo vestiu um robe por cima. Assim entraram no táxi, chegaram ao hospital, a Quitéria foi encaminhada para uma sala de espera, e a Socorro teve que ir embora. O hospital era aquele do Estado onde Quitéria tinha trabalhado tantos anos, há muito tempo atrás. Não se lembrava desta sala, para onde eram conduzidos os pacientes que procuravam um pronto-atendimento. Na verdade, deveria ter sempre existido, é que ela costumava entrar por outra porta, mas mesmo assim teria tomado conhecimento de alguma forma do horror que era aquilo. Um monte de gente sentada espremida um ao lado do outro, um sofrimento enfileirado. De um lado um bebê no colo da mãe tossia e chorava, a mãe balançava a criaturinha. Do outro, um senhor vomitava dentro de um saquinho de plástico. O vômito era mais uma baba esverdeada, que exalava um cheiro rançoso. Sentada, a dor que ela sentia não era tão forte, só ficava insuportável quando precisava botar o peso do corpo sobre a perna direita, o lado da dor. Nem olhava muito para os outros pacientes, esperava que logo aparecesse alguém, um atendente, pelo menos que chamasse alguém. Mas o tempo foi passando, alguns não aguentaram e foram embora. A mãe e o bebê acabaram adormecendo. Quitéria começou a entrar também num torpor, o recurso que o corpo encontra quando não consegue dar conta de uma situação limite. Também a fome, lembrou-se que estava em jejum. É claro que ninguém no hospital iria lembrar-se dela, tudo mudado depois de tanto tempo. Agora ela, que tinha sido uma profissional respeitada, ali estava, toda desgrenhada, de robe e chinelos, padecendo de uma dor horrível, tendo que se submeter a esta condição degradante. Olhou para as mãos, estavam ressequidas, os dedos todos deformados pela artrose. Não queria ser vista por ninguém. Sentia, além da dor, uma vergonha enorme. Não se deu conta de quanto tempo se passou, cochilou e não percebeu que o senhor do vômito não estava mais ali. Até que um atendente a chamou, foi conduzida para um box, andando com a maior dificuldade, apoiada no moço. Recebeu soro com um analgésico à base de um opiáceo, administrado muito devagar e muito diluído, porque este composto irrita as paredes das veias, precisa entrar bem devagar no corpo. Assim ficou deitada, uma náusea sobreveio, reação ao medicamento violento. Quanto tempo teria se passado, quanto tempo ainda faltaria para terminar este soro? perguntou-se, e virando-se de lado bem devagar para não mexer no braço do soro, viu que o fluxo estava lento demais, quase parando. Não tinha como avisar, ninguém passava para vê-la.

Já no final do dia, saiu do hospital com uma receita do mesmo medicamento opiáceo, para ser tomado agora via oral. Conseguiu chegar em casa, chamou a Socorro, que preparou uma sopa e ajudou-a a tomar um banho e foi com a receita comprar o remédio. A dor realmente diminuiu, mas não passou totalmente.

Conseguiu reunir as forças que ainda restavam e percebeu sua situação como de total abandono e desemparo. Será que minha família se resume na Socorro? Mas eu tenho família, vou tentar achar o Guilherme, é a única coisa que posso fazer, uma última esperança. Não lhe ocorreu procurar o filho médico.

Guilherme. Como era possível que tanto tempo tivesse se passado sem que soubessem um do outro? Na verdade, um tempo atrás, tinha ocorrido o pensamento de resgatar o irmão. Foi ao Itamaraty, identificou-se como irmã de Guilherme e inteirou-se de seu endereço em Genebra. Mas de posse do endereço, não se animou a escrever. Uma resistência, sabe-se lá como ele iria reagir, assim de repente a um chamado seu. Mas agora a situação era diferente, precisava arriscar, era a única esperança. Recolheu as forças e escreveu-lhe uma longa carta, simples e afetuosa, contando em linhas gerais como transcorreram os anos de sua vida. Ocultou a sua situação de abandono, por puro orgulho. A resposta veio um mês depois. Envelope e papel bege, com letras finas de cor sépia, datilografadas em itálico. A cunhada contou com amável e distante polidez que Guilherme ocupava o posto de embaixador, que as sobrinhas Ana Flávia e Fernanda estavam com 23 e 20 anos respectivamente. Só isso. Uma postura para desencorajar qualquer aproximação entre o irmão (embaixador) e a irmã (enfermeira viúva aposentada). Quitéria sorriu ao ler a carta. Que bom, ter as coisas esclarecidas. Guilherme não se dignou a respondê-la, passou o abacaxi para as mãos eficientes da Luisa. Suspirando, dobrou a carta recolocando-a no envelope sofisticado, meio perfumado, que ela achou de extremo mau gosto. Aliás, tudo ali era de mau gosto. As palavras, o sentido que traziam, a verdade implícita, uma hipocrisia, quase escárnio por sua condição, uma lástima de mau gosto pela vida. A vida diplomática não teve o poder de mostrar para Luisa que a elegância reside mais nas atitudes da vida do que nas toalhas de linho bege com guardanapos de cor salmão, e correspondência em papel vergé perfumado.

O remédio conseguia tornar a dor suportável. Era pior ao levantar, não conseguia caminhar, apoiava-se nos móveis e paredes. Mas depois melhorava. Só que tinha o efeito colateral de alterar sua percepção, sentia-se estranha a si mesma, chorava sem querer, por qualquer coisa. Ficava a maior parte do tempo dormindo, a Socorro vinha agora mais vezes, e a Da Luz, esposa do porteiro, vinha também, se revezavam as duas.

Completamente entregue, sem perspectivas de solução para sua vida, Quitéria só esperava a morte, o alívio dessa existência sem sentido. Foi assim que uma tarde, lá pelas quatro horas, a campainha tocou. Ficou assustada, a Socorro e a Da Luz tinham a chave. Levantou-se como pôde, arrastando a perna doente, e perguntou antes de abrir quem era. Seriam "eles"?

— Sou eu, Ana Flávia.

— Quem?

— Sua sobrinha Ana Flávia, filha do Guilherme.

A Quitéria a princípio não atinou quem era, mas abriu e viu aquela criaturinha miúda, parada em sua frente, esperando.

— Tia Quitéria, você não se lembra de mim, não é? Mas eu te achei! Não vai me convidar para entrar?

Ana Flávia entrou, Quitéria fechou a porta e as duas ficaram se olhando, até que se deram conta da magia daquele momento, da felicidade nele contida. Abraçaram-se por um tempo, o perfume da moça era tão bom, sua pele branquinha tão suave, ela toda era suavinha. Ana Flávia começou contando que sabia desta tia por comentários que às vezes apareciam, pela foto antiga dela com o pai na fazenda, e de como através desta foto pediu para irmã Fernanda localizá-la. Mas foi através da carta que a tia Quitéria tinha mandado para o irmão recentemente, que Fernanda descobriu o endereço.

E pensar que a Quitéria quase não colocou o endereço no envelope por questões de segurança, afinal era uma foragida e precisava tomar cuidado com a censura. Diziam que nos Correios a correspondência era aberta e depois fechada. Ainda mais dirigida ao Corpo Diplomático no Exterior. Mas precisava colocar seu endereço de qualquer maneira, dentro ou fora, porque precisava de uma resposta. E foi este endereço que a Fernanda facilmente achou, do lado de fora.

A Quitéria lamentou seu estado de saúde que a impedia de arrumar o apartamento do seu jeito. Imagine se soubesse que iria ter esta surpresa fantástica! Iria preparar tudo em grande estilo! Mas a sobrinha, inteligente e sensível, percebeu que as coisas não andavam bem, e a tia acabou descrevendo sua situação, num desabafo sentido, tão sofrido e represado.

— Por que não procurou o papai, tia?

Ela entregou a resposta que tinha recebido da Luisa. Ana Flávia leu rapidamente a resposta da mãe.

— Mas eles sabiam de sua condição, tia?

— Achei que nessa primeira tentativa de reaproximação não precisava. Depois contaria. Mas acho que também tive vergonha, não sei. Ou queria ter primeiro a sensação de que ele se importava comigo.

— Isto não pode continuar assim. Vou te cuidar. Mas agora vamos sair para comemorar a felicidade deste encontro, vamos, vou te ajudar a se vestir.

Era muita felicidade mesmo, de uma vez só. Até doía. Ainda inebriada pelo inesperado de tudo, Quitéria com a ajuda da sobrinha escolheu um vestido, sandálias sem salto. A moça levou a tia para um restaurante na Praça Saenz Pena, pediu um filé com fritas e fez a tia comer a refeição mais maravilhosa de sua vida.

No dia seguinte consultaram um médico, que mais ou menos seguiu a linha de analgésicos fortes que ela estava tomando. Um nervo na coluna lombar espremido por um cisto líquido era a causa do mal, e para solucionar de vez o problema o único caminho seria o cirúrgico.

Socorro chegou certa manhã com uma novidade.

— Dona Quitéria, encontrei com dona Carminha, do 51, e ela me disse que queria conversar com a senhora sobre a sua doença. Todo mundo do Condomínio está preocupado com a senhora. Eu disse que ia pedir para a senhora se ela pode vir aqui.

— Tudo bem, Socorro. Só que acho que nada vai adiantar, nessas alturas. Minha sobrinha já me levou ao médico, bateu chapa. Parece que se não operar não vai ter jeito.

— Então vou falar para ela que a senhora deixou. Vou aproveitar que ela está em casa agora.

A dona Carminha veio. Era uma linda pessoa, tranquila. Ao ver o remédio em cima da mesa de cabeceira da Quitéria, ficou assustada.

— Quitéria, você por favor, para com este remédio! Isso vai te matar! Tenho hora marcada numa pessoa que vai ser importante para você. É difícil marcar hora com ele, vou te ceder a minha. Você vai nele hoje. Ele cura o que os médicos não curam. Me dá um papel para anotar o endereço.

Tendo em vista sua condição, Quitéria estava disposta a arriscar qualquer coisa. Ainda mais agora que tudo tinha mudado, com o aparecimento da sobrinha. Queria viver, saborear tudo que ainda sobrava para ela.

Foi de táxi até a casa onde o senhor Antônio trabalhava. Ele mandou deitar numa maca, cuja altura ele controlava por meio de um pedal. De bruços, com o rosto encaixado num buraco, era a posição requisitada, mas o movimento para adquirir esta posição era impossível para ela. Teve que receber a massagem deitada de costas mesmo. Ele apertava uns lugares não esperados, dos lados dos tornozelos, na sola dos pés, apertos demorados, incrivelmente dolorosos. Sempre apertava dois pontos, distantes um do outro. Mandou voltar no dia seguinte, e no seguinte, e no seguinte. Nestas alturas a Quitéria já recebia o tratamento de bruços, e saía andando sem mancar.

Ficou boa, sarou! E o cisto líquido, quem queria saber o que aconteceu com ele? Passou a frequentar a terapia só uma vez por semana. Depois a cada duas semanas. Não se questionou em que se baseava o tratamento, aquelas massagens (apertos). Estava mais preocupada em viver. Agora tinha família.

A relação entre tia e sobrinha fluía simples, as duas eram muito parecidas, a mesma essência, em vivências diferentes. As duas com uma carência cristalizada ao longo dos anos. Frustações e desenganos, encarados com brio, coragem. A filha que Quitéria não teve, a mãe que Ana Flávia não teve.

LAILA SOL

Ana Flávia vinha sempre que possível visitar a tia. Nos fins de semana vinha com sua mochila cheia de livros e cadernos, dormia lá e estudava. A tia calada para não atrapalhar, cada hora vinha devagarzinho com um suquinho, um pãozinho de queijo. E ficava observando comovida aquela lindeza de pessoinha aprofundada no estudo. Deu uma cópia da chave para a Ana Flávia se sentir à vontade de chegar a qualquer hora. Como já mais ou menos sabia dos horários da sobrinha, se arrumava toda para recebê-la, mas não queria deixar evidente a sua ansiedade, parecia que isto iria espantá-la. Mas não, Ana Flávia vinha logo na sexta de tarde e abria a porta com sua chave, um pouco cansada, se jogava no sofá e começava a contar as coisas de sua pesquisa que Quitéria acompanhava, lembrando-se do seu curso de enfermagem.

Certa tarde, em vez de ouvir o barulho da chave, foi a campainha. Levou um susto enorme, pensou logo que "eles" teriam encontrado seu paradeiro, seria possível, logo agora? Olhou pelo olho mágico, era Ana Flávia com uma espécie de embrulho no colo, sem mãos para abrir a porta com a chave.

— O que é isto no embrulho, minha filha? Me assustei. Um miado veio de dentro do embrulho, autoexplicativo.

— Peguei no matinho perto de minha casa, é uma fêmea.

A gata era de uma magreza absurda, toda preta com olhos amarelos. O rabinho torto, tão fraca que mal conseguia miar. Já foi dito que Quitéria desde criança tinha pena de tudo quanto era animal desprotegido (e de gente idem, origem da escolha de sua profissão). O pelo negro como a noite, os olhos emissores de luz, foram a inspiração para o seu nome paradoxal, Laila (noite) Sol. Tinha pneumonia, verme, essas coisas de bichos abandonados, e tudo isto foi tratado, curado e Laila Sol ficou linda, o pelo um cetim que ondulava com o seu andar macio. Tão boazinha, limpinha e carinhosa... Entendia tudo, vinha quando era chamada e já sabia quando Ana Flávia ia chegar, ficava na porta esperando. E também ficava na porta um tempo quando ela ia embora. Depois ia para a janela apreciar o movimento da rua.

— Que será que os gatos pensam quando ficam horas observando a rua? Perguntou um dia à sobrinha.

— Acho que não pensam. Só sentem. Pensar precisa palavras. Mas não tenho certeza. Eu sempre quis entender os bichos, sabia tia?

A tia sabia, sempre teve este desejo também.

— Mas o importante é que a gente consegue se comunicar com eles e isto não é maravilhoso, minha querida?

GENETICS TODAY

C erta tarde Ana Flávia encontrou Costelinha e Jodacílio às voltas com um vazamento que acabava bem perto da entrada do prédio. Vendo a moça já conhecida chegar, o porteiro correu para entregar um embrulho, num envelope pardo, grande, meio rasgado.

— A senhora se incomoda de me fazer um favor? Não estou podendo sair da portaria agora. Dava para entregar isto aqui para o senhor Frederico? Aquele do apartamento em frente da dona Quitéria.

— Claro, Jodacílio, sem problema, entrego sim.

Segurou o embrulho e chamou o elevador. Na subida olhou o envelope; ao lado do nome do destinatário lia-se impresso *Genetics Today*. Isto era absolutamente inesperado, era tão difícil conseguir esta revista, a assinatura era cara, na biblioteca faltava uma porção de números, às vezes justamente aqueles que continham os artigos procurados. Como era possível uma coisa destas? Ardeu de curiosidade e de vontade de rasgar o envelope, verificar se era o número mais recente. Mas se neste ponto se conteve, em outro não se se deu o mesmo:

— Sr. Frederico vim entregar esta encomenda para o senhor, o porteiro está muito ocupado no momento.

— Ah, sim, muito obrigado, senhora.

— Desculpe o atrevimento, mas olhei o remetente. O senhor se interessa pela pesquisa em genética? É o meu trabalho, na Universidade. Se o senhor lê esta revista, acho que poderíamos conversar. Eu posso contar o que ando fazendo, se o senhor permitir.

O Frederico não tinha a menor vontade de conversar com ninguém sobre coisas que poderiam levar à descoberta de sua origem. Mas por outro lado a curiosidade ficou aguçada, e ainda por outro não tinha saída para negar a proposta tão ingenuamente feita pela moça. Se negasse, ficava mais suspeito ainda. Não conseguiu responder nada a não ser:

— Sim, claro, quando quiser.

— Meu nome é Ana Flávia, sou sobrinha da sua vizinha do apartamento aqui em frente ao seu, o da dona Quitéria. Venho sempre aqui visitar minha tia. Na próxima sexta-feira então vou trazer meus cadernos de laboratório para mostrar ao senhor. Se não se interessar, pelo menos pode ser divertido.

E sorrindo, saiu educadamente. Que surpresa! O que a tia Quitéria iria achar daquilo? Seu vizinho em frente um leitor da revista mais especializada em genética!

Frederico por sua vez ficou matutando uma estratégia para se ver livre daquele inesperado embaraço, mas também não atribuiu muita importância ao fato. Que espécie de pesquisa poderia ser feita num laboratório de um país ridículo e atrasado como aquele? E aquela mocinha ingênua... Não seria difícil se desembaraçar dela, era só falar de coisas que ela não entendesse, e pronto, o interesse e a curiosidade parariam por aí.

Ledo engano. A mocinha ingênua estava engajada em projeto de primeira linha e era muito mais inteligente do que o alemão imaginara. Tinha um conhecimento teórico no nível das publicações que ele acompanhava nas revistas importadas. Por cima disto sua proposta de trabalho era desafiadora e ele logo se sentiu compelido em participar, sua vocação científica reprimida veio à tona e no início fez questão de ouvir com a maior atenção tudo que era proposto no plano de pesquisa de Ana Flávia, qual seria a metodologia a ser aplicada, os meios de que dispunha na Universidade, até o cronograma de execução ele fez questão de ver. Tudo muito bem organizado por ela, que mostrou seus dois cadernos principais: o de laboratório, onde anotava tudo que fazia em cada experimento. E o outro de estudo, onde colocava de maneira organizada seus resultados, observações e comparações com os dados publicados na literatura científica. O trabalho usava células vivas, importadas, caríssimas e a tristeza maior era quando estas não sobreviviam às condições experimentais. Mas para Frederico a atração maior era que o assunto tinha coisas em comum com o que ele fazia, ou tentava fazer no campo de concentração. Só que em vez de usar células, nos vidrinhos, ele usava gente. E isso era o grande diferencial. Aconselhou Ana a procurar na literatura científica certos autores e artigos, um pouco antigos, do seu tempo, mas que poderiam fornecer informações úteis. Assim, começou a receber Ana Flávia em sua casa; as reuniões na mesa da cozinha.

É claro que Ana Flávia tinha a maior curiosidade sobre o alemão, de onde viria este conhecimento, esta familiaridade com a genética? Comentando com tia Quitéria, o assunto ficou sem resposta.

— A Zuleika me disse que ele era francês, até mostrou o passaporte para ela, e que tinha vindo para o Brasil tentar nova vida porque era negociante e depois da guerra não havia mais campo de trabalho para ele. Perdeu toda família. Assim me foi passado mas eu sempre achei esta estória meio estranha, não consigo aceitar bem. Enfim, ele é um antipático e detesto me encontrar no elevador com ele por que ele tem um cheiro de azedo, ardido. Não toma banho. Não sei por que você tem que se envolver nestas conversas com ele.

Ana Flávia desistiu de explicar e resolveu nada perguntar ao Frederico, por vários motivos: primeiro porque seria falta de educação, uma indiscrição; segundo porque estava achando ótimos os comentários e sugestões dele e não queria se arriscar a perder a oportunidade e terceiro porque tinha certeza que um dia iria descobrir tudo, sem precisar de muita elucubração. Além disso, o homem sisudo e com cara de poucos amigos se transformava quando discutiam ciência. Ficava entusiasmado, os olhos brilhavam quando Ana Flávia respondia com precisão as perguntas dele.

Os encontros se sucediam, os experimentos que se seguiram começaram a dar bons resultados, mas ela evitava comentar com os colegas e principalmente com o professor Rodrigo. Camuflava, diminuía os resultados, colocava dúvida sobre a reprodutibilidade dos experimentos. Não queria chamar atenção de jeito nenhum, mas ficava até tarde sozinha no laboratório, embebida na execução de suas ideias, comparti-lhadas com Frederico.

O ambiente no laboratório não era dos mais amigáveis. O professor Rodrigo impunha horários e metas, o lema era cumpri-las. Não havia espaço para criatividade, experimentações fora do planejamento. Con-tribuía para o clima tenso o hábito do professor de chamar à sua sala qualquer aluno, sem aviso prévio, fazer uma sabatina geral sobre tudo, e criticar os outros alunos na ocasião, para ver se o entrevistado delata-va aos outros os comentários negativos do chefe. Todo mundo chega-va na hora, com medo de uma visita controladora inesperada. Também na hora da saída era a debandada geral, a hora do alívio. Com a disci-plina e a cobrança havia rendimento da produção, mas a contribuição dada era mais quantitativa do que qualitativa. Muito resultado, pouca relevância. Mas isto era bom por um lado e o professor Rodrigo sempre tinha alunos, era garantido terminar o mestrado ou o doutorado no tem-po certo. Melhor do que se arriscar em empreitadas inovadoras. Isto por si só já era um filtro na admissão de novos alunos. Se tinham que aguen-tar a prepotência do chefe, isto era uma coisa passageira e acabavam se acostumando tendo em vista o título a ser conquistado. Evidentemen-te, era pecado mortal se comunicar com membros dos outros grupos, emprestar material, vazar resultados de trabalhos em andamento. Ana Flávia navegava nestas águas com maestria, no começo. Mas depois que seus experimentos começaram a dar resultados importantes, uma si-tuação nova se estabeleceu. Se contasse para o chefe, ele iria olhar tudo com seus olhos críticos e criticar tudo. Depois iria correndo publicar e capitalizar tudo para ele. Ela iria aparecer como mera colaboradora, menos até, ajudante se fosse possível. Ela não era nada como bolsista da FAPES. Foi nesta época que apareceu no quadro de avisos um edital convocando candidatos a uma vaga de professor auxiliar, o nível mais baixo da carreira. As exigências não eram muitas mas tinha que ter pelo menos um trabalho publicado, e passar nas provas escrita, oral e didática.

Tudo ao alcance de Ana Flávia, menos o tal trabalho publicado. Ela já tinha material suficiente para uma publicação, mas como já foi dito, o professor iria roubar todo o mérito. Ele que nem estava sabendo direito o que ela andava fazendo. Pensou bem e chegou à conclusão de que precisava se libertar do professor Rodrigo e que para isso precisava só de um ingrediente: coragem. Mas qual o caminho? Muito simples. Fazer um seminário convocando todo mundo, aberto ao público geral até de outras universidades, e expor seus resultados. Aí ficaria dona deles, o mérito do professor seria somente o de ter conseguido uma colaboradora brilhante e de ter dado oportunidade para o desenvolvimento do trabalho. Este pensamento ficou reverberando em sua cabeça, no fundo era antiético, antiacadêmico, um mau exemplo. Mas ela não pretendia publicar fora da ética estabelecida, só divulgar ela mesma. O pecado não era este, o pecado era fazer a apresentação por iniciativa sua, sem o patrocínio do chefe. Isto iria deixá-lo furioso, iria demiti-la, é claro. Mas mesmo assim ponderando, Ana Flávia foi, ou melhor, foi levada por suas pernas, bater na porta do professor organizador dos seminários. Explicou o motivo de sua vinda, e o professor achou ótimo, elogiou a iniciativa, se os alunos fossem todos assim, participativos, seria muito bom. Argumentou que isto também iria estimular a integração entre os grupos, colaboração interlaboratorial, que era uma das coisas que estavam faltando para melhorar a produção e a imagem do Departamento. Mas inadmissível para o professor Rodrigo.

E agora? Precisava divulgar o seminário. Isto iria deflagrar uma guerra com o professor Rodrigo. Não iria dar certo. Então, depois de muita consideração a respeito, sozinha, chegou a uma ideia salvadora. Não iria divulgar nada. Iria sim combinar com algum aluno de doutorado que estivesse com seminário marcado, que subitamente faltasse à reunião alegando estar doente, ou algo parecido. Aí ela da audiência se ofereceria para apresentar alguns resultados preliminares, mas muito promissores, de suas pesquisas. Assim, como que de improviso, para tapar o buraco deixado pelo colega faltoso e evitar a decepção da plateia, que tinha largado seu trabalho em andamento para comparecer ao seminário.

Deu tudo muito mais certo do que Ana Flávia tinha imaginado. Os resultados intrigantes encontrados despertaram enorme curiosidade e admiração. Depois de terminada a exposição choveram perguntas e comentários da plateia, incluindo professores, alunos da pós e colaboradores.

O professor Rodrigo não se manifestou. Não procurou Ana Flávia, nem a recriminou por ter divulgado resultados obtidos em seu laboratório sem prévio consentimento. Não fora nem consultado! Mas diante de tamanha gravidade e ousadia, acrescida da popularidade recém-adquirida da colaboradora, a melhor atitude era essa mesmo. Pensando bem, o que poderia ele fazer? Chamar a atenção dela? Despedi-la? Não iria faltar colega seu que a quisesse em sua equipe. Além disso, os resultados ainda não tinham sido publicados, e quando isso acontecesse, ele viria como autor correspondente. Ana Flávia tinha os resultados em seus cadernos, e um confronto com ela poderia alijá-lo da colheita de todos os louros. Pela primeira vez o professor Rodrigo encontrou-se na mão de um aluno, ou ainda pior, de uma aluna!

É claro que toda a equipe percebeu isto, e um clima de pisar em ovos se estabeleceu. Mas os outros grupos, desavisados da situação, vinham sem a menor cerimônia entrando no laboratório e procurando Ana Flávia para discutir os mais variados temas, às vezes encontravam o professor Rodrigo, cumprimentavam e iam direto para a salinha de Ana Flávia.

O artigo foi redigido e logo aceito para publicação em revista de alto impacto. Mas o melhor de tudo é que deu tempo para incorporá-lo na documentação necessária para preencher a vaga de professor auxiliar. Assim, Ana Flávia, com o auxílio de Frederico, tornou- se professora universitária, com promissora carreira de pesquisadora na ciência genética. O professor Rodrigo, inconformado com tanto sucesso, não conseguia se conter e em horas escusas entrava na salinha de Ana Flávia e remexia nas gavetas, na esperança de encontrar uma explicação para tanta "inspiração". Como é que ele, pesquisador experimentado, com carreira construída por anos e anos de trabalho estava agora à sombra desta senhorita com cara de sonsa? Tinha algo de estranho nisto tudo, mas o quê? Inexplicável mistério, que ele jurou decifrar.

A publicação do artigo teve um efeito tremendo sobre Frederico. A princípio ficou contente de ter conseguido, graças ao milagre de ter encontrado Ana Flávia, ver seus esforços coroados com êxito e reconhecidos internacionalmente. Ah, se eles não tivessem perdido a guerra! Como tudo teria sido diferente, e suas teorias consagradas! Mas a oportunidade apareceu por vias transversas e a única coisa que cabia fazer era saborear o resultado. Mas com a continuidade das pesquisas novos problemas começaram a aparecer e o relacionamento com Ana Flávia foi se tornando complicado. As conversas entre eles demoravam horas a fio, na cozinha do alemão, que fazia café, e Ana trazia pãezinhos, para alimentar as discussões. Frederico ficou muito envaidecido com o resultado de sua "orientação" e com isso o velho orgulho ferido voltou à tona. Achava ele agora que Ana Flávia era mera executora de suas ideias, e esta por sua vez queria usar técnicas que eram novas para ele, não existiam na época do campo de concentração. Ele achava que não precisava. E ela cada vez mais intrigada com a origem dele, mas sem se atrever a perguntar nada, só na espreita de uma ocasião que desse uma pista. Afinal já estavam bem à vontade um com o outro, tomando café na cozinha, a ocasião não tardaria, pensava ela.

Frederico considerava que também era demais ficar assim na sombra, dando tudo em troca de nada, agora que tinha tantos dados na mão prontos para serem usados. A mudança de atitude foi percebida por Ana Flávia e sua vontade foi de abandonar o médico, e seguir um voo solo. Mas prosseguia, até onde fosse possível. Sentia-se culpada, ladra do conhecimento dele em benefício próprio. Mas tudo não tinha começado inocentemente, fruto de uma conversa informal? Que mal havia em testar as ideias de um vizinho da tia que lia os jornais mais importantes de seu próprio campo de pesquisa? Agora a coisa tinha tomado um vulto inesperado e descontrolado, ela tinha se tornado professora à custa desse encontro fortuito, e o que mais desejava, além de se ver livre dele, era ver-se livre do professor Rodrigo. Ocupava a salinha no laboratório dele, dependia dele para custear seu trabalho e em troca dividia seus resultados com ele. Queria muito ter seu próprio laboratório, seu próprio grupo, descobriu que tinha qualidades de liderança, e de se relacionar bem com as pessoas. Uma ambição legítima. Mas que tinha a função paralela de devolver um sentido a sua vida, dilacerada com o relacionamento fracassado que teve com Ahmed.

Mas o médico alemão não se conformava. Resolveu agir por si só e foi com o maior espanto que Ana Flávia viu Frederico se enfiando no laboratório, sem a menor cerimônia. Teve que apresentá-lo aos colegas como um amigo francês recém-chegado, a maior sorte foi o professor Rodrigo estar em aula naquele momento. Mostrou os recursos do laboratório, ele queria saber tudo e ela no maior embaraço conseguiu conduzi-lo para o corredor e daí para a cantina. Explicou que ele não podia ir entrando assim, que precisava combinar com antecedência, etc., mal conseguindo disfarçar sua irritação. A partir daí começou a temer as consequências de seu relacionamento com ele. Resolveu que a melhor estratégia seria abandoná-lo para sempre, as coisas estavam agora indo longe demais, fugindo do seu controle.

Se assim decidiu, assim fez. Mas nem tudo acontece conforme imaginamos, e Ana se consentiu mais uma ida ao apartamento de Frederico, uma ansiedade enorme de saber a opinião dele sobre um resultado novo. Não tinha segurança sobre qual abordagem iria adotar para confirmar sua interpretação, várias hipóteses pareciam viáveis. Assim, numa daquelas tardes de sexta-feira de discussão na cozinha do Frederico, acompanhadas de café com pãozinho de queijo, quando estavam na maior concentração analisando os dados experimentais colhidos por Ana Flávia, a porta dos fundos subitamente se abriu e Zuleika, com uma sacola da padaria com pãezinhos e biscoitinhos, subitamente se materializou. A última coisa que a síndica esperava era encontrar o amante naquela situação, que parecia da maior intimidade entre os dois. Os lábios da mulata ficaram brancos, levou uns segundos para se recuperar, e numa voz esganada conseguiu pronunciar:

— Parece que aqui já tem bastante lanche para dois, vejo que estou demais, até logo!

Aquela visão dos dois, conversando no meio duma papelada cheia de rabiscos para tudo quanto é lado, sugeria uma cumplicidade que a excluía completamente, ficou furiosa, alucinada de ciúmes. Frederico percebeu tudo, Ana Flávia mais ou menos, mas o suficiente para ver que a reunião acabava ali. O alemão correu ao apartamento de Zuleika, que não queria abrir a porta de jeito nenhum. Ele desistiu, sentindo-se ridículo e desanimado. Que vida! Dependia de formas diferentes de duas mulheres, tinha que usar estratégias para navegar nos dois relacionamentos, tudo um esforço que de repente parecia sem sentido. Valia a pena tanta trabalheira? Estava ficando velho e tinha os meios de sobrevivência, a única coisa que não tinha era o direito de ser ele mesmo. Sem saída e deprimido, voltou para casa e desabou na cama, olhando duro para o teto, sem conseguir saber o que pensar e muito menos o que fazer dele mesmo. Fugir de novo? Para onde? De que adiantaria?

Zuleika naturalmente ficou esperando que o amante insistisse com a campainha, levantou-se do sofá, enxugou as lágrimas, arrumou o cabelo no espelho, e assim ficou um tempinho. Agora sim, ficou furiosa, ele desistindo, a situação ficou mais humilhante. Decidiu que não iria subir ao apartamento dele. A noite chegou e nada. Tomou um banho, passou no cabelo seu óleo Royal Briar (cujo cheiro ele detestava). Vestiu a camisola de nylon cor de rosa. Nada, nada ainda, nem sinal. Sua resistência chegou ao nível fora de controle, vestiu o robe que combinava com a camisola e bateu na casa de Frederico, pedindo aos céus para não encontrar com ninguém no elevador. O Frederico agora estava aliviado dela não ter respondido a campainha. Tinha tentado. E ficou livre. Mas agora tinha que enfrentá-la, arranjar uma explicação. Abriu a porta, Zuleika milagrosamente não pediu explicação nenhuma, ao contrário, parecia que tudo de que precisava era de um reconforto, na cama de preferência. Assim foi, e Frederico teve que desempenhar um papel que já estava ficando cansativo, ainda por cima com aquele perfume. Mas no final teve que prometer que não mais iria receber "aquela franga desavergonhada", como Zuleika passou a designar Ana Flávia. Arranjou uma desculpa de que estava ajudando a moça em seus deveres escolares, ele era uma pessoa culta e, já que ela precisava de ajuda, por que não prestar este favor? Sentia-se bem em ser útil. Zuleika não processou bem a justificativa, mas não queria passar por grosseira, ignorante, essas coisas, e no final foi concedida a Frederico uma última entrevista para terminar com as aulas particulares. Ocorreu a ela perguntar qual o assunto, se era matemática, geografia ou história, mas ficou com medo de expor sua limitação nestes assuntos, estava bem assim, só uma última vez.

Frederico comunicou brevemente à "aluna" o ocorrido, estava já sem paciência de tanta confusão idiota. Ana Flávia veio na semana seguinte, jurando que esta seria sim, a última vez. Complicação com a síndica era a última coisa de que ela precisava. Mas foi fatal. Frederico resolveu buscar uns dados que tinha no seu caderno do campo de concentração, trouxe o caderno do quarto para a mesa da cozinha, folheou umas páginas à procura dos dados que tinha que achar para convencer Ana Flávia de sua interpretação dos resultados experimentais, que não coincidia totalmente com a dela. Nisso a chaleira do café começou a ferver, ele se levantou e a moça percebeu que do meio do caderno uma ponta branca se destacava dentre as páginas. Rapidamente puxou e guardou no meio do seu caderno o que parecia um envelope.

Voltando para a casa de tia Quitéria, com as mãos tremendo, abriu o envelope. Nele estavam fotos do Friederik no campo, com uniforme de oficial da SS, com seus companheiros médicos do campo de concentração. Fotos da "clínica", em várias situações dentro do campo, as instalações laboratoriais. Algumas mostravam detalhes de experiências indescritíveis, impensáveis, que Ana Flávia mal conseguia olhar, guardou tudo rápido de volta no envelope. Pronto. Agora tudo estava esclarecido. O horror fotografado em forma de explicação.

FERNANDA

Sem ter com quem compartilhar o horror da descoberta através das fotos, Ana Flávia passava os dias e noites sem saber como encarar a situação. Precisava sair da esfera de influência do professor Rodrigo, o clima entre eles estava se deteriorando cada vez mais. Precisava também sair da esfera do alemão, isto era estabelecido *per se*, nem precisava pensar como, era só sumir do campo visual dele. Mas outras considerações se interpunham: será que ele deu falta da foto? E se ele voltasse ao laboratório?

Com a cabeça dolorida de tanto pensar, dia e noite, resolveu ligar para a Fernanda, não estava aguentando mais. Passou um tempo sem ir visitar a tia, alegando resfriado, febre, essas coisas. Muita solidão e desespero, mesmo que custasse uma fortuna, iria ligar para Milão, tinha o número na agenda. Fernanda não estava, deixou recado com a governanta. O cunhado ligou de volta, disse que a Fernanda estava visitando a mãe, e que retornaria a ligação para ela. Logo depois o telefone tocou.

— Ana! Tudo bem? O que aconteceu?

— Ai, Fer, estou numa enrascada total, perdida. Sozinha, não sei o que fazer. Mas por favor, disfarça, você está perto da mamãe?

— Mas você está bem de saúde, pelo menos?

— É, mais ou menos... É coisa do trabalho.

— Bom. Você vai ter que falar com a mamãe. Ela está ansiosa para falar com você. Vou passar para ela. Depois falamos de novo.

— Minha filha, como você está? Você nunca telefona, estou aflita. Por favor, me conta tudo. É problema de saúde? De dinheiro? Não quer voltar para casa? Está muito cansada? Quer que eu vá para aí te cuidar?

— Calma, mamãe, está tudo bem, estou ótima, saudades de vocês, sabia?

— Mas que coincidência, Ana, semana passada fizemos umas comprinhas em Paris, e não resisti em pegar umas coisinhas para você. A maior sorte é que seu pai tem um portador esta semana mesmo, você vai buscar no Consulado da Argentina, o taxista deve saber. Você nunca teve gosto por roupas bonitas, mas também não pode andar por aí desse jeito, não posso nem te imaginar, aí abandonada.

— Que bom, mamãe, eu vou adorar tudo, você conhece o meu jeito. Obrigada. Não estou abandonada, não. Se estivesse não estaria ligando, não é mesmo?

— Ana, vou falar com o seu pai para te avisar quando é para você buscar o pacote.

— Mamãe, o número do telefone mudou, posso passar?

— A Fer está querendo falar de volta com você. Diz para ela o número novo.

Fernanda ligou depois, desta vez estava sozinha.

— Que negócio é este de telefone que mudou o número? Estou achando que você se mudou de Copacabana.

— Está achando certo. Agora estou na Tijuca. Mais barato.

— E o que está acontecendo no trabalho de tão grave assim?

— Não sei se posso te contar pelo telefone, resumidamente. Tem alguma chance de você vir me visitar aqui no Rio?

Depois do silêncio que se seguiu, a Fernanda conseguiu dizer:

— Tem. Vou te ver. Não precisa contar nada, já vi que é grave. Amanhã mesmo vou ver a passagem, mas o que eu falo para eles?

— Vão ficar desconfiados...

— Vão.... Mas vou dizer que sua ligação despertou muitas saudades, e que estou precisando do sol do Rio... O problema vai ser se a mamãe quiser vir junto... vou ver, fica tranquila... amanhã, ou no mais tardar depois de amanhã te ligo. Conta comigo, tudo vai se resolver, querida.

Que maravilha esta irmã! Decidiu que não iria mais ficar comendo seu coração com tanta aflição. Resolveu que não iria à Universidade neste dia, foi passear no centro, comprou um presente para tia Quitéria, que já estava ficando preocupada com a ausência da sobrinha.

— Tia, te trouxe uma surpresinha.

A Quitéria abriu o embrulho, que era grande.

— Não acredito! O disco da Madame Butterfly pela Maria Callas! Completo! Como você adivinhou que eu amo esta ópera? Obrigada! Vamos ouvir agora?

— Tia, eu descobri que você ama a ópera, e eu também. Mas me comove muito, deixa para outro dia. Agora que tal a gente jantar naquele restaurante que fomos naquele primeiro dia quando vim aqui te visitar? Você gostou muito de lá.

Ana Flávia não aguentava ouvir a ópera porque se identificava demais com a Butterfly. Pinkerton e Ahmed, mesma coisa em espaços e tempos diferentes. Só que ela não planejava o mesmo destino.

⁓

Fernanda finalmente apareceu no portão de saída do aeroporto. Ana Flávia, com orquídea na caixa de acetato transparente, esperava na maior ansiedade. Quando viu a irmã saindo, empurrando o carrinho com as malas, teve que segurar a emoção na garganta. Terninho de shantung cinza-claro, blusa de seda palha, um fio de pérolas no pescoço combinando com pequenos brincos, agasalho de *chamois* no braço, sorrindo para a irmã, caminhava desenvolta em cima do salto 8, nem parecia que tinha enfrentado um voo tão longo, Paris-Rio de Janeiro. Se abraçaram, caminharam um pouco, se abraçaram de novo.

No táxi, Ana Flávia reparou no brilho dos cabelos da irmã, corte Chanel na altura das orelhas, na pele perfeita, no solitário ao lado da aliança. Um leve perfume ainda persistia, Arpège.

— Fer, você está maravilhosa!

— Você também — mentiu Fernanda, que reparou nos cabelos brancos que começavam aparecer nas têmporas, nas ruguinhas finas em volta dos olhos e na testa da Ana Flávia. E na roupa, que horror! Calça jeans, camiseta, tênis all-star, e a inseparável mochila. Um cheirinho de colônia diferente.

— Que perfume é esse?

— É brasileiro mesmo, erva da Amazônia, gostoso, mas acaba logo. Você quer ir descansar um pouco no hotel, uma dormidinha... depois venho te buscar, ok?

— Não preciso dormir, já dormi no voo. E antes da gente conversar, não vou conseguir fazer nada mesmo. Só queria um café, serviram às 5 da manhã no avião. E preciso também de um banho e trocar de roupa.

Na entrada do hotel 5 estrelas, o porteiro foi levando as malas.

— Ele vai pensar que sou tua empregada, Fer.

— Que ótimo!

Enquanto Fernanda tomava o banho, Ana Flávia se jogou na cama macia, uma maravilha. Afundou nos travesseiros, um calorzinho subindo pelo peito. Como sempre, ao lado da irmã sentia-se completamente à vontade, ela era ela mesma o máximo possível. Mas por outro lado, isto a deixava inquieta, ao mesmo tempo protegida e sem proteção, vulnerável, sem saber como abordar o assunto, a que conclusão iriam chegar? Seria melhor conversar ali mesmo, ou levá-la para sua casa?

— Ana, vamos tomar um café aqui no hotel mesmo, e lá a gente conversa, pode ser?

O bar do hotel estava vazio, o café veio fumegante, com biscoitinho, uma delícia. O relato foi mais fácil do que Ana Flávia esperava. Fernanda ouviu tudo no maior silêncio, que se prolongou mesmo depois de Ana Flávia terminar. Nenhuma das duas sabia o que dizer.

— Ana, dentro deste quadro, qual é o pior cenário? Este homem é pior do que um assassino, qual o risco que você corre?

— Tem muita coisa aí, que eu não consigo separar. Ele se acha dono de todos os resultados, me considera apenas uma executora das ideias dele, o que ele mais queria era ter os trunfos todos, seu nome consagrado como cientista. Mas é um fugitivo, se aparecer vai ser capturado pela polícia internacional, você sabe que tem caçadores de nazistas por aí. Eu já entendi a situação dele toda, de tanto pensar. Então ele

156

está num dilema atroz, vítima de sua própria condição de carrasco e cientista. Mas eu te juro, fui envolvida inocentemente e se as experiências deram certo, é porque eu sabia o que estava fazendo. Não aceito esta ideia de que executei mecanicamente as receitas dele. Inovei também. Mas ele tem momentos de descontrole, quer participar das minhas atividades todas no laboratório, já até apareceu lá sem avisar, me deixando no maior embaraço. Agora está me rondando, eu vejo pela janela ele dando voltas pelo quarteirão. Estou apavorada em pensar que ele pode chegar lá e fazer escândalo, contar tudo. Não tenho mais sossego, não consigo dormir, quase não como. As imagens do campo me perseguem, me sinto de alguma forma participando daquele horror todo.

— Sim, digamos que ele se descontrole e conte tudo para todo mundo e daí? Que consequências isso teria?

— As consequências... Se ele percebeu que tirei de dentro do caderno o envelope com as fotos e que portanto posso denunciá-lo... nem quero pensar nisso, mas ele pode querer eliminar minha presença.

— Então você se sente ameaçada de morte?

— A resposta é sim, Fer. Me sinto ameaçada o tempo todo. Não sei mais o que pensar. Tenho também medo que realmente tudo venha ser descoberto e eu perca meu emprego de professora da universidade, que é tudo que eu tenho de bom nesta vida. Além de você e da família, é claro, mas em termos de realização pessoal. O que eu mais quero é ter um grupo de pesquisa com alunos, produção científica. O professor Rodrigo me aceitou no grupo, devo a ele o início, mas agora ele me detesta, e vai fazer tudo para abrirem sindicância, processo sobre falsidade ideológica, essas coisas. A atividade científica pressupõe uma ética irrepreensível, sem isso você está perdido. A minha situação com ele também está beirando o insustentável.

— Ana, eu acho que você está fazendo uma tempestade num copo d'água. Pensa bem, este nazista tem que se expor completamente para provar a sua participação na pesquisa. Isto seria suicídio, ele não vai fazer isto. E se você sumisse uns tempos? Você poderia voltar comigo.

— Acho que seria pior. Sabe, a vida deste homem deve ser horrível. Contar tudo, ser preso, condenado, não seria tão pior do que esta vida falsa que ele leva. Como se ele não tivesse muito a perder. Pelo menos a parte científica, que sempre foi todo o orgulho dele, seria resgatada. Eu gostaria de saber o que seria mais precioso para ele nesta situação. Mas acho que você tem razão. Sem chance dele se denunciar. Acho que fico assim angustiada por culpa de ter usado os conhecimentos dele em proveito próprio mesmo sem ter tido a intenção de fazer isto. É completamente na contramão de tudo que eu sou. Só vou me sentir melhor quando conseguir me livrar desta culpa.

— Tudo bem, então para de fazer drama, vamos pensar melhor. Foi bom você me chamar. Mas ainda estou propensa a achar que você poderia arranjar uma desculpa e voltar comigo. Mas isso poderia também ser egoísmo meu que não vou ter sossego te deixando nessa situação sozinha e não vou poder demorar muito aqui. E diz uma coisa, você saiu do apartamento que a mamãe te arranjou em Copacabana, o que aconteceu? É por causa de dinheiro? Mas o papai te deposita uma mesada todo mês, não é?

— Mas eu não quero pegar. Pode ser besteira, mas me sinto melhor assim.

— Então está bem, tudo bem. Vamos lá à sua casa, professora doutora Ana Flávia.

O apartamento ficava no terceiro andar, não tinha elevador. Tudo relativamente arrumado, muitos livros e discos, cama feita. Na pequena cozinha Nescafé, leite Glória em pó, Vic-Maltema, na geladeira quase vazia Catupiry e umas coisas indefinidas embrulhadas. Água mineral.

— Fer, dá uma olhada nisso aqui.

Ana Flávia abriu a gaveta da mesinha de cabeceira e passou para a irmã o envelope com as fotos do alemão no campo de concentração. Fernanda olhou tudo muito rapidamente e colocou o envelope de volta em cima da cama. Alisou a colcha e depois de um breve silêncio, mudou de assunto, como se não tivesse percebido nada de anormal.

— Sem comentários, não quero mais falar sobre isso. Me mostra tuas joias. Ana abriu uma caixinha.

— Isso é tudo que sobrou, Ana?

— É. Tive que empenhar na Caixa para comprar os livros. Penhor desvaloriza muito, sabe? Livros são muito caros, e tenho aluguel, condomínio, transporte, comida, só com a bolsa da FAPES não daria para comprá-los. Mas agora vou melhorar quando o resultado for publicado no Diário Oficial e for para a Reitoria, aí passo a ganhar como professora concursada. Vai ser pouco ainda, mas seguro, melhor que ficar pendurada na bolsa, a gente nunca sabe o que vai acontecer quando acabar o prazo, se vai ser possível renovar ou não.

— Minha irmãzinha! Por que você é assim? — E puxando Ana Flávia, Fernanda ficou um tempo abraçada a ela, comovida com tudo que via, que não poderia imaginar, tão longe na distância e na percepção da irmã.

— Vamos sair daqui, Ana. Mas primeiro troca de roupa por favor.

— Por que? Não está bom assim? Me sinto ótima.

— Eu queria almoçar na Colombo. Não dá para você ir assim.

Enquanto Ana Flávia procurava um vestido que passasse na inspeção da irmã, Fernanda rapidamente passa o envelope das fotos para dentro de sua bolsa. O vestido foi encontrado, aprovado mais ou menos, mas que ela achava horrível. Mesmo assim, vestiu e foram.

— Ana, sabe o que mais me toca na sua vida? É que você sendo superinteligente, sensível, a pessoa que eu mais admiro na vida, nunca foi feliz. Eu que não tenho a metade de suas qualidades me considero bem realizada, acordo contente, tudo me faz feliz. O marido me adora, e se eu não morro de paixão por ele, acho até bom, porque um sempre gosta mais do que o outro, e o que gosta menos é mais seguro. Me pergunto o que é que faz com que duas pessoas nascidas no mesmo meio e criadas nas mesmas condições tenham destinos tão diferentes?

— Isso de ser feliz é a coisa mais complicada que existe, Fer. Já li e estudei muito sobre estas coisas, mas antes do Ahmed. Muitos filósofos desde a Antiguidade associaram a felicidade à justiça, ética, amor ao próximo e compaixão e tantos outros conceitos abstratos. Mas eu acho que além destes fatores e do livre-arbítrio existem as circunstâncias, coisas do destino fora do nosso controle. Quando você joga a moeda para cima ela pode cair cara ou coroa, você nada pode contra isso. Quem sabe você foi coroa e eu cara? Mas ainda sobre minhas curiosidades filosóficas, antes do Ahmed eu lia tudo, vivia na livraria procurando coisas, mas depois que me envolvi na Ciência, não sobrou mais tempo para nada diferente. Me lembro que no fim do ano passado fizeram uma comemoração ao ar livre com os grupos de pesquisa do Departamento. Um dos professores se isolou embaixo de uma árvore lendo, todo mundo achou natural. Mas um visitante perguntou por que ele fazia isso, se era sempre assim, se ganhávamos mais a troco da dedicação. Claro que não, é porque precisamos fazer isso.

Foi nesta hora que Ana Flávia percebeu que conseguira falar no Ahmed, pela primeira vez desde o incidente do aborto.

Ana Flávia naturalmente dava reportagem diária sobre os acontecimentos para Fernanda que, aliviada, achou que as coisas estavam se encaminhando bem e logo tudo entraria nos eixos. Poderia voltar para casa, o marido estava aflito com a sua ausência, telefonava todas as noites. Na despedida tentou ser direta:

— Ana, o que eu preciso te dizer antes de ir embora é o seguinte: você me promete que vai lá na casa deste sujeito e diz que prefere continuar seu trabalho sozinha, agradece a ajuda. Cuidado para não deixar ele com raiva. Não diga de jeito nenhum que tem a foto, não deixe ele perceber que você representa uma ameaça para ele. Me promete, jura, agora.

Ana Flávia prometeu, jurou e cumpriu a promesssa direitinho. Mais uma vez agradeceu o bom senso e lucidez da irmã.

Despediram-se, Fernanda não quis ser levada ao aeroporto, pediu muito antes de sair que Ana escrevesse com mais frequência para os pais, que estavam ficando velhos e se preocupavam muito com ela. Ana Flávia prometeu e assim fez, toda semana escrevia relatando um mundo cor-de-rosa que Guilherme adorava, mas que não convencia Luisa.

Embora aparentando tranquilidade, Fernanda partia com o coração pesado. Chegando em casa, seu estado de espírito não passou despercebido ao marido. A princípio alegou uma indisposição passageira, fuso horário e outras desculpas que não convenceram. Certa noite não aguentou mais abrigar sozinha tanta preocupação e acabou relatando o que estava se passando com a irmã e já que estava abrindo o assunto não omitiu nada. O marido, por sua vez avaliou a enorme responsabilidade que estava assumindo ao saber da situação e no dia seguinte relatou tudo ao sogro que naturalmente ficou apavorado, mas escondeu de Luisa o estado das coisas com a filha no Brasil. Preocupadissimo, Guilherme rapidamente tomou as providências que julgou as mais eficazes para proteger a filha, fazendo valer todas as prerrogativas de sua condição de diplomata.

O governo brasileiro não encontrou outro jeito a não ser concordar com o pedido de compromisso e ajuda na caça ao suposto nazista que estaria morando no Rio de Janeiro. Apesar de não se sentir a vontade na situação, não podia negar o pedido de Israel, país que tinha relações diplomáticas com o Brasil. Assim, acionou o Serviço Nacional de Informação e relatou o caso, pedindo o máximo de discrição, mas também sem despender muito esforço. De posse do endereço, a primeira medida do SNI foi pedir a administradora do prédio uma listagem dos moradores, descrevendo se eram proprietários ou inquilinos, e com identificação. Tomando a solicitação como caça aos subversivos, Zuleika não deu muita importância ao ocorrido, mandou a administradora fazer uma circular, e deixou as fichas com o Jodacílio para distribuir e recolher. Na listagem, Frederico identificou-se como proprietário, e a parte referente à documentação ficou em branco.

Considerando que já tinha tomado as providências cabíveis, o governo brasileiro envia um comunicado ao consulado de Israel, relatando que não tinha como desvendar a verdadeira identidade do suposto nazista, mas que aconselhava uma busca nos arquivos do RGI, onde seria possível assessar mais dados sobre os proprietários de imóveis, já que Frederico tinha se registrado como proprietário na listagem requerida por ação do SNI.

MICHELI

Micheli a princípio sentiu-se deslocada na escola, tinha vergonha de sua origem, de seu sotaque nordestino, de sua moradia na garagem. Mas as outras crianças também eram de origem humilde, e aos poucos foi socializando com as coleguinhas. No Condomínio Dona Clara era muito querida pelos moradores, principalmente pela dona Quitéria. A Laila Sol então era o seu encantamento. Acostumou-se a bater no apartamento todas as manhãs e não só podia brincar com a gatinha como recebia lanchinho e a tia ajudava nos deveres da escola, para alegria e felicidade do Jodacílio, que tudo fazia pela filha. Era sua adoração. Levava e buscava na escola, deixando a portaria ao cargo de Da Luz, com o consentimento de Zuleika. Certo dia quando foi buscá- la, foi chamado pela diretora.

— O senhor não tem notado nada de diferente no comportamento da Micheli?

— Não, senhora. Tem alguma coisa acontecendo com ela?

— Acho que o senhor deveria levá-la ao médico. Tem horas que ela fica muito tonta, a princípio pensei que era fraqueza de fome, mas logo vi que não é. Hoje ela desmaiou no recreio, por pouco não bate com a cabeça na escada.

— Mas eu não sei onde tem médico.

— Posso pedir uma assistente social. O senhor consente?

— Sim, senhora. E o que eu preciso fazer?

— Nada. Me aguarde, eu aviso assim que conseguir alguma coisa.

— Obrigado. A senhora pode ligar para a dona Zuleika para me chamar, como fez desta vez?

— Claro, fique tranquilo, ligo sim.

Mas o tempo passou e ninguém ligou, a família toda angustiada esperando. Atreveu-se a falar com Zuleika, pedindo conselho.

— Jodacílio, por que não me avisou antes? Vamos logo de volta à escola. A Micheli continua indo normalmente às aulas?

— Não, senhora. Cada dia se sentindo mais doente, não quer mais nem comer.

E não podendo mais suportar a situação, desesperado, deixou as lágrimas caírem ali mesmo na frente da patroa.

— Já vou trocar de roupa para a gente ir lá na escola. Fala para a Socorro ficar de olho na portaria.

Vendo o Jodacílio acompanhado, a diretora da escola veio logo toda amável se desculpando.

— Sr. Jodacílio, já ia mesmo chamar o senhor. Falei com o posto de saúde e o senhor tem que levar primeiro a menina lá para consulta, depois é que vem a assistente social.

Zuleika ficou muito irritada e avançou:

— Então a senhora diretora deixa uma menina doente, sem assistência nenhuma, sem saber o que ela tem esse tempo todo? E a família toda aflita? Não viu que ela estava faltando às aulas, e nem se interessou? E se eu não venho aqui exigir uma satisfação, ia esperar o quê? Aposto que nem fez nada, para ir ao posto de saúde a gente não precisa ser encaminhada por ninguém. Se ela tiver piorado por causa de seu desleixo, vou processá-la, ouviu? A senhora ainda vai saber de mim! Passe bem!

O Jodacílio estava lívido. E agora, tudo iria ficar mais difícil por causa dessa brigalhada toda. Imagine, desafiar a diretora daquele jeito!

Zuleika percebeu a aflição dele, e agarrando-o pelo braço foi saindo da sala.

— Não precisa ficar todo assustado, rapaz. Só assim as coisas andam. Ela não vai te perseguir, não, vai te tratar muito melhor que antes, com o maior cuidado, você vai ver.

Agora o condomínio todo já sabia da condição doente de Micheli. Socorro e Da Luz, que trabalhavam de diaristas nos apartamentos, se encarregaram da reportagem, com comentários e acréscimos, cada uma do seu jeito. Como a menina era muito querida por todo mundo, a comoção era geral e Zuleika faturou o papel de heroína do episódio. Somente Frederico não ficou sensibilizado. Pelo contrário, ficou irritado. Não conseguia entender tamanha comoção por uma mulata, fruto de miscigenação. Ainda se fosse para obter alguma informação científica, algo que explorasse o resultado da mistura de raças. Sentia tanto nojo da garota que nem conseguia se interessar pelo possível diagnóstico.

Por mal dos pecados teve que encarar de perto a menina no posto de saúde. Lá estava ela, muito magrinha, olhinhos fundos, no colo da mãe, esperando ser atendida, assim como ele. Numa ida recente ao médico para seu check-up anual, Frederico queixou-se de dores de cabeça e foi aventada a hipótese de que a causa poderia ser pressão alta. O médico, então, antes de prescrever qualquer coisa, solicitou uns exames de sangue, e aconselhou-o a ir ao posto de saúde, não precisava pagar laboratório particular. Ao chegar, teve que cumprimentar a Da Luz, que respondeu com um gesto de cabeça, ela detestava o alemão e não estava em condição de fazer social.

Mas a cena que se seguiu foi particularmente chocante. Como Micheli já tinha feito os exames e seu diagnóstico estava mais ou menos definido, uma assistente social já tinha sido designada para acompanhar o caso. Esta era uma linda moça loura, alta, de olhos verdes, típica ariana, chamada Renate.

Renate entrou na sala e, toda carinhosa, pegou Micheli no colo, alisou os cachos do cabelo. A menina começou a chorar, e Renate se desdobrava em consolá-la, foi buscar um copo de água com açúcar, marcou um dia para visitá-la, e deu para a mãe umas gotinhas calmantes. Frederico nem conseguia olhar para esta cena ultrajante, nunca pensou na vida ter que suportar coisa parecida.

Na data marcada, Renate apareceu. Trouxe um questionário, que foi preenchendo com as informações da mãe e da tia da menina doente.

— Dona Maria Da Luz, a Micheli já tem diagnóstico. Ela está com uma cardiopatia grave.

— Uma quê?

— Uma doença que não deixa o coração funcionar direito.

— E é muito grave?

— É sim, não tem tratamento a não ser o cirúrgico.

— Cirur...que?

— Tem que operar sua menina, mãe. E ela vai ficar boa para sempre.

— E o que a gente precisa fazer?

— Primeiro eu preciso entregar estes dados para o hospital. Aí os médicos programam a cirur... a operação. Tem fila, precisa esperar. Mas os mais graves tem prioridade, não é só por ordem de chegada.

Bem, pelo menos agora a gente tem uma esperança, pensou Da Luz e saiu correndo para contar a novidade para Zuleika, antes mesmo do Jodacílio. A síndica consolou a mãe, a tia e o pai e na volta do mercado naquela tarde, trouxe sorvete para todo mundo. Convidou Frederico, que não apareceu e ela ficou sentida com isso. Queria saborear sua condição de salvadora da pátria com o sorvete e assim se exibir para o amante.

Uns dias depois, Renate voltou, precisava de mais um dado. Da Luz estava ocupada na casa de Zuleika e por isso foi recebida pela Socorro.

— Dona Maria do Socorro, a operação da Micheli é muito séria, e os médicos precisam ter certeza de que depois de operada a menina receba os cuidados necessários em casa. Eu preciso de um documento que ateste que ela tenha moradia fixa.

— E como é que a gente faz para arranjar isto?

— Pensei em pedir para a síndica, se ela consentir em declarar que a família mora aqui e eu assinar que comprovei a existência de meios que possibilitem os cuidados pós-operatórios necessários, a cirurgia será agendada.

— Então só o que falta é a síndica assinar que a Micheli tem um endereço?

— Sim, é isso mesmo.

— Então a senhora vai falar com ela?

— Vou, se a família me permitir.

— Vá agora, agora mesmo, dona Renate.

Assim foi. A assistente social subiu até o apartamento da Zuleika, explicou a situação, que a síndica entendeu rapidamente, mas não assinou. Tinha por hábito não assinar nada, nem o que parecesse o mais ingênuo dos documentos, sem pensar bem primeiro. Despachou Renate, pedindo para a moça voltar na outra semana.

SOCORRO

Maria do Socorro era moça donzela, não se casou porque foi abandonada pelo namorado, que ela adorava. Antes de pegar o caminhão para São Paulo, todo tipo de promessa e juramento foram feitos pelo rapaz. Viria buscá-la, e realizar o sonho de casar de noiva, com padrinhos, festa e tudo. Mas não teve a mesma sorte da irmã, a Maria Da Luz, que já casada e com filha, recuperou o marido, que sempre mandava um dinheirinho e finalmente veio buscá-las. O seu amor nunca mais voltou. Na certa encontrou outra lá no Sul. A princípio ficou na espera, os dias passavam e nada, nem notícia. Depois foi ficando cansada de coração e de corpo, as feições envelheceram prematuramente, ela que era a irmã mais moça, parecia agora a mais velha. Resignada com o destino, ajudava a Da Luz na horta e na lavagem de roupa no rio. Cuidava da sobrinha, considerava Micheli como a filha que não teve e toda a afeição reprimida pelo destino ela dedicava à garota. Naturalmente veio para o Rio de Janeiro com elas, admirava a coragem e obstinação de Jodacílio, que vencendo todas as dificuldades do mundo conseguiu trazê-las para a cidade grande. No condomínio servia de diarista para várias moradias, não tinha prática nos costumes delas, mas era de boa índole, e pedia para as patroas que ensinassem como queriam que ela limpasse, passasse a roupa, essas coisas. Depois que ficou bem treinada, foi captada pela Zuleika, que apreciava acima de tudo a sua disponibilidade, sem horário para ir embora. Só saía no fim do dia depois de todo serviço pronto, à noite. Mas mesmo assim arranjava um jeito de atender dona Quitéria, por quem nutria uma simpatia especial. Saía mais cedo e só pegava na casa de Zuleika depois que deixava tudo certinho lá. Zuleika tinha isso como um favor que prestava a ela

— Socorro, você sendo minha empregada, não tinha nada que ir na casa de ninguém mais, mas eu te deixo que é para você poder ganhar mais um pouquinho, pra que não sei. Queria ver você achar outra patroa como eu!

A Socorro tinha raiva deste comentário porque sabia que, para Zuleika, era até bom ela chegar mais tarde, já que a síndica não acordava cedo, nem gostava de ser acordada. Depois que ela começou o caso com Frederico, então, fazia questão de estar bem descansada. Aquele "pra que não sei" era particularmente ofensivo. Muitas vezes a Socorro conversava com outras empregadas vizinhas, ou diaristas que encontrava no mercado, e ficava com mais raiva ainda quando se informava do quanto elas ganhavam. Será que um dia não seria possível achar outro emprego com remuneração mais justa? Criou coragem e puxou o assunto com o Jodacílio:

— Mas você então anda por aí fazendo intriga, mulher? E se a Zuleika descobre? Aonde é que você vai achar lugar que dê moradia para a gente tudo? Ela já me disse que está se arriscando por nós, é proibido porteiro morar na garagem. Sabia que se denunciam, ela pode até ser presa? E aí nóis ó...

— Ninguém denuncia nada, ela é que é uma exploradora de gente.

— Da Luz! Vem cá pegar tua irmã aqui, faz ela se aquietar, faz o favor.

Da Luz achava que a irmã estava certa e o marido também. Ficava quieta, e tirava a irmã de perto.

Dentre as funções desempenhadas pela Socorro como empregada de Zuleika estava a de acompanhante nas suas viagens de lazer ao seu sítio em Maricá. Começava na véspera com o carregamento do carro, era comida, pacotes disso e daquilo, coisas que nem eram necessárias, mas Zuleika sempre com aquela mania que podia estar faltando algo. Lá a Socorro cozinhava, limpava a casa, lavava a roupa e toda a louça, pois Zuleika queria tudo muito limpo e fresquinho sempre achando tudo com cheiro de mofo. Era bastante coisa, contando com toda roupa de mesa e banho, além de ter que cuidar do jardim. Tinha um caseiro, mas só para tomar conta da segurança, o serviço dele era praticamente acender a luz externa da casa à noite, e dar umas rondas de vez em quando.

Desta vez era especial, ela estava empenhada em reconquistar Frederico, que ultimamente andava muito estranho, mais calado do que o costume. Isso depois da tarde fatídica em que encontrou Ana Flávia na cozinha com ele, na aula particular. Muito desconfiada, não se convenceu muito da desculpa, mas isso de aula era terreno perigoso, o melhor a fazer era seguir um plano tipo ponteiro no vermelho. Usar todas as armas de sedução disponíveis e uma delas seria um bom fim de semana no sítio, que ele apreciava muito. Lá ele ficava sempre mais bem humorado, acordava cedo, passeava, até dava palpite sobre as coisas do condomínio, sobre a educação da filha dela e um pouco também sobre os planos dela de comprar um apartamento em Copacabana, ideia que não contava muito com a simpatia dele.

Estavam sentados na fresca da manhã, tomando uma caipirinha. Zuleika sentindo um clima favorável resolveu conversar com ele sobre a visita de Renate, assistente social, ocasião em que solicitou assinatura dela comprometendo-se a assegurar um endereço para a família do Jodacílio, para que a cirurgia da Micheli fosse autorizada. Explicou que isso era necessário para garantir que a paciente tivesse condições de seguir o pós-operatório recomendado. O clima favorável mudou. Frederico ficou nervoso e irritado.

— Como assim? Você ficar responsável pelo pós-operatório da mulatinha?

Nem bem tinha acabado de proferir a frase, se deu conta da gafe cometida. Aquela "mulatinha" vinha carregada de desprezo. Mas Zuleika aparentemente não contabilizou o caso como importante.

— Não, meu bem, só preciso assinar que eles têm moradia lá. Se não a menina não será operada. Tem gente que morre não por causa da cirurgia, mas porque a moradia não tem condições de higiene, essas coisas.

— Você vai assumir um risco muito grande. Se quiser minha opinião, não assine nada. Se acontecer alguma coisa, vão te acusar e aí você vai perder sua posição de síndica. Além disso, a moradia deles é completamente irregular. Você no momento é só a síndica, mas se assinar este documento, vai se comprometer como protetora deles, e este é o pior que você pode fazer. Se achar que deve, vai lá e assine, mas não vai contar comigo para nada, estou avisando, está bem claro?

Bem claro era que Frederico tinha horror da mulatinha, que piorou ainda mais depois que viu a ariana Renate com ela no colo, toda carinhosa. Realmente um nojo aquilo tudo. Se pelo menos fosse para uma boa causa, como um experimento cientifico para estudar o coração, por exemplo. Quem sabe se o coração de miscigenado teria características diferentes de um coração de raça pura?

Diante da reação inesperada de Frederico, Zuleika se calou, ficou pensativa. Será que era assim mesmo tão perigoso? Queria mesmo se arriscar a perder a posição de síndica, e tudo que isto significava para seu futuro? E contrariar o namorado, logo agora que aquela desavergonhada tinha aparecido no panorama?

A Socorro varrendo o quintal, atrás das cadeiras deles, sem ser percebida ouviu a conversa toda, com um frio nas costas. Um arrepio na alma. A vida de sua maior paixão, a sobrinhazinha amada, estava ali em jogo, na maior tranquilidade, sem a menor compaixão. Que ódio deste gringo! E continuou varrendo.

Zuleika, como de costume, ficou ruminando os prós e os contras. Enquanto isso Frederico perdeu o bom humor, quis voltar antes do tempo para o Rio. Não teve jeito, voltaram. No caminho, ele dirigindo e ela ao lado, Socorro no banco de trás segurando pacotes e sacolas nas curvas e freadas.

— Sabe meu bem, pensei esta noite toda, nem dormi direito. Você é um homem bom, sempre preocupado comigo. No começo eu ia assinar, mas não via o risco que estava correndo. Você tem razão, não devo assinar nada, e não vou mesmo. Está bem assim? Ficou satisfeito agora?

— É o certo.

— Você não fica contente de ver que eu te obedeço?

— Não precisa esticar o assunto. Acabou.

A Socorro, angustiada, não comentou nada em casa. Foi direto para a igreja, fez promessa para Santo Expedito, o santo das causas impossíveis, que precisam de ajuda urgente.

Os dias se passavam, tudo parecia correr dentro da normalidade, menos o estado da Micheli, cada vez pior. E ela vendo tudo, rezava no silêncio da noite. Também ela estava ficando doente, mal tocava na comida. Quem percebeu que algo andava mal foi Quitéria, preocupada com o estado da Socorro, magra, olhos fundos, mal falava com ela. Chegando um dia do mercado, deu para ela uma lata de Cremogema.

— Socorro, é para você e a Micheli, vocês estão precisando.

O carinho desinteressado de Quitéria, a generosidade do olhar, venceram todas as resistências de Socorro, que se jogou nela aos soluços. Acabou contando tudo.

— Minha filha, não adianta você guardar tudo para poupar os outros. Só piora, estamos agora com duas doentes. Vai lá e conta para sua irmã, ela que converse com o marido.

— Vou sim dona Quitéria, não aguento mais guardar isso no coração sozinha. Ah, já ia me esquecendo, chegou esta carta para a senhora.

❧

A carta era de Joana

Dona Quitéria, como vai?

Quanto tempo, não?

Outro dia encontrei numa vitrine um livro chamado *Florence Nightingale, the Lady with the Lamp*. Achei que ia gostar, mandei pelo correio. Só que eu não tinha certeza se o seu apartamento era cobertura 01 ou 02.

Quando chegar, por favor, avise

Joana

O CONDOMÍNIO DONA CLARA

O Condomínio Dona Clara estava em estado de choque. Todo mundo dentro de seus respectivos apartamentos, apenas algumas conversas de corredor. A única lúcida na situação era Quitéria. Ela que seria a última a chamar a polícia foi justamente a que chamou, e que recebeu o detetive e o repórter. Jodacílio parecia barata tonta, correndo de um lugar para outro. Zuleika só chorava, trancada em casa.

O corpo de Frederico em cima da cama não dava a impressão de ter sofrido nenhuma violência e na casa, nada parecia estar fora de ordem. A pele apresentava uma coloração avermelhada como se fosse queimada de sol.

Johny mandou isolar o apartamento e trancar a portaria. Bituca e Robertinho bateram as fotos de vários ângulos com a desenvoltura costumeira de fotógrafos criminais treinados. Chamou o IML e trancou o apartamento. Guardou as chaves num saquinho de plástico azul transparente e este por sua vez na sua bolsa tiracolo. Chamou Jodacílio e o escrevente.

— O senhor é o porteiro?

— Sim, senhor.

— Nome completo, por favor.

— Jodacílio do Carmo.

— Só isto? Não tem nada no meio?

— Senhor não.

— Documento.

— Tenho carteira de trabalho do restaurante onde trabalhava antes.

— Serve. Pode trazer. Mas antes vamos terminar o interrogatório.

— Senhor sim.

— Primeiro me fale tudo que souber sobre os moradores do prédio, tudo, tudo mesmo. Depois me conte sobre você, desde quando está aqui, como é o seu dia de porteiro. Não precisa se assustar, se me ajudar tudo vai se resolver rapidinho e você estará livre de mim logo, logo. Entendido?

— Senhor sim.

A narrativa do Jodacílio foi aos arrancos no princípio, mas o Johny estava de bom humor por causa do telefonema de Dorinha. Foi compreensivo e até se comoveu com a singeleza e ingenuidade do nordestino. Mas não colheu nenhuma informação relevante. Depois foi a vez de Da Luz e Socorro, e aí sim apareceram sinais interessantes. Aprendeu que ninguém gostava do morto, só a síndica e que ele era tolerado justamente devido a sua ligação com ela. Que tipo de ligação não se atreveram a informar, desconfiadas.

— Então vocês moram todos na garagem. E tem mais alguém morando lá?

— Só a Micheli, nossa filha. Ela tem oito anos.

— Está bem por hoje, mas se tiverem alguma coisa para me contar, por favor liguem para este número aqui. Quero lembrar que quanto mais ajudarem a polícia, melhor para vocês, acaba mais depressa, entendido? Agora quero todo mundo reunido no salão onde tem as reuniões do condomínio.

E estendeu um cartão com o logotipo da polícia municipal do Rio de Janeiro e seu nome com telefone mais embaixo.

Era muita gente para prestar depoimento. Resistiu à tentação de deixar uma parte dos condôminos para outro dia, sabendo que era naquele momento de choque que as coisas apareciam, sem dar tempo para ninguém elaborar argumentos que pudessem levar a pistas falsas. Assim, arguiu todos, uns falavam mais, outros menos, mas todos concordavam nos pontos principais. Quitéria foi a mais lúcida resumindo o sentimento geral:

— Senhor detetive, o que eu tenho a declarar é o que o senhor já verificou. O senhor Frederico era uma pessoa estranha, antipatizado por todo mundo. Mas nunca fez nada de mal para ninguém e não tinha inimigos que a gente saiba. A única coisa que eu nunca me conformei a respeito dele foi o puxadinho que ele fez na frente de seu apartamento, usando indevidamente a seu proveito a área do condomínio. Muita gente também se indignou com isso, mas a síndica argumentou que isto não causava mal a ninguém e coisas assim, e ela acabou vencendo, como sempre.

— Ele era muito ligado à síndica e de algum outro modo no condomínio?

— Era sim, muito ligado a ela. Quanto ao condomínio era membro do conselho fiscal.

Foi bom ter deixado a síndica para o final, já com estas informações. Mas quando esta finalmente se recompôs e consentiu em prestar depoimento chegou o carro do IML e ela se desesperou tudo de novo. Mas depois de um tempo, já madrugada, começou a funcionar do seu jeito habitual e convidou o policial, os fotógrafos e o escrevente para um cafezinho no seu apartamento. Nesta altura ela já tinha percebido que a situação contábil do condomínio poderia ser investigada devido à participação de Frederico no conselho e isto precisava ser evitado a todo custo. Melhor agradar a turma, e se ver livre o mais rápido possível. O luto ficava para depois.

No apartamento da Zuleika, Johny reparou nas roupas masculinas secando no varal. Depois num chinelo de dedo. Olhou para os pés da síndica, número muito menor do que o do chinelo. Pediu para ir ao banheiro e as suspeitas se confirmaram, tinha sabão de barba e loção. Puxou a descarga e voltou para a sala.

— Que tipo de relacionamento a senhora tinha com o senhor Frederico, dona Zuleika?

— Ele era apenas um condômino do prédio.

— Entendo. Estrangeiro, parece.

— Francês. Me mostrou o passaporte.

— Tudo bem, dona Zuleika. Nos veremos outras vezes, se for necessário. Obrigado por sua colaboração. Pode contar com a polícia, estamos aqui para servir a população. Aqui está meu cartão, caso tenha algo mais a declarar, mais tarde.

Bituca, Robertinho e o escrevente estavam mortos de cansaço, loucos para retornar para casa. Já estavam no meio do caminho de volta, quando Johny gritou:

– Para, para! Volta tudo! Precisa voltar!

Voltaram, o detetive subiu até a cobertura, tirou a chave do apartamento do saquinho de plástico azul. A Quitéria percebeu o barulho e pelo olho mágico o viu entrando.

Johny inspecionou bem o apartamento. Os livros nas estantes. Tinha um atlas, mapas da América do sul. Abriu a gaveta da mesa de cabeceira e achou o passaporte, que foi para o saquinho de plástico. Depois voltou para a rua onde os outros o esperavam, sem sair da viatura.

— E aí, companheiro, achou alguma coisa? — perguntou Robertinho.

— Ainda não sei, tudo muito, muito estranho. Achei um passaporte, expedido na França. Mas o nome Frederico não é francês, não combina com o sobrenome. Eu não falo francês, mas isto deu para notar.

— Você botou as luvas, espero.

— Eu não. Não acredito nisso de impressões digitais, nunca dão em nada.

Na segunda-feira seguinte de manhã, estava na porta da Maison de France, esperando abrir. Atendido por um porteiro com cara esnobe, foi logo mostrando suas credenciais de policial, e sua entrada foi permitida. Conduzido até uma secretária toda chique, declarou que precisava falar com alguma autoridade sobre um crime cometido contra um cidadão francês. Ficou um tempo sentado numa poltrona de couro marrom capitoné, esperando, até que foi recebido educadamente por um senhor, que não se identificou.

— Senhor, sou o detetive encarregado de solucionar a morte de um cidadão francês. Não sabemos até agora se foi homicídio ou suicídio, tudo muito recente ainda. Minha vinda aqui, além da obrigação de comunicar o ocorrido, tem o seguinte motivo, ou melhor, a seguinte pergunta: o senhor reconhece este passaporte?

Os olhos do senhor se arregalaram. Ficou mudo, sem saber o que responder.

— Posso ficar com o documento para inspeção?

— Pode, mas antes o senhor assina uma declaração, carimbada pela diplomacia francesa, que recebeu o documento e que se compromete a devolvê-lo se a policia assim o solicitar.

— Claro, vamos providenciar isto logo — e chamou a secretária chique.

Johny deixou o seu cartão, na certeza que iria ser procurado. Aí telefonou para Robertinho, combinaram almoço no Amarelinho, na Cinelândia, pertinho ali de onde ele se encontrava, na Presidente Antonio Carlos. Seguiu até a praça, deu uma volta em torno do Teatro Municipal, fazendo hora até o almoço. Entrou no Museu de Belas Artes, sentou-se em frente ao quadro da Batalha dos Guararapes, de Vitor Meirelles de Lima. Ficou apreciando a obra, ali no fresquinho, e organizando os pensamentos. Pela expressão do senhor da Maison de France, tinha alguma coisa de estranho no passaporte do Frederico. Ele tinha voltado ao condomínio no dia seguinte, um domingo de manhã, inspecionara tudo com calma dessa vez. Anotou umas perguntas, visitou o porteiro na garagem, conheceu a Micheli e soube da doença da garota.

Agora sentado ali na galeria de quadros se deu conta de algo muito estranho: se o elemento era francês, por que os livros todos eram em alemão? Ele não falava nenhuma dessas línguas, mas sabia distinguir uma da outra, na escrita. O passaporte era falso! Agora era só esperar a resposta da embaixada. Nesse momento, em que as revelações começavam a se apresentar, outra, fatal, também apareceu: na sua ânsia de voltar ao local do crime, no domingo, esquecera completamente da comemoração do Dia dos Pais e da Dorinha!

Ligou para Robertinho, desmarcando o almoço.

— Tenho que ir para o IML.

— Vou com você, depois a gente almoça.

— Bem, chegando lá vou direto falar com o Genésio da autópsia.

— Te espero do lado de fora. Dispenso o espetáculo.

A conversa com Genésio não esclareceu muita coisa, mas não esclarecendo eliminou várias possibilidades.

— Genésio, já olhou o francês?

— Olhei, antes que você viesse aqui me atormentar.

— E aí?

— E aí nada. Sem sinal de violência, só pode ser crime por envenenamento ou sufocação. Envenenamento pode ser suicídio ou homicídio, isso eu não posso dizer. Você cheirou o hálito dele?

— Tá louco, Genésio? Por quê?

— Porque quando ele chegou não tinha muito tempo de morte, e podia ser que tivesse hálito de amêndoas amargas ainda. Isso se foi cianeto. Ainda não abri o corpo, mas pelo jeito, pela minha intuição, não vou achar muita coisa por dentro. O cianeto é o veneno que deixa menos pista, não machuca muito, só se for muita quantidade, mas pequena concentração já é letal.

— E como que uma pessoa ingere ou é forçada a ingerir o cianeto?

— Ah, meu amigo, isto é com você. Não posso ser legista e detetive ao mesmo tempo. Tenho até medo de te dar palpite, posso estar te induzindo à pista falsa.

— Está bem, entendi. E onde se consegue este veneno?

— Quimicamente é classificado como um sal, o cianeto de potássio, que é um sólido, e geralmente é dissolvido na água para ingestão. O gás correspondente, o ácido cianídrico, foi usado na guerra pelos nazistas para matar as pessoas nos campos de concentração.

—Então o cianeto de potássio é um sólido solúvel e o gás são a mesma coisa?

— Pode-se dizer que sim, em termos de efeito no corpo humano. Pequenas quantidades são letais, mas dá para saber se a morte foi causada por um ou por outro. No caso o gás está fora de questão, mas o cianeto de potássio não é tão difícil assim, se usa no veneno de rato, chamam de "chumbinho".

— Ah, o chumbinho é isso então.

— Você quer ver ele?

— Não precisa, obrigado, Genésio.

O Robertinho estava lá do lado de fora, esperando.

— E aí, companheiro, como foi? Viu ele?

— Não precisou, mas a conversa com o Genésio foi importante.

— Conta.

— Conto tudo, mas primeiro vamos almoçar, já são quinze para as quatro e eu estou ficando agressivo. Vamos comer um filé lá no Lamas.

— Gênio.

Depois do maravilhoso filé do Lamas, agora sem agressividade famélica, Johny começou a relatar a conversa com o legista.

— Tem muita coisa aí. Parece, parece, não estou afirmando, que a morte foi por envenenamento com a substância química que os nazistas usaram nos campos de concentração. Aí pode ser suicídio ou homicídio. Se for homicídio, e se o passaporte for falso, a coisa pode ter um alcance internacional. Por outro lado, a síndica mentiu dizendo que não tinha nada com ele, isso logo de cara a gente percebeu, eles tinham um caso. Ele era um tipo atraente, pode ser crime passional, o que não exclui a hipótese do lance internacional. Pode estar tudo misturado. Agora, os interesses por baixo de tudo é que são os x's da questão. Dinheiro? Drogas? Tráfico de alguma coisa? A síndica está no cargo há muito tempo, pode ser que isto seja suspeito ou não. De qualquer maneira a gente tem que pesquisar as contas do prédio, na administradora, ainda mais que ele era do conselho fiscal. Outra coisa: de quê vivia ele? Tinha conta em banco? Era só este passaporte, que vai ser falso, você vai ver, que ele tinha como documento? Mas sabe qual é o mais chato agora? É a chatura do delegado, querendo saber de tudo sem fazer força, só quer resultado para aparecer na televisão, às custas da gente.

— É, mas você não precisava ficar tão obcecado, ele explora este teu vício, não te queixa.

O encarregado da administração do prédio, amigo e cúmplice de Zuleika, apareceu em sua casa alguns dias depois do episódio, todo assustado, foi relatar para a síndica sobre a auditoria nas contas do condomínio, solicitada em juízo pela polícia. Zuleika não perdeu o autocontrole, despachou o cidadão dizendo que iria tomar as providências necessárias, e que ele consultasse o departamento jurídico da administradora para se informar de qual a melhor decisão a tomar. E que depois telefonasse para ela. Depois de muito refletir sobre a situação concluiu que era urgente desviar a atenção para outro possível suspeito, e isto tinha que ser logo.

A Micheli não ia ser operada por negativa dela em relação ao atestado de residência e essa negativa se devia à ingerência de Frederico, e o Jodacílio sabia disso através da Socorro, que tinha escutado a conversa em Maricá. O Jodacílio tinha, portanto, motivo para se vingar do Frederico, já que este, de certa forma, fora o causador da situação em que se encontrava a filha, sem perspectiva de viver por muito tempo. Podia até ser dito que o Frederico era o assassino da filha, já que por sua influência a menina não pôde ser operada.

Pegou o cartão que o detetive tinha deixado em cima da mesa da sala e com o coração na garganta, ligou. Ele no momento não se encontrava mas que ela deixasse o nome e telefone que ele ligaria assim que chegasse, respondeu a secretária do delegado. O retorno não demorou, ela é que demorou a atender, criando coragem. Convidou-o a vir tomar um café e ter uma conversinha, estava muito abalada, precisava conversar com uma pessoa inteligente e acostumada em situações como essa, etc, etc., aquele velho charme que ela jogava e sempre funcionava. Mas desta vez tinha lá suas dúvidas. Era o único jogo que sabia jogar, os dados estavam lançados, estava decidida a jogar Jodacílio no fogo para se salvar, já que até o momento a suspeita maior caia sobre ela.

Johny veio neste mesmo dia, ou melhor, nesta noite, já eram quase nove horas quando a campainha tocou. Robertinho veio também. O caso já estava em todos os jornais e o público estava ávido por notícias a respeito da morte do francês misterioso do Encantado, precisava aproveitar a onda, já que tinha acesso ao local, de um jeito que os outros repórteres não tinham. Johny não conseguiu segurar o amigo e no dia seguinte Jodacílio era manchete.

A população do Rio de Janeiro ficou mobilizadíssima, só se falava nisso, a menina de coração doente sem endereço, sentenciada de morte. Para Zuleika foi ótimo, seu plano deu certíssimo, os holofotes se deslocaram de cima dela para cima de Jodacílio, que indefeso sofria com a doença da filha e agora com a acusação de ser o principal suspeito do crime, graças às artimanhas da Zuleika. Tinha repórter, jornalista, turma da televisão pedindo entrevista, pessoas que se juntavam na porta do prédio, até uma faixa com os dizeres "Um Endereço Para Um Coração Doente! Abaixo A Ditadura!" apareceu apoiada em duas árvores. Confusão infernal, que parecia não ter fim. O fim finalmente aconteceu, a prisão preventiva de Jodacílio foi decretada. A auditoria nas contas do condomínio foi suspensa.

Zuleika não dava conta dos compromissos. Era entrevista na rádio, compra de roupas novas, cabeleireiro, manicure, pedicure (agora todas as unhas tinham direito, não só as que apareciam para fora da sandália). Depois apareceu na televisão, programa da manhã, depois das costumeiras receitas, grande audiência das donas de casa, recorde de audiência. No condomínio, um frenesi, se antes era querida, agora era venerada. Sentia uma pena que Frederico não estivesse lá para vê-la no topo!

A apresentadora do programa matinal da TV fez um breve resumo da estória toda de Micheli e deixou um número de telefone para as telespectadoras que porventura quisessem se manifestar. Várias ligaram, oferecendo um endereço para a Micheli, propuseram até adoção. Eram famílias de várias origens, zona norte, zona sul, gente pobre, gente rica, todas comovidas com a sorte da menina. Diante disso, Zuleika não teve opção: chamou a Renate e assinou o documento dando um endereço ao coração doente.

A cirurgia foi agendada, tinha gente de toda parte na sala de espera, esperando e rezando. Nos corredores também, do lado de fora repórteres. Até Robertinho apareceu, e Zuleika, toda arrumada de vestido de seda estampado, tirou fotografia ao lado de Da Luz. Apareceram no jornal do dia seguinte. Quando um dos médicos apareceu, quase sufocaram o moço.

— Tudo bem, pessoal, tudo dentro do esperado. Agora ela está na sala de recuperação, se tudo correr bem vai para o quarto amanhã.

Agora era só esperar, e a comoção abrandou um pouco. Zuleika ligou para o detetive Johny e pediu para ser levada por ele até a cadeia onde Jodacílio estava preso.

— Senhor detetive, o senhor compreende, só me atrevo a incomodá-lo porque uma senhora na minha posição não pode ir a lugares como esse desacompanhada, não é mesmo? Gostaria de levar um conforto a este moço, um ato de caridade cristã.

Johny farejou uma ocasião interessante, e consentiu em acompanhá-la. Ligou para a cadeia, falou com o delegado de plantão, tudo certo, chegaram lá às quatro e meia da tarde, num calor de matar. No corredor das celas um abafamento, um cheiro de podre, fisionomias horríveis espiando pelas grades, Zuleika sentiu engulhos na boca do estômago, mas remorso não. Seguiu ereta sem olhar para os lados, até que chegaram onde estava Jodacílio, junto com os outros companheiros de cela.

Ele estendeu as mãos para fora das grades, e chorando agradecido pela visita:

— Que maravilha a senhora veio se meter neste lixo para me ver! Obrigado, minha madrinha! Como está a Micheli? A dona Renate apareceu de novo? Me conte tudo, madrinha, a senhora é a minha salvação!

— Jodacílio, fique calmo, tudo vai se resolver, é só um pouquinho de paciência. Trouxe estes pãezinhos para você. O Costelinha mandou lembranças. Vou arranjar um advogado para te defender. Tudo vai dar certo, confia em mim. Eu sou a tua salvação sim, pode crer, meu filho.

Não tendo mais o que fazer, saíram, e voltaram para o Encantado. Zuleika sentindo-se ótima de viajar na viatura da polícia, ao lado do detetive. Depois que a deixou em casa, o detetive voltou à prisão, para conversar mais com Jodacílio. Ele não comprava a versão admitida por todo mundo, da culpa de Jodacílio, seu instinto dizia que ali tinha muito mais coisa, aquele nordestino matar o francês (não era francês coisa nenhuma, era o que então? Precisava voltar a Maison de France) não rimava com sua personalidade. Apresentou um longo questionário ao Jodacílio, repetiu de propósito algumas perguntas, para ver se ele caía em contradição. Até que se lembrou do discurso apressado da síndica, momentos antes:

—Jodacílio, quem é este Costelinha, a quem dona Zuleika se referiu dizendo que te mandou lembranças? É morador do condomínio também?

— Não, senhor, é o moço que ela contrata para consertar tudo no condomínio, ele vai muito lá.

— E como faço para encontrá-lo?

— Ele mora perto e tem um telefone do botequim que pega os recados para ele, o número está escrito num papelzinho dentro do quadro de avisos.

— Obrigado, tenho que ir. Você parece não estar bem.

— É que tenho febre e frio, arrrepios. Dor de cabeça. Também não consigo comer.

— Coragem, meu velho. Assim que puder eu volto.

O quadro de avisos tinha a chave pendurada do lado de fora. Foi fácil copiar o número do botequim que pegava os recados para o Costelinha. Ligou para lá, pediu o endereço. Chegando lá mandou chamá-lo. O português dono do botequim ficou nervosíssimo ao ver a viatura da polícia estacionar em frente ao seu estabelecimento. Pensou logo que tinham descoberto que fazia muito tempo que não dava nota fiscal para ninguém, sonegava tudo que podia. Já ia preparando uma defesa, mas como o caso aparentemente era com o Costelinha (que raios poderia ter o gajo com a polícia?) resolveu só ajudar, por enquanto. Se fosse com ele e isso aparecesse mais tarde, teria tempo para pensar, pelo menos.

O português tinha um garoto que ajudava na limpeza e na lavagem da louça, que foi mandado à procura do Costelinha.

— Mas eu não sei onde ele está, patrão.

— Vai logo, ó garoto, e não m'voltes aqui sem ele, ouv'ste?

Depois de uns quarenta minutos e uns três cafezinhos (bons), aparece o Costelinha.

Sentaram-se numa mesa do botequim. O português apressou-se em servir ele mesmo cerveja e tira gostos, retirou-se educadamente e ligou o ventilador para espantar o calor e as moscas.

— Costelinha, você me conta tudo que sabe sobre o Jodacílio, a dona Zuleika, tudo sobre o condomínio, tudo, tudo.

Logo deu para perceber que o Costelinha era uma pessoa inteligente e sensível. Só não era letrado, mas percebia tudo ao seu redor. E interpretava.

— Você acredita que o Jodacílio seja culpado?

— De jeito nenhum. Aquilo é armação da Zuleika.

— Ela era amante do sujeito?

— Era.

— E você acha que ela teria motivos para se ver livre dele?

— Acho que sim, por causa das contas do condomínio. No meu caso, por exemplo, ela me pagava muito menos do que estava nos recibos, mas eu precisava do dinheiro e não tinha outro remédio senão me sujeitar. Isto deveria estar acontecendo o tempo todo com as obras, eu ouvi falar com os outros obreiros que estiveram fazendo serviço no prédio. Ela botou ele no Conselho Fiscal e abriu conta para ele no banco. Ela é amiga do gerente, o mesmo banco há anos, para onde vai todo o pagamento do condomínio e contas da luz, da água, tudo no mesmo banco. Está claro que a conta dele era para desviar dinheiro do condomínio. Não podia aparecer na conta dela.

— Neste caso ela precisava dele. Por que então se livrar dele?

— O senhor é que está encarregado do caso, não eu. Desculpa aí. Mas vou te contar uma coisa que vai ser a última, sei que estou falando demais, mas já que abri o bico... Lá vai: sei que o apartamento vai acabar no nome dela, como companheira dele, e aí ela vai poder se mudar para Copacabana com a filha.

— Você saberia me dizer se tinha alguém, algum morador ou pessoa que frequentasse o condomínio, que não gostasse da Zuleika?

— Que não gostasse dela, eu acho que não. Só a dona Quitéria é que ela não levava no bico. Mas ela não se importava com isso, tinha maioria na assembleia de qualquer jeito. Agora, se tinha ao contrário, quer dizer, uma pessoa que de quem Zuleika não gostasse mesmo, era da dona Ana Flávia, sobrinha da dona Quitéria, que costumava visitar o falecido.

— Costelinha, estou muito agradecido a você pela sua boa vontade em me ajudar. Mas eu sou só um detetive, você não precisava falar tanto. Por que está se abrindo tanto comigo? Não estou te prometendo nada.

— Senhor detetive, o senhor é muito esperto, educado. Nem parece polícia de subúrbio. Mas vou te dizer por quê. Vingança. A vida toda a Zuleika me explorou e me comprou com presentinhos idiotas. Eu é que permiti com meu trabalho, que ela se reelegesse síndica anos e anos a fio. Se não fosse o meu trabalho, o condomínio iria se arruinar, de tanto conserto, eu permiti que tudo funcionasse e ela tirou proveito disso, pensando que me levava no bico como fazia com aqueles idiotas todos. Agora que está no topo me despreza. Mas eu sobrevivo sem ela, vou levando minha vida miserável e honesta, graças a Deus. Agora, tenho a impressão que matar uma pessoa não faz o gênero dela. Ela sabe puxar as cordinhas pelas costas, matar é diferente, acho que não. Assim me parece, sei não.

Jodacílio não foi condenado graças ao advogado que o Johny contratou (e pagou). O argumento foi a inexistência de provas, não se podia condenar um cidadão na base de suspeitas. Mas também não foi solto, e seu estado de saúde piorou, era pneumonia.

～

Nove da manhã, viatura da polícia em frente a Maison de France, Avenida Antonio Carlos. Dentro do carro Johny esperou que as portas se abrissem. Tentou lembrar o nome do senhor que tinha ficado com o passaporte, ficou com raiva de si mesmo por ter confiado na memória de novo. Já tinha se prometido que iria anotar tudo, mas agora, como perguntar por ele, sem passar por todos aqueles estágios de novo, a secretária chique e tudo o mais? E o documento atestando o recebimento do passaporte e se comprometendo a devolvê-lo, onde diabos teria metido o papel? No maior mau humor do mundo, entrou, apresentou a carteirinha da polícia, sentou na poltrona de couro marrom capitoné, tudo de novo. Mas o senhor que ele procurava apareceu logo e foi logo estendendo a mão.

— *Bonjour monsieur* Joelson. *Voilá* o passaporte. O que tenho a dizer-lhe é muito simples: este passaporte não foi emitido por nenhuma autoridade francesa. Posso assegurar-lhe que é uma falsificação grosseira.

— Ah, muito obrigado. O senhor poderia me adiantar alguma outra coisa, por exemplo, de onde partiu a falsificação.

— Depois da guerra, muitos passaportes foram falsificados, impossível saber onde e por quem.

— Mas não tem nenhum indício, tipo de caligrafia, carimbo...

— Infelizmente não tenho como colaborar nisso. O governo da França se sente muito honrado em colaborar com as autoridades brasileiras. Obrigado por ter vindo à nossa procura. Um bom dia para o senhor, Monsieur Joelson.

Então era isso mesmo, falsificado, conforme tudo indicava. Mas agora a coisa se complicava, tudo voltava à estaca zero.

Voltou à delegacia, estava tomando café quando o chefe chegou, todo alvoroçado.

— Almoço com o prefeito, Joelson. Já vim de barba feita, decerto vai ter imprensa para cobrir.

Joelson! Como ele ficou cerimonioso! Não era mais o Johny que ele cumprimentava.

— Agora finalmente estão dando valor ao trabalho da polícia. Depois deste crime desvendado, devido ao nosso empenho e competência, começamos a ser respeitados e, quem sabe, até queridos pela população. Aposto que o prefeito vai ter algum cargo para me oferecer. Mas não vou aceitar qualquer coisa, não. Gosto do trabalho investigativo e só saio daqui para algo que realmente valha a pena. Joelson, arquiva o caso da garota. Você já fez o que devia, tenho um outro caso para você. É coisa da alta. Muito dinheiro, joias, dólares, apartamento na Lagoa, andar alto, de frente. Mas quase o mesmo xarope de sempre, não vai dar muito trabalho. Mulher, amante, empregada, motorista, blá blá blá.

— Como assim, chefia, arquiva? A gente ainda nem chegou perto de nenhuma pista! Está tudo na estaca zero.

— Já não ficou comprovado que foi o porteiro? Para que complicar mais o complicado, Johny?

Ah, agora esqueceu a representação. "Johny".

— Nada ficou comprovado contra ele. Hoje fui de novo na embaixada e me devolveram o passaporte do gringo. Falsificado. Tem muita coisa aí, e eu vou continuar a investigação. Não vou jogar todo meu trabalho no ralo, nem no arquivo.

— Vai sim. Quer dizer, não vai, não. Mas vai fazer o que eu mando. Se a gente não der o caso como encerrado, vai parecer incompetência. Logo agora que estamos no auge da popularidade. Você não tem espírito corporativo?

— Eu não. Quer dizer, eu tenho. Mas preciso terminar, nem que seja correndo no paralelo. Não se preocupe que não vou atrapalhar suas apresentações. Estou fora disso, não faz o meu gênero.

O delegado ficou furioso com o Joelson, Johny, proibiu que continuasse com o caso, ordenou que passasse imediatamente para o caso milionário da Avenida Epitácio Pessoa.

Assim que o delegado saiu para o almoço com o prefeito, que por sua vez estava louco para faturar a popularidade da "sua" polícia, Johny pegou a viatura de plantão e se tocou para a cadeia, visitar Jodacílio. Este estava mal. Precisava de atendimento urgente. Mas mesmo assim tentou responder as perguntas do detetive com a maior boa vontade, só que respondia o que achava importante no seu entender, que não coincidia com o que Johny procurava saber. Desistiu e saiu, precisava achar um jeito de levar Jodacílio ao médico, mas tirar da prisão, nem que fosse para isto, dava trabalho, ainda mais agora que estava proibido de continuar com o caso.

Pediu para ser deixado na 9ª e despachou a viatura de volta para o Leblon. Almoçou no Largo do Machado, pegou o seu Fusca e foi para casa. Estava muito cansado, exaurido de tanto trabalho que só tinha um lado bom, fazer esquecer o vexame que a Dorinha devia ter passado por sua causa. Todas as amiguinhas cada uma com seu pai e ela, sua princesinha, sem o dela. Imperdoável e irreparável. O pai, para quem ela tinha feito composição. O que teria acontecido? Será que ela leu a composição mesmo sem ele estar presente? E a Dirce, que horrível, nem pensar, estava tudo perdido.

Caiu na cama vestido, só deu para tirar os sapatos, e apagou. Acordou já com tudo escuro. A princípio não entendeu nada, se era noite, onde estava o dia que tinha passado? Tateando, achou o abajur, acendeu a luz. Sete e meia. Sentou-se na borda da cama, esperou até tudo se encaixar.

De baixo do chuveiro, sentiu um bem-estar, estava mesmo precisando descansar. Ligou para Robertinho, quando na verdade queria mesmo era ligar para a Dirce.

— Quer jantar comigo? Você escolhe onde, eu pago.

— Que foi que te deu? Aconteceu alguma coisa? Eu vou, não precisa pagar, não.

— Quer ir na Marisqueira na Barata Ribeiro?

— Opa! Positivo! Daqui a meia hora estou lá.

Jantaram em silêncio, cada um com seus pensamentos e suas coisas. Mas eram amigos, podiam ficar em silêncio sem nenhum embaraço. Era até acolhedor, cada um sabia do drama do outro e se respeitavam. Até que o Johny contou.

— A besta quadrada do meu chefe me demitiu do caso. Tem medo que eu descubra mais alguma coisa e quebre o encanto de Cinderela que ele está vivendo. Hoje estava toda cutty-cutty porque foi convidada para almoçar com o prefeito. Ai ai... — e fez um gesto com a mão como que se despedindo.

187

— Mas você não vai sair, se te conheço.

— Claro que não. Hoje tive a confirmação oficial que o passaporte era mesmo falso. O homem não era francês coisa nenhuma. O porteiro está se esvaindo de pneumonia na cadeia. Achei um cara incrível, se te conto você não acredita, um gênio analfabeto chamado Costelinha, de tão magro.

— E você conseguiu tirar alguma coisa dele?

— Muita. Mas estou digerindo ainda. Quando voltar para casa vou olhar os meus apontamentos. Agora escrevo tudo. Antes não precisava, mas agora se me esqueço de alguma coisa morro de raiva.

— E no final glorioso você vai me dar o furo de reportagem?

— Claro, você é meu fiel escudeiro.

— Para com isso, vamos embora, ou vai querer sobremesa?

Em casa com um gás total, descansado e alimentado, Johny retornou aos apontamentos da entrevista com o Costelinha. Dali tirou o perfil de Zuleika, que coisa impressionante! Amante do morto, que serviu para acobertar suas falcatruas, estava agora faturando a morte dele, toda estrela na televisão! Parecia até estar comemorando! Isso fez Zuleika ir parar na lista das possibilidades, acrescido do fato de poder herdar o apartamento e realizar o sonho de se mudar para Copacabana com a filha. Mas isso não soava bem com alguma coisa... Os anos de profissão tinham sido suficientes para ensinar que o instinto era um aliado poderoso, mas poderia também ser traiçoeiro. Jodacílio, podia cortar, apesar de ter sido até agora o suspeito principal? Instinto de novo. Estaria condenado, se não fosse o advogado que ele contratou. Costelinha também poderia ser cortado, ou não? Fez uma nova lista de menos prováveis, mas não descartados. Dona Quitéria, foi para esta nova classificação. Dona Quitéria, tinha também um mistério ali. Muito fina de modos para o local. Ah, e a sobrinha dela, que Costelinha disse ser a única pessoa que Zuleika não gostava? Precisava do depoimento dela, mas antes precisava voltar para Costelinha para se informar sobre a moça. Talvez uma conversa com Quitéria para colher mais informação e como chegar a ela também.

Voltou na manhã seguinte para visitar o Jodacílio. Logo na entrada da cadeia foi chamado pelo delegado de plantão, com quem por acaso tinha um bom relacionamento.

— Johny, que tanto você vem falar com este pau-de-arara? Sabia que o teu chefe me pediu para dedurar você cada vez que você aparecesse por aqui? Ele deve ter apertado o motorista.

— Ele me tirou do caso. Tem medo que eu descubra alguma coisa que tire ele da berlinda, prefere que o culpado seja este pau-de-arara, mesmo. Quanto mais tempo ele ficar preso, melhor, assim ele já vai faturando esta comemoração do seu sucesso, tudo uma falsidade. Sabia que está até de olho em novo cargo, em conluios com o prefeito?

— Johny, você vai acabar mal, neste teu papel de salvador dos pobres. Escuta o que eu estou te dizendo. Dá marcha a ré, volta para casa, eu finjo que não te vi entrar.

— Negativo. Preciso ver o sujeito. Além disso, você vai ter que dar um jeito de ele sair e ir ao médico, senão vai morrer aqui, o camarada está malzaço. E se ele morre e eu provar que era inocente, como você vai ficar? A turma dos jornais não vai deixar escapar nada, tudo mobilizado por causa da garota, vão te culpar pela morte dele, é claro que não vão nem falar na chefia. Você está sabendo do tumulto, não?

— Estou. Lá em casa não tem outro assunto. Minha mulher até queria que eu escrevesse para a televisão, para adotar a garota, imagine!

— Então eu vou entrar, conversar com ele, vou arranjar um médico e depois venho buscá-lo aqui e te devolvo o elemento bonitinho de volta, sem questionamento, está me ouvindo, colega?

— Você é impossível e desperta os meus piores instintos.

— Que ótimo, adoro ser do mal.

A conversa com Jodacílio desta vez não rendeu como as outras. Ele estava mesmo mal. Febril, completamente prostrado. Mas ficou feliz com a visita do detetive, sentiu não poder ajudar.

Entrando na viatura, o motorista de cara amarrada. Deviam ter prevenido para reportar cada vez que fosse levar Johny até a cadeia.

— Toca para o Encantado, lá para o boteco do portuga.

— Chefia, não tenho ordens de te levar para lá.

— E então para onde tem ordens de me levar? Para o DOPS?

— Não brinca assim comigo. Preciso do emprego, doutor. Dá para ser até a 9ª?

Saltou da viatura, entrou na delegacia, tomou um café, um copo d'água, foi ao banheiro, pegou a chave do seu Fusca estacionado na calçada e se tocou para o boteco do português, no Encantado. O homem suspirou ao ver chegar o delegado, que raios este homem aqui de novo? Mas todo gentil veio recebê-lo.

— Bom dia! Que bons ventos o trazem ao subúrbio, doutôuri?

— Preciso ver o Costelinha mais uma vez, meu amigo.

— É pra já. Ó garoto! Vai buscar o Costelin!

— Sim, patrão, já estou indo já, já.

Voltou desta vez mais rápido que da outra, já sabia onde Costelinha estava trabalhando e foi direto para lá.

— Então, seu polícia, de novo quer conversa? Eu já contei tudo, agora, só inventando.

O português começou a limpar uma mesa com o mesmo pano que limpava o balcão, trouxe dois copos, derramou caipirinha. O cachorro veio sentar-se ao lado, balançando o rabo grosso, que fazia barulho ao bater no chão. O português veio com o pano no alto, pronto para bater com ele no bicho.

— Vai sf'der ó c'chorro!

O cão saiu com o rabo recolhido, foi sentar-se na calçada, com a cabeça desconsolada sobre as patas.

— Costelinha, da última vez você comentou que a única pessoa que Zuleika não gostava mesmo era a sobrinha da dona Quitéria.

— É, a dona Ana Flávia.

— Me fala sobre ela. Por que ela não gostava da moça?

— A dona Ana Flávia, parecia uma doutora, pode até ser que seja. Muito educada, boazinha. Uma vez me deu remédio, vitamina, cada vez que me via perguntava do cigarro.

— E ela vinha muito ao condomínio?

— Sempre às sextas-feiras, visitar a tia. Trazia uma mochila, com livros, uma vez trouxe um gato.

— E você saberia me dizer se alguma vez ela teria entrado no apartamento do homem?

— Do francês?

— Ele não era francês.

— Para mim não faz a menor diferença o que ele era ou deixava de ser.

— Está bem, mas voltando ao caso, você saberia me dizer se ela alguma vez visitou o gringo?

— Sim. Mas eu não estou gostando desta conversa, prefiro não contar mais nada, ou vou acabar me enrolando. Já falei mais do que devia.

— Te garanto que não vai te acontecer nada.

— Bem, é que o senhor já está sabendo que a síndica e o gringo eram namorados. E teve um dia que ela pegou os dois na cozinha dele e ficou furiosa. Depois fizeram as pazes, mas ela ficou odiando a moça. Ciúmes de morte. Mas ele parece que levou ela no bico dizendo que estava só dando aula particular para a dona Ana Flávia.

— E como é que você sabe disso tudo?

— Porque a Socorro, irmã da Da Luz, cunhada do Jodacílio, é empregada da Zuleika, que comenta tudo com ela e com a manicure. As duas contam para a gente depois. A Socorro não suporta a Zuleika, nem suportava o gringo. O Jodacílio tinha muito trabalho em fazer ela se segurar, ele era e sempre será agradecido a Zuleika. Ele está certo, você precisava ver a condição dele quando era sozinho aqui, um pobre diabo. A Zuleika fez muito por ele, ate arranjou um lugar para a Belinha.

— Para quem?

— A cachorra dele.

— Ah. Mas por outro lado a Zuleika tinha ele também como um cachorro fiel, preso pela coleira.

— É verdade. Comigo também foi assim. Mas agora acabou.

— E essas aulas particulares eram muito frequentes?

— Praticamente toda sexta-feira. Eu ia sempre lá para ela me ver, e me dar os comprimidos, vitaminas, essas coisas. Ela queria acompanhar se eu melhorava do pigarro. Agora, se ela da casa da tia ia bater no vizinho, isso não sei, mas aula particular uma ou duas não resolve, deve ter tido umas quantas. Só acho, não vi.

— Então mais uma vez, muito obrigado, Costelinha, vou indo.

— Dá para tomar mais um gole?

— Johny fez um sinal para o português, que serviu outra caipirinha para o dois, que tomaram de um gole só. Apertou a mão dos dois e saiu.

— É até simpat'co este polícia, não é Cost'lin'a?

— É, mas fico pensando se não estou falando demais, fico com medo de me enrolar onde não devo. Da próxima vez, não venho mais.

Não teve a próxima vez. Não foi preciso.

⤙

Chegando em casa a costumeira cervejinha. E o costumeiro pensamento da hora, o que estaria se passando em casa, com Dirce e Dorinha, estariam ainda muito sentidas com o ocorrido no Dia dos Pais? Sentimento de incompetência total, fracasso no mais importante da vida. Foi quando o telefone tocou, despertando a lembrança que não tinha nem tocado no novo caso, deveria ser a maldita chefia, que não respeitava nem seu horário de descanso. Deixou tocar um pouco, depois atendeu com um "AAAAALOOO!!!" da maior rispidez que conseguia.

— Calma lá chefia! O que estacontecendo? — Era Robertinho.

— Desculpa aí, colega. Estou muito cansado, tomando minha cervejinha amiga e pensei que era o chefe. Ele está me monitorando, e eu ainda nem peguei no caso novo.

— Sei.

— Se está me ligando para saber de notícias, estou todo enrolado, cada vez aparecem coisas que aparentemente não se encaixam. Então se a pergunta é essa, a resposta é não.

— Mas o que tem de novo?

— Tem um elemento passional.

— Não brinca? Que confusão! Dá para me contar?

— Dá. Pelo telefone não, vamos comer alguma coisa aqui perto? Não posso gastar muito, já estou no vermelho agora fim de mês, é sempre assim, preciso me controlar mais. Minha vida está um enrosco total.

— Vamos no árabe da rua do Catete, lá tem umas esfihas legais. Daqui 15 minutos te pego na tua portaria.

Sentados nas mesinhas com as esfihas e cerveja, o Robertinho estava mais ávido pelas novidades do que pelas esfihas, que eram boas mesmo.

— Então?

— Fui ver o Costelinha de novo, pena que você não estava lá, o cara é um gênio. Ele me contou que a única pessoa de quem a Zuleika não gosta mesmo é uma moça, Ana Flávia, sobrinha da dona Quitéria, vizinha do alemão, porta em frente.

— Alemão? Agora o francês virou alemão?

— É. Depois que tive certeza de que o passaporte era falso, voltei lá e a maioria das coisas era em alemão. Interessante, tinha muita coisa sobre a América do Sul, principalmente Argentina, com mapas... e sobre o Brasil tem lá livros de história, costumes, comida, estas coisas que interessam aos turistas. Mas se ele era um, por que teria comprado o apartamento?

— E a moça... essa Ana...

— Então. A moça ia lá para ter aulas particulares! Muito estranho. Mas isso despertou ciúmes ferozes na síndica.

— Será?

— Pois é. Eu não conseguia ver a mulata como assassina, mas esse assanhamento todo na televisão, toda faceira com a popularidade, me cheira à vingança. E ainda tem o lance do apartamento. Ela até chegou a me consultar se tinha algum advogado para tratar disso, já que não tem escritura. Ela tem só um recibo do valor pago na compra. Parece que o cartório não escriturou porque tinha só o passaporte como documento. Mesmo assim abriu conta no banco! Tem coisa grossa aí, e eu estou sem sacar nada até agora, nenhum fio da meada, nada, nunca tive um caso tão enrolado. Vou te dizer uma coisa, Robertinho. Se foi ela, ela é mais perigosa do que caminhão na contramão.

— Já pegou depoimento da moça? Ela faz o quê?

— Não. Não sei nada sobre ela, nem vou levantar nenhuma lebre. Agora você me deu uma ideia. O Costelinha me disse que ela costuma vir nos fins de semana. Vou monitorar ela na saída do prédio, na segunda-feira cedo. E preciso também ligar para o Genésio. Foi boa esta conversa, me abriu um pouco os caminhos.

— Johny, você toma cuidado com o seu chefe. Graças a você ele está poderoso e pode grampear teu telefone, botar microfones no teu apartamento, te monitorar. Eu se fosse você dava um tempo no caso do alemão e tocava o caso da Lagoa. Para despistar o homem. Eu não quero ter que procurar no DOI-CODI.

— Tá bom. Agora você vai para a sua casa e me faz um favor. Liga pro Genésio ou vai lá e pergunta se ele abriu o corpo, se tem alguma informação além das que já me deu. Eu não vou ligar de casa, nem acho prudente ir lá. Pode ser?

— Claro, vou lá e depois te ligo.

O DETETIVE JOELSON

Finalmente Johny conseguiu se deslocar até a Avenida Epitácio Pessoa e começar a tomar os depoimentos dos moradores do Edifício Jardin des Flamboyants, relativos à ocorrência registrada há alguns dias. Entrevistou os porteiros, vigias, empregados e moradores do apartamento. A princípio estava temeroso da reação das vítimas do roubo em relação à demora da polícia, mas ninguém parecia estar muito revoltado contra isso, a não ser os empregados, que viam seus empregos ameaçados por suspeitas. Tomou nota de tudo, a patroa estava viajando e na volta verificando a falta das joias, deu queixa e estava esperando, mas sem muita esperança numa solução policial. Johny agradeceu a boa vontade e colaboração de todos, prometeu voltar, e da portaria mesmo ligou para Robertinho.

— Estou aqui na Lagoa. Precisamos conversar. Você não quer vir aqui no Garota de Ipanema?

— Já estou indo. Estive no IML com o Genésio. Demoro mais ou menos meia hora, vai tomando um chope aí.

Johny despachou a viatura. Foi bom ter ido logo lá na Lagoa antes que o chefe tivesse outro ataque em cima dele. Escolheu uma mesa nos fundos, estava ventando e ameaçando chuva, uma atmosfera pesada na Rua Montenegro. Foi bom que Robertinho tivesse demorado mais que a meia hora prevista, já tinham se passado quarenta minutos e três chopes. Pôde assim ficar ruminando os últimos acontecimentos, que por mal dos pecados não traziam nenhuma pista, só aumentavam a confusão. E o desafio. Mas podia ser que Robertinho tivesse alguma novidade, quem sabe o Genésio...

Robertinho entrou todo molhado, a chuva tinha começado, e ele nem percebeu.

— Pega uma caipira aí, para não gripar, Robertinho. Então, o que foi que o Genésio te disse?

— Primeiro ele fez uma descrição detalhada do estado do corpo, eu prestei bastante atenção, mas quando fui redigir não consegui me lembrar dos nomes dos venenos com seus efeitos correspondentes. Só consigo escrever o que eu entendo, não sei enrolar. Mas a conclusão é que foi cianeto mesmo, concentração baixa, mas letal. Agora, como foi administrado é que são elas. Não tem chance de ter sido outra coisa. Não é pouco, é uma conclusão final. E você, por onde tem andado? Sumido.

— Conforme te falei, na segunda-feira cedo fui até o Encantado, esperei a moça sair, ela foi até sabe onde? Faz uma ideia? Ao consulado da Argentina. Entrou e pelo visto foi logo atendida,saiu com uma maleta! Eu te disse que no apartamento do gringo tinha uma porção de mapas e coisas sobre a Argentina. Agora mesmo é que temos que considerar que o caso está ficando com dimensão internacional. Será que tem droga metida no meio? Mas não, deve ter alguma coisa oficial, senão não teria diplomacia envolvida. Mas que tanto material seria esse que precisa de mala para caber tudo dentro? Depois ela foi para onde deve ser a casa dela, na Tijuca, perto do Largo da Segunda-Feira. Deixou lá a maleta, e foi para a Universidade. Vou ter que voltar ao Encantado para pegar o nome dela por extenso e saber o que ela faz na Universidade. Se é que ela faz alguma coisa lá.

— Não faça isso. Vai espantar a caça. Você já me disse que ela se chama Ana Flávia. Isso chega. Volta na Universidade e procura na secretaria, ou melhor, na cantina, ou com algum empregado, ou melhor ainda, com estudante, vê se tem alguma professora com este nome. Poderá ser que te respondam que sim, ou que com este nome tem uma funcionária, vai aos poucos se informando sem ela saber. Lá é muito grande, você anotou que prédio era? Departamento? Às vezes tem os nomes dos professores, secretárias... na entrada, num quadro, até com fotos.

196

Johny mais uma vez sentiu raiva de si mesmo por não ter anotado nada. Naquele momento estava ainda em estado de choque com a possibilidade de ter um caso internacional nas mãos. E sem nenhuma pista. Este Robertinho era um repórter sabido mesmo, grande Robertinho! Mas o furo estaria garantido, esta seria a recompensa merecida.

Ficaram os dois em silêncio, ouvindo a chuva.

— Johny, você já pensou que esta conclusão do Genésio pode incriminar mais ainda o Jodacílio?

— Como assim?

— Como assim, comendo. Cianeto de potássio você mesmo me falou, está lembrado, é o quê?

– Chumbinho! Veneno de rato!

— E porteiro pode conseguir para o condomínio, já pensou?

Robertinho era mesmo um gênio. Ele e Costelinha seriam a dupla mais imbatível do mundo. Deveriam estar os dois na polícia encarregados do caso e não ele sozinho, que não se lembrava nem de anotar as coisas importantes.

Na Universidade realmente tinha um quadro, dividido em duas partes. Na maior constavam os nomes dos docentes, por Departamento, correspondente aos "Cursos de Graduação". Na parte menor, intitulada "Pós-Graduação e Pesquisa" constavam os nomes dos docentes, alunos e técnicos. O nome de Ana Flávia estava lá encabeçando a lista do grupo do professor Rodrigo Mondanelli. Então a moça trabalhava com Genética! E ainda tinha aulas particulares com o alemão! Mas o que o alemão poderia ter para ensinar a ela? E a conexão internacional, onde se encaixava neste quadro? Resolveu voltar para casa e escrever todas as informações que possuía e as suspeitas, organizar tudo para ver que rumo tomar.

Em casa, não conseguia passar do pensamento para a ação. Colocou o bloco de anotações na mesa e de caneta na mão, as ideias desencontradas na cabeça, tudo aparentemente sem conexão, Johny se deixou ficar por um tempo, tentando encontrar o fio da meada. Este estado era seu conhecido e não era angustiante. Sentido como uma fase necessária, o desafio trazia consigo um prazer misturado com ansiedade. O Robertinho já tinha dito que isso era parte da doença dele, um vício, que ele usava para esquecer sua condição interior. Ele sabia desta verdade, mas não tinha forças para mudar. Mas mudar o quê? No fundo, o enredado das informações que tinha sobre o caso era mais fácil de desenredar do que o seu próprio.

Estava viajando neste mundo quando o telefone tocou. Era Zuleika, toda respeitosa, querendo passar por educada, ficou falando uma porção de coisas banais, Johny teve que acionar a paciência para ouvir com calma, esperando que ela finalmente declarasse o motivo da chamada. Talvez alguma pista estivesse por perto. Mas não. Ela queria ser acompanhada à cadeia, visitar Jodacílio, junto com a Da Luz, que insistia muito em ver o marido na prisão. Era um ato humanitário, e os condôminos iriam apreciar sua bondade, naturalmente.

— Amanhã às duas da tarde passo aí, dona Zuleika.

— Muito obrigada, senhor detetive, agradeço em nome da família do detento.

Às duas da tarde estavam à sua espera, não só Zuleika e Da Luz, como também Ana Flávia e tia Quitéria. Não teve como negar e levou todos no seu carro. Não quis pegar viatura. Acomodou Zuleika, Ana Flávia e Da Luz no banco de trás e tia Quitéria com ele na frente. Como Quitéria e Ana Flávia se pareciam! De feições um pouco, se a parecença fosse procurada, mas a postura elegante e a simplicidade, a maneira correta de falar, os gestos comedidos, mostravam que as duas não pertenciam ao mesmo mundo que Zuleika e os outros condôminos e isto era intrigante.

Chegando à cadeia, conforme esperado o delegado ficou irritado com a audácia de Johny, que tinha sido avisado e bem avisado que sua presença não era bem-vinda ali e que trazia uma complicação para a delegacia. Mas entraram.

Jodacílio, que não esperava a visita da família e das outras convidadas, ficou emocionado. Envelhecera de repente. Os cabelos grisalhos, olhos fundos, rosto enrugado, costas curvadas. Mas o pior era o olhar, que denunciava um desespero indizível. Estendeu os braços para fora das grades, numa intenção de abraçar a Da Luz. Esta reagiu violentamente:

— Sai, desgraçado! Tu nunca mais vai encostar um dedo em mim! Foi pra isto que tu me tirou da minha casa? Pra me botar morando numa garagem onde minha filha adoeceu e agora está lá, cortada de cima abaixo, com o coração costurado? E agora tu me diz pra que tu tinha que envenenar o gringo? Eu nunca gostei dele, mas para que tu foi fazer isto, seu excomungado?

— Eu juro pela luz dos olhos de minha filha que não matei ninguém. Nunca entrei na casa do homem. Nem sei nada de veneno.

— Sabe sim, tu pegou com o Costelinha uma vez. E saiu no jornal que foi com veneno de rato que o homem morreu. Quem mais poderia ser? Só por que foi ele que não deixou Zuleika assinar o papel da moça do hospital? E agora me diz, o que adiantou tua vingança, seu bandido do cão!

E esbravejando desarvorada batia com os pés no chão toda molhada de lágrimas e suor, uma espuma saía pela boca. Quitéria, em sua experiência de enfermeira, abraçou Da Luz pelas costas e foi falando bem devagarzinho e baixinho no ouvido dela, ao mesmo tempo em que conduzia seus passos para fora do corredor onde ficavam as celas. Acabou encostada numa parede, chorando com o rosto escondido numa dobra do vestido. Zuleika permaneceu por um tempo paralisada, mas como o episódio só vinha reforçar a tese inicial dela e que foi a causa da prisão de Jodacílio, logo se refez.

— Senhor detetive, acho que este homem está muito doente, e o pior, ficou demente. Não vejo nada que se possa fazer por ele no momento, melhor ir embora e dar um calmante para dona Da Luz. Ela tem passado por momentos bem difíceis com a doença da filha, o senhor imagina.

Ana Flávia, que não tinha a menor ideia do que seria uma prisão no Rio de Janeiro, estava em estado de choque. Mas este estado logo se dissipou em compaixão pelo estado de Jodacílio.

— Jodacílio, vem cá, para de chorar, me deixa encostar a mão na sua testa.

Estava escaldante de febre.

— Fica calmo. Vou voltar aqui e te tratar, você deve estar com pneumonia. Tudo vai passar, a Da Luz está muito nervosa, muita coisa de uma só vez para ela, coitada. Perdoa, me promete?

— Sim senhora, vou prometer.

Ana Flávia saiu, chorando também. A última coisa que o delegado da cadeia precisava era um escândalo na prisão, choradeira, chiliques. Mas quando ouviu os xingamentos acusatórios de Da Luz, logo percebeu que ali estava a solução daquele caso, que parecia nunca ter fim. Parecia que finalmente as provas de que o pau-de-arara era mesmo o assassino estavam aparecendo na sua delegacia. Quis abordar o assunto com Johny, mas não deu. Mudou completamente com ele, ofereceu café, viatura para voltarem. Johny parecia não ouvir nada, meio abobalhado. E estava mesmo. Agora começava a desconfiar de Jodacílio que era uma coisa que fazia contra uma resistência, desde o começo simpatizara com o nordestino. E Robertinho que publicou o laudo do IML sem nem falar nada com ele? Esses jornalistas são terríveis, fazem qualquer negócio por uma boa notícia! Ele não se lembrou de pedir confidencialidade, achou que não era necessário. Ficou muito irritado com o amigo, agora teria que pedir satisfação e não ter mais confiança nele. Não sobrava ninguém, era por isso que ficou fora do ar uns instantes na delegacia.

ANA FLÁVIA

Dentro da maleta quanta surpresa! Tinha coisas ótimas, outras absolutamente dispensáveis que só iam ocupar espaço no seu guarda-roupa mínimo. Eram blusas de seda de manga comprida, blazers de linho, echarpes, vestidos drapeados... Tudo incompatível com seu estilo e atividades, e com o clima do Rio de Janeiro. Mas também vieram sabonetes ingleses e perfumes franceses ótimos, óculos escuros, chapéu de palha, joiazinhas delicadas, um tubo de vitamina C, uma camisola italiana supermacia, duas caixas de chocolate belga com recheio de marzipan, isso ela adorou. Um porta-retratos com a foto dos pais e ela quando menina, que foi para a cabeceira da cama. Os presentes foram um bálsamo em sua mente atormentada. Precisava se ver livre do professor Rodrigo, aliás, precisava aparecer mais no laboratório. Se assim pensou, assim fez. Amarrou o cordão dos tênis, colocou o chapéu novo e foi para a Universidade. Lá chegando, não sabia bem o que fazer, não era seu hábito ir para o laboratório sem ter tudo planejado de véspera. Resolveu ir tomar um café na cantina, enquanto isso.

Na cantina, encontrou a professora Mitsuka Mitsuri, do Departamento de Química, conhecida de alguns encontros. Muito simpática a professora Mitsuka, competente e respeitada. Aproximou-se da mesa onde Ana Flávia tomava seu café com um chocolate belga recheado de marzipan.

— Posso sentar, professora Ana Flávia? Já é quase professora, posso chamá-la assim, não?

— Por favor, Mitsuka, não precisa tanta cerimônia.

— Eu admiro muito seu trabalho. Tanto sucesso em tão pouco tempo!

— Trabalho e sorte, parece — respondeu a Ana.

— Eu gostaria de te propor um assunto de pesquisa, Ana.

— Claro, Mitsuka.

— É o seguinte: um aluno meu que acabou recentemente o doutorado, preparou uns materiais que eu gostaria de testar quanto à compatibilidade em relação a organismos vivos. Acho que poderiam servir para uso em aplicações médicas, como implantes, por exemplo, e ao mesmo tempo poderiam ser usados como carreadores de fármacos, como antibióticos ou anti-inflamatórios. Mas primeiro é saber como seriam aceitos pelo corpo. Se for constatado que provocam rejeição, não servem.

— Dá para saber de início se causam inflamação nas células que eu tenho lá. Só que estas células são caríssimas, você teria recurso para comprar mais um pouco?

— Posso arranjar, sim. Podemos escrever um projeto juntas para a FAPES e submeter. Tenho bastante literatura a respeito, você não quer usar a mesa deste aluno enquanto estuda? Ele já defendeu a tese dele, foi embora para o norte, passou num concurso lá. Assim não precisa carregar tudo para sua sala.

A pesquisa não se enquadrava na linha de estudo de Ana Flávia, que não gostava de mudar de assunto, tinha a tendência de se dedicar a um único tema e ir fundo nele. Mas a proposta era tentadora em vários aspectos. O primeiro naturalmente era a distância do professor Rodrigo, tanto nos metros que separavam os dois departamentos, como no assunto do trabalho. Ela ficaria longe do campo visual dele, e ele por sua vez não se sentiria mais ameaçado pela competição com ela. Poderia até ficar agradecido a ela ter lhe trazido notoriedade, afinal ele constava como autor correspondente dos artigos publicados, sem ter contribuído intelectualmente em nada por isto. Mas aí é que residia o ressentimento e nada iria mudar esta condição.

Assim, passou a usar outra mesa, em uma salinha dentro do laboratório de Química, onde o ambiente era o oposto do que tinha encontrado nas dependências sob a responsabilidade do professor Rodrigo.

Era um grupo onde todos colaboravam entre si numa calma atmosfera de trabalho. A professora Mitsuka exercia uma liderança natural, e se impunha por seu talento e responsabilidade. Uma força, essa Mitsuka, de porte miúdo e fala pausada. Logo ficaram amigas, e o projeto foi submetido à FAPES dentro do prazo estabelecido.

Numa tarde de domingo, depois da partida de Fernanda, Ana Flávia foi procurar na caixinha das joias o que havia restado do empenhado na Caixa. Lembrou-se de um pequeno relógio de ouro, que usava nas festas. Se estivesse ainda lá poderia empenhá-lo para comprar mais células para os testes com os materiais de Mitsuka. As primeiras experiências não foram boas, as células não mostraram aderência aos materiais, inflamavam e acabavam morrendo. Mitsuka atribuiu o efeito a prováveis resíduos de solvente usado para fazer os filmes que Ana testava. Qual não foi a surpresa quando reparou que todas as suas joias estavam lá de volta! Fernanda pegou escondido as cautelas e resgatou tudo na Caixa! Ficou com pena de empenhar de novo, fechou a caixa e depois os olhos, comovida.

ROBERTINHO

Johny sumiu da vida de Robertinho por umas semanas, e este sabia bem por quê. Mas afinal não tivera remédio, se não publicasse o resultado da *causa mortis* de Frederico, outro colega iria fazê-lo. Além disso, precisava usar a notícia enquanto o assunto ainda estava quente, o povo esquece logo os acontecimentos. Mas sentia falta do amigo, da cumplicidade fruto da sintonia entre os dois. Esperava que um dia Johny ligasse, o que não aconteceu. Então um dia não aguentou mais e ligou.

— Alô! Tá muito brabo comigo, companheiro?

— Claro, você me traiu, e eu não merecia isto, foi covardia sua. Agora não quero mais papo.

— Escuta aqui, Johny, que mal fez a notícia ter saído? E se eu não publicasse, outro iria, que diferença faz?

— Faz que eu não confio mais em você.

— Besteira sua, mas eu te entendo. Só que não precisa exagerar me cortando do mapa. Mas se quer que eu vá embora, é pra já.

— Pode ir.

E desligou. Aí sobreveio um sentimento de vazio e culpa em Johny. Robertinho era legal, sempre do lado dele ajudando, mesmo que não resultasse em frutos jornalísticos. Como sempre, Johny descarregava sua insatisfação e mau humor em cima de quem estivesse mais perto. Mas também não podia deixar passar em branco a traição. Sim, por que qual outro nome teria o que ele fez? Resolveu deixar passar uma semana. Se Robertinho não ligasse de novo, ele mesmo o faria.

O delegado da prisão logo se comunicou com o colega do Leblon sobre o ocorrido durante a visita a Jodacílio, dando a notícia que as provas contra ele estavam se avolumando, e que a própria mulher o incriminava de ter usado veneno de rato, em concordância com o divulgado pela imprensa. O delegado do Leblon ficou exultante. Então ele estava certo! A posição por ele pleiteada junto ao prefeito estava mais próxima! Para garantir o posto só faltava agora condenar de vez Jodacílio, e ele iria logo começar as diligências nesse sentido.

Como repórter policial, Robertinho ficou sabendo por intermédio de outro colega que Jodacílio estava praticamente condenado. Não resistiu e ligou para Johny, que o recebeu bem, aliviado da tensão que tinha se estabelecido entre os dois. Combinaram de se encontrar no restaurante Fiorentina, no Leme. Era princípio de mês, tinham dinheiro para um filé à parmeggiana, famoso prato da casa.

— Então você ainda não está convencido de que foi o porteiro? Mesmo com a mulher acusando?

— Acho que sim, só pode ter sido ele. Mas mesmo assim tenho resistência em aceitar isso. Os fatos empurram para um lado, e minha intuição para outro. O pior é que aquela besta fera do meu chefe vai faturar alto com a desgraça do outro. Mas tenho uma coisa interessante para te contar. Lembra da maleta que aquela moça, a Ana Flávia, foi buscar na embaixada da Argentina?

— Claro.

— Pois é, não era nada de complô internacional. Olha só. Andei rondando o edifício onde ela mora, não tem porteiro, é fácil entrar e ter acesso à correspondência. Achei lá uma carta com o símbolo da república, corpo diplomático, e levei para meu colega encarregado da inspeção de correspondência nos Correios. Lá eles abrem as cartas, e depois fecham, sem deixar rastro. Chegam a caçar muito subversivo, deste jeito. É uma especialidade impressionante, eu não gosto de usar estes expedientes, tive curiosidade de ver como fazem, mas na hora me senti meio sem graça de invadir as coisas da moça, e fiquei quieto. Acho que usam vapor para derreter a cola, mas não tenho certeza. Aí li a carta, que era da mãe dela, contando como escolheu as roupas e coisas mais para enviar para ela através do cônsul da Argentina, na maleta. Tinha também uma foto da mãe, com o pai numa recepção superchique, ela de vestido de baile, ele de smoking. Ela disse que o pai está muito orgulhoso do sucesso científico da filha, mas que isto nela só causa preocupação. Coisas de mãe, mas mostrou que ela e a tia Quitéria são gente fina, como eu tinha suspeitado desde o começo. Bom, então se não tem complô internacional, tudo se resume na vingança do Jodacílio? Parece que não tem outra hipótese mesmo. Só uma coisa ficou na minha cabeça, sabe? Foi a frase que ele disse "nunca entrei na casa do homem".

— Mas a Zuleika entrou.

— Exatamente! E foi ela que ajudou a incriminar o Jodacílio. Além disso, na ida ao presídio, ela me disse que o alemão não tinha parente nenhum aqui e ela, como companheira dele, estava pleiteando a posse do apartamento. O único problema era que o imóvel não estava escriturado, o único documento de posse é um recibo do pagamento quando foi feita a compra, que ela sabia muito bem onde estava guardado e, naturalmente, está de posse dele.

— Tudo bem, mas isso não prova nada. Só suspeita não é prova de nada.

— Não, mas ela como síndica devia saber onde ficava guardado o veneno de rato.

— Ainda não prova.

— Mas contra o Jodacílio também não tem prova, só suspeita. Agora com o chilique da mulher dele, a situação dele se complicou, tenho agora quase certeza que ele não escapa. Se você visse o coitado, capaz até dele morrer de pneumonia antes de ser condenado.

Isso não aconteceu porque Ana Flávia ia sempre até prisão trazendo medicação, que era entregue direitinho por ordens do delegado. Ele queria o homem bem inteiro para ter o prazer de vê-lo condenado.

VARDA

— Schlomo, aqui Ariel. Preciso te ver. Hoje no chil, depois do serviço da tarde. Senta do meu lado na mesa do kidush. Traz a Varda contigo.

— A Varda está em serviço, não vai poder.

— Estou dizendo para você trazer a Varda. *Shalom*.

Na mesa do kidush, Schlomo senta no meio, entre Varda e Ariel. Varda, moça loura e esbelta, parecia uma adolescente com seu rabo de cavalo, jeans e botas de sola grossa. Mas já passava dos trinta.

— Schlomo, a situação é a seguinte: serviço diplomático do Brasil localizou carrasco de um campo, ainda não se sabe de qual. Tem até o endereço dele. Varda, você vai lá e comanda a ação. Mas antes de qualquer coisa precisa confirmar a identidade dele. Isso você consegue descobrindo quais os documentos que ele tem, falsos ou não.

— Lá aonde? Quando? E não precisa ficar me ensinando o trivial.

— Rio de Janeiro. Você embarca amanhã.

Os olhos da moça se arregalaram. Já tinha prestado serviço em muitos lugares, mas agora essa. Rio de Janeiro!

FRIEDERIK

Desde que se tornara um foragido, jamais ocorrera a Friederik que poderia de alguma forma voltar a exercer sua atividade científica. A situação era tão inusitada, ele mal acreditava que seus conhecimentos tivessem sido de alguma forma utilizados numa publicação em revista consagrada internacionalmente. No fundo estava delirante de felicidade. Mas esse estado pouco durou. Foi com o maior espanto que recebeu uma carta com selo brasileiro e sem remetente, dizendo que deveria sair com maior urgência do local onde se encontrava. E que tomasse o maior cuidado com pessoas que não conhecia. Estava na mira do Nakam, junto com o Mossad.

Perguntou-se se o pedido de listagem dos moradores requisitado dias atrás não estaria ligado com a perseguição, nada tendo a ver com a caça aos subversivos, como Zuleika supôs.

Novamente! Decidiu que desta vez não obedeceria. Amassou a carta e jogou no cesto de lixo. Melhor morrer do que começar tudo de novo, desta vez estava fora de suas forças mesmo. Pior do que o medo se ser descoberto, era a angustia total de perder sua identidade, pano de fundo de sua existência miserável. Já naquela idade, era demais, não valia a pena, não aguentava mais, melhor desistir e morrer com honra. Resolveu tomar a pulso sua situação com Ana Flávia e reivindicar o que era seu. Assumir sua ciência, seu papel de cientista, nem que isto custasse a vida. Queria mais uma publicação e agora como autor correspondente, depois morreria com honra. Passou a noite ponderando. Nakam. Mais sério do que as outras vezes. A carta não indicava nenhum destino como anteriormente. Descontrolado, sem saber o que pensar, aventou a hipótese de ir para São Paulo, cidade grande. Comprou o mapa. Gostou do que viu. As ruas formavam uma teia de aranha, difícil alguém se orientar. Seria uma opção. Mas de quanto tempo ainda disporia? E o apartamento? Teria que vendê-lo para comprar moradia em São Paulo. Lembrou-se que não tinha escritura, só o recibo do cheque que dera na ocasião da compra. E como se ver livre de Zuleika? Que complicação! A tendência era mesmo se arriscar a ser descoberto pelo Nakam/Mossad.

A decisão logo se tornou premente. Voltando do mercado com suas sacolas, encontrou Socorro limpando a entrada do prédio.

— Senhor Frederico, que pena que chegou só agora! Acaba de sair um moço aqui vendendo livros, cada um mais lindo do que o outro. Ele me perguntou sobre os moradores do Condomínio que poderiam se interessar nos livros dele. Levei ele lá na dona Quitéria, ela comprou quatro de criança para a Micheli, tudo colorido, lindo! A garota ficou encantada. Aí eu falei que tinha outro morador, morando bem em frente, estrangeiro e muito educado, que também poderia se interessar. Anotou o seu nome com o endereço num caderninho, e disse que volta mais tarde.

— E ele falou o nome dele? Por que vende livros, o que ele falou sobre ele?

— Um moço tão bonito, parece que chama Mendes, vende para ajudar a mãe.

— Mendes. Não seria Mendel?

— É, acho que é isso mesmo. Quer dizer, eu acho, não sei, sei lá. Agora dá licença tenho que acabar de limpar esta entrada logo. E foi empurrando o rodo com o pano molhado no piso. "Este gringo é mesmo um sujeito estranho. Uma hora nem fala direito com a gente, outra hora quer conversa, saber tudo sobre um vendedor de livros! Eu já disse que o moço vai procurá-lo, para que tanta pergunta? Parecia tão nervoso... enfim, deixa pra lá"...

Mendel, nome judeu. Estavam perto desta vez. Não havia mais opção. Estavam rondando.

Dentro do pânico, ainda sobrava uma réstea de lucidez. Tinha que se agarrar a este fiapo de razão que ainda sobrava, pensar com frieza, esquecer todo o resto, se quisesse sobreviver. Traçou um plano: precisava antes de mais nada de dinheiro e para isto vender o apartamento, sem Zuleika saber. Depois pegaria um avião para São Paulo. Mais fácil aceitarem passaporte nos voos do que nas viagens de ônibus. Mais fácil de ser traçado também. Mas o importante agora, mais que avaliar o perigo, era o tempo.

Com facilidade encontrou no jornal um corretor de imóveis, um senhor de meia idade, de nome Belarmino Aparicio da Silva. Combinou com o Frederico visitar o apartamento no dia seguinte, a uma da tarde, horário da sesta de Zuleika. O Sr. Belarmino aceitou vender o apartamento em regime de urgência a troco de uma gorda comissão e naturalmente com exclusividade. A visita foi rápida, Frederico não deu muitas explicações sobre os motivos da urgência da venda, mas o Sr. Belarmino sabia que a discrição fazia parte das qualidades de um bom corretor, que era o caso dele. Saiu de lá todo lépido, botou anúncio de destaque no jornal e deixou para o dia seguinte a ida ao RGI para verificar a situação do imóvel.

Frederico sabia que não tinha a documentação necessária, mas não tinha ideia de qual documentação seria esta. Ao mesmo tempo também acreditou que nessa terra todos os trambiques podem ser feitos, da mesma forma que ele pode abrir conta no banco e comprar imóvel só com passaporte falso. No entanto, qual não foi a surpresa do Sr. Belarmino quando foi informado no RGI que outra cópia havia sido pedida e entregue e a que ele estava requisitando só estaria pronta na próxima semana. Irritado, declara a Frederico que assim não dava para trabalhar, já que tinha sido prometida exclusividade a ele, e outro corretor já tinha retirado a certidão no RGI. Também pediu ressarcimento do dinheiro que gastou no anúncio que colocou no jornal.

— Anúncio no jornal? Como assim, com ordem de quem?

— Senhor Frederico, como o senhor acha que aparecem os compradores, ainda mais com essa pressa toda que o senhor tem? Foi a primeira coisa que eu fiz. Agora por favor, me devolva o que eu gastei e passe bem, senhor Frederico.

"Eles" já estiveram lá. Aqui perto no Rio de Janeiro, procurando documentação em repartição pública. Agora sim estou perdido!

Mal o Sr. Belarmino tinha saído, já vários candidatos ao apartamento se apresentaram na portaria, interessados no imóvel a ser vendido tão barato. Desesperado ante a perspectiva de Zuleika saber, mandou Jodacílio despachar todo mundo, alegando que aquilo fora um engano do jornal que tinha publicado o anúncio.

Não faltava muito para o cerco se fechar completamente. Agora com o anúncio, as coisas tinham se complicado demais, cada vez mais fora de controle. Pensou em Zuleika. É claro que em algum momento ela viria interpelá-lo. Ele que até tinha pensado em recorrer a ela, contar tudo e pedir socorro. Mas isto era delírio puro. Ela jamais entenderia, a estória pertencia a um universo inacessível e o mais provável seria ela sentir-se traída e vítima de enganação. Neste momento percebeu que apesar de todas as diferenças, principalmente a racial, incluindo as manipulações, falcatruas, egoísmo e baixo nível cultural, a relação com a mulata tinha sido a mais verdadeira de sua vida. Os fins de semana no sítio, as comidas apimentadas, as tardes ensolaradas e bucólicas do subúrbio foram o pano de fundo de algo genuíno e até ingênuo. Foi com Zuleika que aprendeu a dar risada, entregar-se à sensualidade sem culpa e dormir de janela aberta. Que momento para dar-se conta disso! Continuando com o pensamento em círculos, se perguntava também o que teria levado Ana Flávia tomar aquela decisão de bater na porta dele e diplomaticamente se declarar oficialmente desligada dele. De tanto repassar todos os assuntos que conversara com ela e tudo que tinha se passado entre eles, num turbilhão relembrando as circunstâncias, as cenas na cozinha, apareceu a lembrança do caderno. Foi um instante de pavor, o envelope com as fotos não estava mais lá. Poderia ser então que aquela fosse a ponta da meada, que tinha levado o Mossad a descobri-lo.

Por vias transversas, Frederico percebeu que foi vítima de sua própria atividade criminosa.

JOHNY

Desanimado sem poder acreditar na culpa de Jodacílio, o detetive Joelson dedicou-se ao caso da Lagoa, que foi resolvido sem muito trabalho. As joias tinham sumido na ausência da patroa e naturalmente a suspeita caiu em cima da velha empregada que servia lá desde mocinha, lá se iam mais de trinta anos. A coitada, inocente, deu queixa de acusação injusta, sem provas, fez BO. Avisou também a polícia que a amante do patrão tinha estado na casa durante a ausência da patroa. Johny apareceu de surpresa na casa desta criatura, e encontrou as joias. Tudo trivial, azar da patroa que ficou sem a empregada fiel, mas que ainda por cima veio interpelá-la:

— Você foi fazer BO sujando o meu nome, depois destes anos todos, com tudo que fiz por você. Mas posso desculpar se você pedir perdão.

Não teve pedido de perdão e a pobre não conseguia arranjar outro emprego, as pessoas não queriam contratá-la porque estava velha.

O chefe conseguiu o cargo que pretendia junto ao prefeito, depois que o Jodacílio foi condenado.

As coisas estavam deste jeito, aparentemente tudo resolvido, quando foi chamado a atender um chamado ao telefone:

— Detetive Joelson, telefone, pega na extensão 2.

— Sim, fala aqui detetive Joelson, quem deseja?

— Detetive é Ana Flávia, preciso falar com o senhor. O senhor está disponível agora?

— Sim, claro, estou.

— Então me espere, dentro de meia hora estarei aí.

Ana Flávia entrou na delegacia, aparência a mesma de sempre, mas muito pálida.

— Senhor Joelson...

— Sim dona Ana Flávia ou doutora?

— Tanto faz. Precisamos conversar. Tenho pensado muito no caso, aliás, o tempo todo. Não aguento mais ver o Jodacílio nesta situação. Acredito que o mesmo acontece com o senhor.

— É. Mas pode me chamar de você.

— Então você já deve ter considerado todas as possibilidades, sem conseguir chegar a uma conclusão, não é?

— Nada mais verdadeiro.

— Eu acho que está faltando considerar uma pessoa.

— Ah! O próprio! Mas que motivos teria?

— Ele era um médico nazista que atuava fazendo experiências com seres humanos em campo de concentração e estava sendo perseguido por caçadores de nazistas. Pode ser que esta situação tenha levado ele ao desespero.

— Eu iria chegar lá, sabia? Volta e meia vou até o local, examino os livros, os cadernos, mas tudo escrito em alemão tornava tudo muito difícil, mas te garanto que uma hora eu iria chegar lá. Achou o veneno de rato no condomínio mesmo, conforme dito pela mulher do porteiro fazia parte das coisas do prédio. Sabia que eu a tinha como suspeita?

— Como assim?

— Por causa das supostas aulas particulares e da sua especialidade, das revistas que chegavam pelo correio, teve um ponto de convergência que conduziu a esta conclusão. Além disso, a senhora trabalha num laboratório químico, não teria tido dificuldade em achar cianeto.

— Faz sentido. Agora libertem o Jodacílio, é por isso que vim aqui. Não é possível mantê-lo preso por tanto tempo só por suspeitas sem provas.

Tudo fazia agora muito sentido, mas precisava fechar as pontas soltas ainda.

Logo depois da saída de Ana Flávia, pegou seu fusca e se tocou para o Encantado. Preferiu não usar viatura da polícia, motorista deixa sempre uma impressão de urgência, de ter que acabar logo para voltar. E além disso o chefe sempre em cima, vigiando e atrapalhando. Melhor ir sozinho, precisava de tempo e calma para examinar tudo no apartamento. Estava inspecionando o armarinho do banheiro quando a campainha tocou.

— Dona Socorro! O que aconteceu?

— Seu polícia, é essa dona aí que insiste em ver o apartamento. Já expliquei pra ela que não está nada à venda, que foi erro do jornal. Mas teimou tanto que eu trouxe ela aqui, já que o senhor estava aí podia explicar melhor, o senhor tem a chave, eu nem quis incomodar a dona Zuleika.

— À venda? O apartamento? Que estória é essa? Como que ninguém me contou nada?

— O senhor nunca perguntou... Também é tanta confusão que acho que ninguém se lembrou. Uma pá de gente veio aqui por causa de um anúncio dizendo que estava à venda, mas foi erro do jornal. Assim pelo menos foi o que o falecido, que Deus o tenha, mandou falar, para se ver livre de tanto povo que queria ver o apartamento dele.

— Dá licença moço, posso falar?

Foi a vez da senhora trazida pela Socorro se manifestar.

— Não adianta querer me enganar, não tem erro nenhum do jornal não, moço. Eu vi o anúncio, achei ótimo negócio, liguei para o corretor, estava tudo certo sim, senhor. Até combinei com ele de vir aqui, mas não tive tempo e só consegui vir agora, para conferir se ainda estava à venda. O anúncio está aqui, olha bem aqui, tem o endereço, nome do corretor, tudo direitinho. Não caio nessa conversa de erro de jornal. Façam favor de me dizer o que está acontencendo aqui.

— Com licença senhora, posso ver o anúncio?

— Está aqui na bolsa, vou mostrar agora mesmo para o senhor.

Johny anotou o nome de Belarmino e o telefone, que constavam no anúncio. Despachou a senhora dizendo que lamentava muito, mas a morte do proprietário interrompeu o processo da venda.

214

Marcou encontro com o Sr. Belarmino para o dia seguinte, no Condomínio. O corretor estava muito curioso em saber o que tinha acontecido. Tinha passado depois no prédio, só para conferir se a venda tinha sido efetuada e soube da morte do proprietário. Contou para o Johny as circunstâncias dos encontros com Frederico, que demonstrou uma pressa enorme na venda, mas que não tinha mantido a promessa de exclusividade, já que outro corretor teria se adiantado pedindo documentação no RGI. Relatou também que por discreção, não perguntou os motivos de tanta urgência mas que dava para notar a grande ansiedade e nervosismo do Sr. Frederico.

— Pobre homem, deveria ser algo mesmo muito sério acontecendo na família.

— Muito obrigado, Sr. Belarmino. Desejo mais sorte nos próximos negócios.

— Obrigado, passar bem.

Johny fechou a porta e sentou-se na cadeira da cozinha, processando as informações. Foi bem aqui nesta cozinha que aconteciam as "aulas particulares", pensou. O escritório do Frederico era aqui, nesta cozinha. E ficou assim uns minutos, ruminando o lugar, imaginando a cena, Ana Flávia conversando com ele, Zuleika chegando, conforme o relato do Costelinha. Foi neste momento que os olhos bateram no cesto de lixo. Tinha um papel amassado, todo embolado no fundo. Desdobrou e alisou o papel. Poucas linhas escritas em alemão. Era o recado para mudança imediata, que o Frederico recebera. O Johny não sabia alemão, mas reconheceu a palavra Mossad, na última linha.

Agora sim, as pontas se encontravam. As palavras de Ana Flávia rimavam com as de Belarmino e Socorro, corroboradas com o bilhete amassado. Precisava de um tradutor, mas isto era fácil e rápido. O outro suposto corretor concorrente do Belarmino era o próprio Mossad, que teria ido ao RGI à procura de dados, já que Frederico tinha assinado a listagem dos condôminos como proprietário. Clarissimo! Até que enfim.

FRIEDERIK

Alternando puro desespero com raciocínio, sem comer por muito tempo, foi tomado por um torpor, uma espécie de sono superficial, todo vestido, encolhido na cama. No meio da noite, sentiu fortes dores no peito, a pressão deveria estar nas alturas. Tomou um gole de água gelada para ver se acalmava o estômago revolto que incomodava também. Mas foi pior, uma súbita ânsia de vomito o levou correndo ao banheiro. Olhou sua imagem no espelho. Aquela expressão, já tinha visto antes aquela expressão. De onde estaria reconhecendo aquele olhar estampado em seu rosto?

Foi com enorme susto que percebeu: era a expressão dos familiares da professorinha que matou à queima roupa, na frente deles. Dos prisioneiros do campo! De uma multidão de criaturas inocentes torturadas e assassinadas sem ao menos saber por quê. Era essa a expressão que estava agora colada em seu semblante.

Mas ainda restava a honra, jamais iria permitir que judeus imundos fossem dispor de seu corpo, como ele fizera com os dos meninos no campo de concentração. O horror de ser julgado por judeus e de os alemães se envergonharem dele era pior que a morte em si. Pior do que o enforcamento era o julgamento. Esse desespero de estar absolutamente só, sem saída, sem ter para onde correr, acaba por precipitá-lo a aceitar a única opção que restava: morrer com o mesmo veneno que seus colegas usavam no campo de extermínio, o cianeto. Planejou tudo, num estado meio entorpecido pelo pânico. Separou o veneno num vidrinho que tinha sempre na mesa de cabeceira, colocou no bolso da camisa.

Iria tomar o veneno e se jogar do alto da escarpa da estrada de São Conrado. Nunca seria encontrado.

Decisão tomada, assim que amanhecesse, pegaria um taxi para o local escolhido. Dormiu mais do que esperava, foi acordado pela campainha. Pelo olho mágico deu para ver um rapaz com um embrulho que parecia um livro. Não atendeu. O livro era só disfarce, "eles" certamente estariam lá esperando. A campainha insistiu, insistiu e depois parou. Pelo olho mágico mais ninguém. Eles estariam lá, de tocaia, na curva da escada, armados, esperando que ele saísse.

Pânico total, precisava agir depressa. Em absoluto desespero, imaginou que não havia termpo para a realização do plano e tomou ali mesmo o cianeto com um gole de café frio.

O moço do livro era um funcionário dos Correios que viera entregar o presente que Joana tinha mandado para a Quitéria, aquele sobre Florence Nightingale. Estava mesmo com o número do apartamento trocado, bateu na campainha errada. Na carta a própria Joana dizia estar na dúvida sobre este número. O moço insistiu na campainha, mas como ninguém atendeu, foi embora.

VARDA

— Schlomo, *shalom*. Aqui Varda. O sujeito apareceu morto. Não conseguimos provas de quem pensamos quem ele é. Instruções?

— Já está confirmada a identidade. Temos foto dele no campo onde trabalhava, a diplomacia brasileira mandou. Agora dá um jeito de conseguir toda documentação possível, além de livros, cadernos, roupas, pertences, tudo. Vamos providenciar junto ao governo brasileiro permissão para isso. Arranje com o consulado embalagem e transporte, se for muita coisa. Importante: discrição máxima para não levantar nenhuma suspeita nos outros nazistas foragidos por aí. Tem fotos?

— Só consegui do prédio por fora e da portaria.

— A polícia deve ter do corpo. Você inspeciona como vão embalar as coisas, faça com que usem luvas, tudo separado em sacos de plástico. Enviar pelo malote especial da El-Al. As fotos e documentos que achar mais importantes você coloca na bolsa.

— Entendido, *shalom*.

O governo brasileiro consentiu na retirada de tudo que estava no apartamento de Frederik. Não tinha nenhuma serventia aquela papelada toda, iria ficar na delegacia ocupando espaço, melhor que eles levassem logo tudo embora e o governo ficasse na posição de boa vontade, colaborador.

Varda procurou Johny.

— Sr. detetive, boa tarde. Fala aqui Ilana, secretária do consulado de Israel. Gostaríamos de convidá-lo para uma conversa importante.

Pode ser aqui no consulado ou em qualquer lugar de sua escolha, horário também.

Johny, pego de surpresa, resolveu pedir um tempo. No consulado? E se tivesse microfone gravando, essas coisas? Melhor num lugar neutro. Mas além da surpresa estava se sentindo envaidecido com o convite. Não contou nada para o chefe. Ligou para Robertinho.

— Que chique então chefia! Queria ser um bichinho para estar lá e te ver todo importante. Eu se fosse você pedia Copacabana Palace, no terraço. É meu sonho de consumo.

— Sei. Tá bom, vou ver. Mas não espere nada de novidade para publicar, que eu não vou abrir nada. Te conheço. Agora até me arrependo de ter te ligado. É que fiquei meio surpreso, não estou acostumado com estas alturas.

— Fica frio. Quero sempre merecer tua confiança, você sabe disso.

— Eu não sei nada. Vou indo, tchau.

Marcou então no lugar que Robertinho sugerira. Aproveitar a ocasião para conhecer o lugar mais chique do Rio de Janeiro. Foi de terno e gravata todo arrumado, bem formal. Chegou a Ilana, com roupa bem normal, acompanhada pela Varda, de calça jeans e tênis. A moça causou forte impressão e curiosidade no Johny. Percebeu logo que ela é quem ditava as cartas, a outra fazia o papel de tradutora. Quem seria ela? Do serviço secreto de Israel, o mais temido do mundo? Claro que não podia perguntar, ficou só observando. A pele bronzeada, único ornamento era uma correntinha de ouro com estrela de Davi, a musculatura bem desenhada pelos treinamentos de Krav Maga destacando-se na camiseta regata. Relógio preto grosso, rabo de cavalo. Uma linda criatura, de olhar direto, poucas palavras.

— Sr. Johny, agradecemos sua boa vontade em atender nosso pedido. O Sr. bebe o quê?

Johny pensou cerveja, mas achou meio reles.

— *On the rocks*, por favor.

As moças também pediram a mesma coisa.

— Pode me chamar de Johny, este encontro é informal não é mesmo?

— Claro. Me desculpe, não te apresentei a Varda. Trabalha comigo no consulado. Ela ainda não domina bem o português, mas entende quase tudo.

Varda falou em hebraico que estava muito feliz de estar no Rio de Janeiro, e agradecia a presença dele. O motivo da conversa era que o governo de Israel estava pleiteando o envio de todos os pertences de Frederik. Ele era suspeito de atividades criminosas em campo de concentração, isso era muito importante para o povo judeu, e esses pertences, principalmente a documentação, iriam para um memorial chamado Yad Vashem, em Jerusalém. O governo brasileiro tinha colaborado permitindo este translado.

Mostrou para Johny uma brochura mostrando o que era o Yad Vashem.

— Johny, sua participação nesta questão é muito importante, e todos que colaboram conosco tem de algum modo seu nome gravado no memorial.

— Só cumpri meu dever de policial, mas fico agradecido com a honra.

— Johny, precisamos de fotos que foram tiradas do corpo. Como podemos ter acesso a isto?

— Posso ceder junto com tudo que pertenceu a ele. As fotos estão numa pasta correspondente ao caso, na delegacia. Já que tudo vai ser removido e o caso será encerrado, as fotos não tem mais serventia para nós. Ou posso também tirar cópia. Meu colega deve ter guardado os negativos na pasta também.

— Não temos palavras para agradecer. Venha nos visitar um dia. Será um prazer receber pessoas que nos ajudaram, como você, com tanta boa vontade. Uma última coisa, que certamente é desnecessário pedir a um detetive: mantenha a maior discrição em relação ao nosso encontro. Motivos óbvios.

— Varda, foi um prazer conhecê-la. Parabéns por seu trabalho.

Trocaram apertos de mãos. Johny sentiu uma certa cumplicidade meio dolorida pelo fato de saber que esta seria uma despedida irreversível. Tinha sentido tanta simpatia pela Varda.

Assim tudo foi para o Yad Vashem, e Johny manteve a promessa da discrição. Prometeu que um dia iria visitar o memorial para ver o seu nome gravado.

Desta vez não sentiu vontade de dividir com Robertinho. Queria poder contar tudo para Dirce, isso sim.

EPÍLOGO

Johny voltou ao Condomínio semanas depois. Queria saber como estava o Jodacílio, se a Micheli tinha ficado boa.

O Jodacílio estava completamente grisalho, com muitas rugas, o rosto encovado. Continuava em sua fidelidade canina com Zuleika, que em retribuição permitiu que Belinha pudesse habitar a garagem. A Micheli sarou, virou heroína na escola.

O apartamento da cobertura voltou para o dono inicial, a venda para Frederico não foi reconhecida pelo RGI, por falta de documentação. O recibo que o proprietário deu para Frederico como comprovante de venda, não foi aceito. As pretensões de Zuleika foram frustradas desta vez, mas o resto continuou como sempre.

O chefe de Johny ganhou a posição pretendida na Prefeitura, que já tinha sido conquistada antes da libertação de Jodacílio, e era agora candidato a vereador.

Anos depois Ana Flávia tornou-se cientista consagrada e reconhecida internacionalmente. Orgulhoso do sucesso da prima, Gregório a recomendou para o laboratório de Genética da Universidade que era ligada ao hospital onde trabalhava. Ana Flávia aceitou o convite, levou Quitéria e Laila Sol junto. Em ocasiões festivas, como as de fim de ano, a família toda se reunia na cidade onde ficaram morando.

Em torno da mesa toda enfeitada por Luisa, Quitéria rodeada pelos netos adolescentes, sentada perto do irmão, enxugou uma lágrima que ninguém notou, só Ana Flávia, que abraçou e beijou a face enrugada da tia.

— Ele está aqui também, meu amor. Uma alma pura, do lugar onde está, nos vê felizes.

FIM